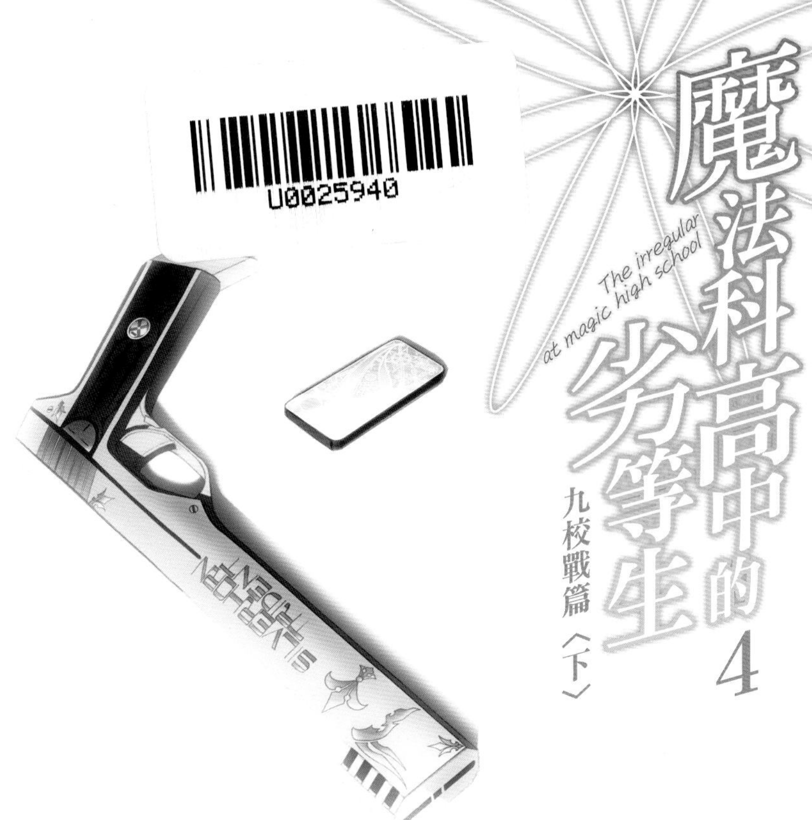

魔法科高中的劣等生 4

The irregular at magic high school

九校戰篇〈下〉

佐島 勤
Tsutomu Sato

illustration／石田可奈
Kana Ishida

illustrator assistant／ジミー・ストーン、末永康子

「既然北山同學期望和我比試，
我就沒有拒絕的理由。」
司波深雪
司波兄妹中的妹妹。就讀一年A班，以首席成績入學魔法科高中的高材生。是別名「花冠」的一科生，擅長領域為「冷卻魔法」。唯一的可愛缺點就是「重度的戀兄情結」

「我……我想戰鬥。能夠和深雪認真較量的機會，今後不曉得還剩幾次……我不想放過這個機會。」
北山 雫
就讀一年A班，深雪的同班同學。擅長大規模的振動與加速系魔法。表面上給人冷酷的印象，性格與穗香成為對比。

千葉艾莉卡
達也的同班同學。個性開朗，經常會連累到他人的闖禍大王。家裡是劍與魔法之複合戰鬥術——「劍術」的名門。
「好期待喔～！」
光井穗香
就讀一年A班，深雪的同班同學。擅長操縱光的光波振動系魔法。個性容易有先入為主的觀念。
「雫終於上場了。」
「吉田同學，你怎麼了？」
柴田美月
達也的同班同學，教室座位在達也旁邊。雖然不起眼，卻被視為「療癒系妹妹角色」備受部分學長姊的喜愛。罹患靈子放射光過敏症所以戴眼鏡，在這個時代相當罕見。
吉田幹比古
達也的同班同學。出自古式魔法名門，過去發生的意外，使他甘於成為「雜草二科生」，但是魔法技術的實力，比起「花冠一科生」也毫不遜色。
「啊……不，沒事。」

「司波，不准逃避。即使是候補，既然獲選參賽，就得盡到自己的職責。」
十文字克人
第一高中三年級學生。「九校戰」選手團主力成員，也是管理所有社團活動的組織「社團聯盟」的總長。和真由美、摩利並列為第一高中三巨頭的實力派。
「——！」

「同時操作複數演算裝置，我就見識你這麼做的意圖吧。」
「喝啊啊啊啊啊！」
西城雷歐赫特
通稱「雷歐」，與達也同樣就讀一年E班。父親是混血兒，母親是隔代混血兒。擅長「硬化魔法」。
一条將輝
第三高中一年級學生。「九校戰」參賽成員，一年級的王牌。即使是高階魔法也得心應手，別名「染血王子」。是十師族一条家的下任當家。
「將輝！」
吉祥寺真紅郎
第三高中一年級學生。「九校戰」參賽成員，將輝的好友暨參謀。年僅十二歲就首度發現魔法式其中一個「始源碼」的天才
。因此被稱為「始源喬治」。

「達也，我要證明你的那番話！」
「若他使用原本的戰法，我就無計可施。
但如果是他過度在意我的現在，或許……」
司波達也
司波兄妹中的哥哥。國立魔法大學附設第一高中的新生，就讀一年E班。被揶揄為「雜草」的二科生。擅長技術領域，例如魔法術式輔助演算機（CAD）的設計。

各式各樣的現代魔法

●冰炎地獄

將目標區域一分為二，降低其中一個空間所有物質的動能與熱能，將剩餘能量放到另一個區域加熱，藉以符合能量守恆原則，是一種顛覆熱熵的魔法。使相鄰區域同時出現灼熱與嚴寒。

●冰霧神域

振動減速系廣域魔法。無視於區域內所有物質的比熱與位相，進行平均冷卻。此外也可以運用相同原理，製造鑽石冰塵、乾冰粒，有時甚至是包含液態氮的冷氣團射向目標物攻擊。

●乾冰雹暴

聚集空氣中的二氧化碳製作乾冰粒，將凍結過程剩餘的熱能轉換為動能，高速射出乾冰粒的魔法。

●迅襲雷蛇

在「乾冰雹暴」製造乾冰顆粒時，凝結乾冰氣化產生的水蒸氣，溶入二氧化碳氣體使其形成高導電霧，再以振動系與釋放系魔法產生摩擦靜電，以溶入碳酸的水霧或水滴為導線朝對方施展電擊，是一種組合魔法。

●爆裂

將目標物內部液體氣化的發散系魔法。如果是生物就是體液氣化導致身體破裂，如果是以內燃機為動力的機械就是燃料氣化爆炸，燃料電池也不例外。即使沒有搭載可燃的燃料，無論是電池液、油壓液、冷卻液或潤滑液，世間沒有機械不搭載任何液體，因此只要「爆裂」發動，幾乎所有機械都會毀損停止運作。

●飛行魔法

控制重力，藉以在空中移動的魔法。長久以來都被公認為無法實現，但是後來修改魔法架構，將連續發動持續時間設定為極短（預設為0.5秒），因而克服每次更改飛行狀態都要使用更強干涉力的障礙。如今只要術士沒有耗盡魔法力就可以持續飛行。

●雲消霧散

干涉物質的結構情報，將物質分解為元素分子或離子，是直接干涉結構情報的魔法，也是被列為最高難度的魔法。

●術式解散

把建構魔法的魔法式，分解為構造無意義的想子群。魔法式作用於伴隨事象而來的情報體，基於這種性質，魔法式的情報結構一定會曝光，而且無法防止外力直接干涉。相對的，想分解魔法式一定要熟悉結構。現代魔法不到一秒就能發動完成，要在魔法發動前就解析魔法式，必須具備只以「觀看」就能認知魔法式結構的特殊情報處理能力。如果是預先知道魔法結構再進行的實驗暫且不提，一般認定此魔法不可能達到實用階段。

●術式解體

將想子群壓縮成塊，不經由情報體次元直接射向目標物引爆，摧毀目標物的啟動式或魔法式這種記錄魔法的想子情報體，屬於無系統魔法。即使歸類為魔法，但只是一種想子砲彈，結構不包含改變事象的魔法式，因此不受情報強化或領域干涉的影響。此外，砲彈本身的壓力也足以反彈演算干擾的影響。由於完全沒有物理作用力，任何障礙物都無法防堵。

背負某項缺陷的劣等生哥哥。
一切完美無瑕的優等生妹妹。
從這對兄妹就讀魔法科高中之後，

風波不斷的每一天就此揭開序幕——

魔法科高中的劣等生 4

The irregular at magic high school

九校戰篇〈下〉

佐島 勤
Tsutomu Sato

illustration
石田可奈
Kana Ishida

Kadokawa Fantastic Novels

Character
登場角色介紹

司波達也

就讀於一年E班，被揶揄為「雜草」的二科生（劣等生）。達觀一切。

司波深雪

就讀於一年A班。達也的妹妹。以首席成績入學的優等生。擅長冷卻魔法，溺愛哥哥。

西城雷歐赫特

就讀於一年E班，達也的同班同學。擅長硬化魔法，個性開朗。

千葉艾莉卡

就讀於一年E班，達也的同班同學。擅長劍術，可愛的闖禍大王。

柴田美月

就讀於一年E班，達也的同班同學。罹患靈子放射光過敏症。有點少根筋的認真少女。

吉田幹比古

就讀於一年E班，達也的同班同學。出自古式魔法的名門。從小就認識艾莉卡。

光井穗香

就讀於一年A班，深雪的同班同學。擅長光波振動系魔法。一旦擅自認定後就頗為一意孤行。

北山 雫

就讀於一年A班，深雪的同班同學。擅長振動與加速系魔法。情緒起伏鮮少展露於言表。

里美 昴

就讀於一年D班，
宛如美少年的少女。
個性開朗隨和。

森崎 駿

就讀於一年A班，深雪的同班同學。
擅長高速操作CAD。
身為一科生的自尊強烈。

明智英美

就讀於一年B班，隔代混血兒，
全名是艾米莉雅・英美・明智・格爾迪。

七草真由美

三年級，學生會會長。
在魔法科學生之中，
實力為歷代最高等級。

中条 梓

二年級，學生會書記。
生性膽小，個性畏首畏尾。

市原鈴音

三年級，學生會會計。
冷靜沉著的智慧型人物。
真由美的左右手。

服部刑部少丞範藏

二年級，學生會副會長。
正經八百，實力優秀。

渡邊摩利

三年級，風紀委員會委員長。
為真由美的好友，
各方面傾向好戰。

辰巳鋼太郎

三年級，風紀委員。
個性豪爽。

澤木 碧

二年級，風紀委員。
對女性化的名字耿耿於懷。

五十里 啟

二年級，
魔法理論的成績為全學年第一。
千代田花音的未婚夫。

十文字克人

三年級，
管理所有社團活動的組織
「社團聯盟」總長。

千代田花音

二年級，給人活潑印象的少女。
五十里啟的未婚妻。

風間玄信

陸軍101旅獨立魔裝大隊隊長。
階級為少校。

真田繁留

陸軍101旅獨立魔裝大隊幹部。
階級為上尉。

柳 連

陸軍101旅獨立魔裝大隊幹部。
階級為上尉。

山中幸典

陸軍101旅獨立魔裝大隊幹部。
少校軍醫，一級治癒魔法師。

藤林響子

擔任風間副官的女性軍官。
階級為少尉。

桐原武明

二年級，劍術社成員。
關東劍術大賽國中組冠軍。

壬生紗耶香

二年級，劍道社成員。
劍道大賽國中女子組全國亞軍。

九重八雲

擅長古式魔法「忍術」。
達也的體術師父。

小野 遙

一年E班的輔導老師。
生性容易被欺負，
卻有不為人知的另一面。

一条將輝

第三高中的一年級學生，
參加九校戰。
「十師族」一条家的繼承人。

吉祥寺真紅郎

第三高中的一年級學生，
參加九校戰。
以「始源喬治」的別名眾所皆知。

九島 烈

被譽為世界最強魔法師之一的人物。
眾人尊稱為「宗師」。

Glossary
用語解說

魔法科高中
國立魔法大學附設高中的通稱，全國總共設立九所學校。
其中的第一至第三高中，每學年招收兩百名學生，並且分為一科生與二科生。

花冠、雜草
第一高中用來形容一科生與二科生階級差異的隱語。
一科生制服的左胸口繡著以八枚花瓣組成的徽章，
不過二科生制服沒有。

一科生的徽章

CAD
簡化魔法發動程序的裝置，內部儲存使用魔法所需的程式。
分成特化型與泛用型等，外型也是各有不同。

司波深雪的CAD

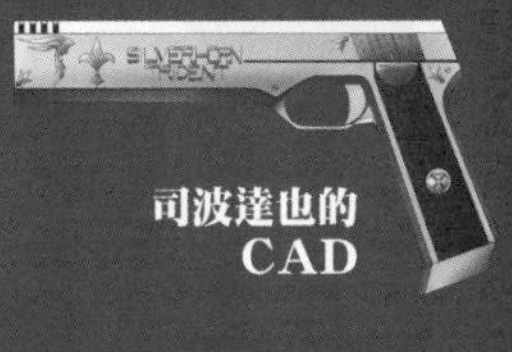
司波達也的CAD

Four Leaves Technology〔FLT〕
國內一家CAD製造公司。原本該公司製造的魔法工學零件比成品有名，
但在開發「銀式」之後，搖身一變成為知名的CAD製造公司。

托拉斯・西爾弗
短短一年就讓特化型CAD的軟體技術進步十年，而為人所稱頌的天才技師。

Eidos〔個別情報體〕
原為希臘哲學用語。在現代魔法學，個別情報體指的是「伴隨事物現象而來的情報」，
是「事象」曾經存在於「世界」的記錄，也可以說是「事象」留在「世界」的足跡。
依照現代魔法學的定義，「魔法」就是修改個別情報體，
藉以改變個別情報體所代表的「事象」的技術。

Idea〔情報體次元〕
原為希臘哲學用語。在現代魔法學，情報體次元指的是「用來記錄個別情報體的平台」。
魔法的原始形態，就是將魔法式輸出至這個名為「情報體次元」的平台，
改寫平台裡「個別情報體」的技術。

啟動式
為魔法的設計圖，用來構築魔法的程式。
啟動式的資料檔案，是以壓縮形式儲存在CAD，魔法師輸入想子波展開程式之後，
啟動式會依照資料內容轉換為訊號，並且回傳給魔法師。

想子
位於靈異現象次元的非物質粒子，記錄認知與思考結果的情報元素。
成為現代魔法理論基礎的「個別情報體」，以及成為現代魔法骨幹的「啟動式」和
「魔法式」技術，都是由想子建構而成。

靈子
位於靈異現象次元的非物質粒子。雖然已經確認其存在，但是形態與功能尚未解析成功。
一般的魔法師，頂多只能「感覺到」活化狀態的靈子。

九校戰

正式名稱為「全國魔法科高中親善魔法競技大會」。
正如其名，第一高中至第九高中的魔法科高中生們會從全國集結，
以團體戰的方式，進行熾烈的魔法競賽。

比賽項目為「精速射擊」、「群球搶分」、「衝浪競速」、「冰柱攻防」、「幻境摘星」、「祕碑解碼」六種。
※「祕碑解碼」只有男子組賽程，「幻境摘星」只有女子組賽程。

各校可報名參加各項競賽的人數為三名，一名選手規定最多參加兩項競賽。

大會舉辦時間為十天，同時設置只限一年級參加的「新人賽」（正規賽沒有學年限制）。
「新人賽」在第四天至第八天舉行。

九校戰的勝負與排名，以各項競賽的得分加總決定。配分如下：第一名得五十分、第二名得三十分、第三名得二十分。精速射擊、衝浪競速、幻境摘星的第四名得十分。群球搶分、冰柱攻防只排名前三名，因此在第三輪淘汰的三隊則各得五分。至於九校戰最精彩的祕碑解碼，第一名可得到一百分、第二名得六十分、第三名得四十分，成為計分比重最大的競賽項目（「新人賽」的分數會折半加入總分計算）。

日期	分類	項目
第一天 8月3日（三）	正規賽 （全學年參加）	「精速射擊」男女預賽～決賽（淘汰賽） 「衝浪競速」男女預賽
第二天 8月4日（四）	正規賽 （全學年參加）	「群球搶分」男女預賽～決賽 「冰柱攻防」男女預賽
第三天 8月5日（五）	正規賽 （全學年參加）	「衝浪競速」男女準決賽～決賽 「冰柱攻防」男女預賽～決賽（單循環賽）
第四天 8月6日（六）	新人賽 （只限一年級）	「精速射擊」男女預賽～決賽 「衝浪競速」男女預賽
第五天 8月7日（日）	新人賽 （只限一年級）	「群球搶分」男女預賽～決賽 「冰柱攻防」男女預賽
第六天 8月8日（一）	新人賽 （只限一年級）	「衝浪競速」男女準決賽～決賽 「冰柱攻防」男女預賽～決賽（單循環賽）
第七天 8月9日（二）	新人賽 （只限一年級）	「幻境摘星」女子組預賽～決賽 「祕碑解碼」男子組預賽（單循環賽）
第八天 8月10日（三）	新人賽 （只限一年級）	「祕碑解碼」男子組決賽（淘汰賽）
第九天 8月11日（四）	正規賽 （全學年參加）	「幻境摘星」女子組預賽～決賽 「祕碑解碼」男子組預賽（單循環賽）
第十天 8月12日（五）	正規賽 （全學年參加）	「祕碑解碼」男子組決賽（淘汰賽）

Event
競賽項目

精速射擊

選手們簡稱「速射」的競賽。

類似打靶，選手必須以魔法破壞比賽場地出現的標靶。紅白標靶各有一百個，自己所屬顏色標靶的破壞數量即為勝負依據。預賽是計算限時五分鐘之內破壞的標靶數，以個人得分的方式排名。八強戰後是對戰型式。

群球搶分

選手們簡稱「群球」的競賽。

發射器會以壓縮空氣射出直徑六公分的低彈性球，選手在限制時間之內，使用球拍或魔法將球打到對方球場，以進球次數分勝負。每回合的比賽時間為三分鐘，在透明箱型覆蓋的球場裡，每隔二十秒會增加一顆球，最後會有九顆球，使得選手毫無喘息的餘地。女子組每場比賽三回合，男子組則是五回合。

Event
競賽項目

衝浪競速

選手們簡稱「衝浪」的競賽。

原本是海軍設計為訓練魔法師的課程，選手站在類似衝浪板的踏板，使用加速之類的魔法，在全長三公里的人工水道繞三圈競速。本競賽項目禁止以魔法影響其他選手。預賽由四名選手參加，共六場；準決賽由三名選手參加，共兩場。淘汰的四名選手爭奪第三名，決賽則是一對一舉行。

冰柱攻防

選手們簡稱「敲柱」的競賽。

選手站在己方陣營後方高四公尺的平臺，十二公尺見方的己方陣地共有十二根冰柱。選手必須一邊保護自己的冰柱，並且先推倒或破壞對方的十二根冰柱。選手純粹以遠距離魔法較量，不需要用到身體，因此本項目的選手可以自由選擇參賽的服裝，唯一的規定是「不得違反公序良俗」。這使得女子組的「冰柱攻防」近來被稱為九校戰的時尚服裝秀。

幻境摘星

選手們簡稱「幻境」，女子組限定的競賽。

空中會出現投影立體全像球，選手要使用魔法飛到空中以球棒打擊。這是九校戰比賽次數最少的項目，卻是比賽時間最長的項目。選手必須持續發動魔法在空中飛翔，造成的身體負擔據說不下於全程馬拉松。

九校戰的「幻境摘星」只有女子組賽程，女性選手身穿精美服裝飛翔的身影，被譽為宛如妖精般美妙。

祕碑解碼

選手們簡稱「祕碑」，男子組限定的競賽。

在名為「戰臺」的比賽場地中，雙方各以三人為一組，使用魔法爭奪祕碑。獲勝方式是讓對方陷入無法戰鬥的狀態，或是劈開敵陣的祕碑，取得密碼輸入。比賽時禁止所有非魔法攻擊的直接戰鬥行為。為了開啟祕碑讀取密碼，一定要使用無系統的專用魔法式攻擊祕碑。這樣的競賽內容，使得「祕碑解碼」成為九校戰最受歡迎而且最熱烈的項目。

ATTACK : MAGIC ONLY!

VS

【8】

大會第四天。

正規賽暫停進行，今天起的五天，舉行只由一年級爭冠的新人賽。

至今的成績如下：第一名是第一高中的三百二十分，第二名是第三高中的兩百二十五分，第三名以下是難分軒輊的混戰。前兩名相差九十五分，第一高中現階段大幅領先。但是依照新人賽的成績，這樣的積分差距還是有可能翻盤。要是第三高中能在新人賽以極大差距獲勝，就有反敗為勝的機會。反過來說，第一高中就算無法在新人賽獲勝，只要分數差距不大，就會朝總冠軍邁向一大步。

各校的首要目標是總冠軍，新人賽的積分即使要減半，依然會納入總排名積分計算。而且對於參賽的一年級學生來說，在新人賽獲勝是屬於自己的榮譽，幹勁比起正規賽毫不遜色。

競賽順序和正規賽相同。

今天的比賽項目是「精速射擊」（預賽～決賽）與「衝浪競速」（預賽）。

但是和正規賽有個不同之處，「精速射擊」的賽程表是上午舉辦女子組、下午舉辦男子組，而且直接比完決賽（這是因為正規賽的「精速射擊」緊接在開幕儀式之後進行，無法僅在中午之前比到決賽）。

不只是「精速射擊」，雖然比賽時無法調校ＣＡＤ，但選手可以在各回合空檔要求進行細部調校，這是工程師的重要工作。

所以基本上，工程師在負責的選手上場時會陪同參與。

大會委員會儘可能調整時程，避免同校選手同時參加相同競賽。

然而，像「群球搶分」這種當天賽程很多的競賽，時間無論如何都會重疊，因此工程師也得有正副兩位。

單項競賽都會發生這種事，所以一名工程師無法兼顧同時段舉辦的不同競賽。

即使由於比賽順序的關係，導致時間錯開而沒有衝突也一樣。

「穗香是最後一場嗎……」

「是的！下午才比賽，所以不會和女子組『精速射擊』重疊！」

光井穗香笑咪咪施加壓力，使得達也從剛才就有點應付不來。

達也負責的競賽是女子組「精速射擊」、女子組「冰柱攻防」與「幻境摘星」。

之所以都負責女子組項目，當然不是因為他愛好女色，而是因為一年級男子選手對達也抱持強烈反彈。

——但是當然不只如此，這也是某些一年級女子選手的強烈要求。

例如深雪、穗香、深雪、穗香，或是深雪。

……換句話說，就是她們兩人極力表態。

但是這樣就產生一個問題。

最適合深雪發揮魔法力的競賽是「冰柱攻防」。

學生會幹部與班上同學，都知道深雪擅長振動減速系統。畢竟再怎麼說，她甚至能夠下意識發動冷卻魔法。

深雪參加的是「冰柱攻防」，以及各校都會派王牌女子選手參加的明星競賽項目「幻境摘星」，問題在於穗香要參加哪些項目。

依照第一高中一年級第一學期實技測驗結果，第一名是司波深雪、第二名北山雫、第三名森崎駿、第四名光井穗香。如上所示，穗香在一年級女生之中，是僅次於深雪與雫的實技優等生，但她的魔法技能其實不太適合運動型的魔法競賽。她熟悉各魔法系統，複雜工序的魔法式也不用花費太大心力就能構築。真要說的話，穗香走的是學術路線。

如果刻意要列舉她擅長的魔法，就是光波振動系統的幻影魔法，不過同樣是振動系統，擅長大功率振動與加速系魔法的雫，比較適合參加「冰柱攻防」。

達也負責為深雪調校，從一開始就是既定事項。高年級也沒人魯莽到對此提出異議。因此，如果選手希望由達也負責調校，最確實的方法就是和深雪參加相同項目。然而，讓實技前三名的選手都參加相同項目，在作戰上並非良策，應該說……不可能這樣安排。

既然這樣，就得選擇不會與「冰柱攻防」賽程衝突的項目，但是很遺憾，「精速射擊」也比較適合雫參加。競賽日程本來就是考量到讓選手能參加擅長的領域而決定，所以這方面堪稱從一開始就無可奈何。

加上作戰上的種種要因，最後決定讓穗香參加「衝浪競速」與「幻境摘星」（作戰團隊的第一方案是「衝浪競速」與「群球搶分」，不過基於本人希望，以及察覺到她意願的朋友幫忙說話，其中一個參賽項目改成和深雪相同）。

……基於上述狀況，達也大致察覺到穗香強調「比賽時間不會重疊」的真正意思。

然而即使時間可行，依照團隊狀況，如今不可能更換工程師負責的選手。何況即使今天沒問題，也無法保證第六天──也就是新人賽的第三天──「冰柱攻防」和「衝浪競速」的比賽時間不會重疊。

穗香應該也明白這種程度的事情，但……

不知為何，深雪只有今天沒有幫忙打圓場。達也基於對穗香與妹妹的雙重含義而嘆息，說出腳踏兩條船的男生似乎會用的藉口。

「……我其實很想幫妳看看CAD，但是沒辦法，所以至少會陪妳參加比賽。」

「真的嗎？說好囉！」

某人輕聲一笑，達也明白這是誰的聲音，但他的意識選擇當成聽不出是誰。

在旁人眼中，他無疑是「好色之徒」……或許如此。

◇◇◇

即使是對於當事人而言，絕對無法當成「小事」一語帶過的幕間劇，從主線劇情來看，終究是一則插曲。

只要布幕拉開，意識就非得集中在舞臺上。

達也把完成最終檢查，「精速射擊」專用細長步槍型CAD交給雫，指示她確認性能。

CAD會吸收魔法師的想子，傳送名為啟動式的想子情報體。要是這項傳送功能出問題，其他部分設計得再巧妙也毫無用處。

若硬體出現傳送障礙就得換成預備機，若軟體有臭蟲就得緊急改寫。

「嗯……完美，比自己的還順手。」

雫的表情與語氣都缺乏情感，達也剛開始和雫搭檔時，曾經困惑於她話中的真假程度，但現在也頗為習慣了。

她基本上不會說謊。

碰到不方便說的事就只會沉默。

「達也同學，你還是不肯受聘？」

但是，達也依然無法習慣她偶爾會說這種難以判斷認真還是開玩笑的話語。

「……既然比賽當前還有餘力開玩笑，應該沒問題了。」

「不是開玩笑喔。」

「…………」

順帶一提，她這句話的意思是「是否願意和她正式簽下CAD維修契約」。

雫向達也詢問「是否願意受聘」已經超過十次。依照她的個性，達也同樣認為她不會重複開相同的玩笑，但是聽起來實在不像是認真的。

「不簽專任契約也沒關係。」

達也曾經借雫的CAD檢視，以便當成競賽用CAD的調校參考，如今她的CAD巧妙調校到連達也都沒有修改的餘地。

這也是當然的，為雫維修ＣＡＤ的人，是現在在這個國家名列前五名的知名魔工師。

與其說是為雫維修，說是為北川家維修比較正確。

達也首度聽到時也免不了感到意外，雫家裡是所謂的「大富豪」。

只不過，北山家並非十師族或百家這種魔法師名門。

據說雫的母親是一流魔法師，當年繼承遺產的大富豪兒子對她一見鍾情，歷經百般波折結為連理，因此父方家系沒有魔法師。年齡差距甚大的弟弟，魔法天分也沒有達到實用等級。

不曉得是否因為這個原因，雫的父親對她——對雫魔法天分的投入程度超乎常軌。

雫之所以會完全迷上「祕碑解碼」，據說也是因為父親動用財力，每年組織魔法競賽觀戰旅行團造成的結果。

「……我想我說過很多次，這件事等我拿到證照再說吧。」

雫在達也還沒回應時就開出的簽約金與薪資，即使是以托拉斯．西爾弗身分賺取鉅額收入的達也看來也非比尋常。

如果達也只是靠家裡提供生活費的學生，看到這個金額肯定會眼花。

然而，像這樣當成學校活動的一環免費調校，和收取報酬當成真正的工作進行調校是兩回事。雖然沒證照也不違法，但世間肯定會將此視為「無照營業」。

「明白了。」

雫「一如往常」懂事地點頭。

不過她實際上理解多少，就是一個大問號。

對雫自己來說，這或許不是多大的一回事，但是對達也來說，比賽當前進行這種對話，將緊張感大打折扣。

總之，既然不會對選手造成負面影響，或許也無妨。

他們事前已經反覆開會確立作戰方式。

這是達也為雫規劃的祕密策略，ＣＡＤ也是為此而搭配（不過「祕密策略」要等到對戰形式的單淘汰決賽再使用）。

「雫，終於要上場了。」

「嗯。」

出場在即，該說的只有一句話。

「好，加油吧！」

「嗯，加油！」

雖然單純，但這正是最後的作戰。

◇ ◇ ◇

「旁邊有人坐嗎？」

「哎呀，深雪。沒人坐喔，請坐請坐。」

其實從剛才，就反覆有人對坐在觀眾席上的她們提出相同問題，但是都和深雪這次不同，詢問的盡是非分之想若隱若現的傢伙（即使雷歐與幹比古坐在兩側也一樣！）。艾莉卡每次都殺氣騰騰地說謊趕走搭訕的男生，才總算保留這個空位。

這排座位依序是幹比古、美月、穗香、空位、艾莉卡、雷歐。為深雪保留正中央的座位，是因為兩側都得好好防衛，否則不知道會有多少膽大包天不知好歹的傢伙湊過來。此外，艾莉卡剛開始不願意坐雷歐旁邊，但雷歐和穗香不同班又沒見過幾次面，經美月說服才心不甘情不願地接受安排——雖說如此，他們今天難得沒有針鋒相對。

深雪抵達之前，穗香以外的四人都拿著觀眾用的簡介手冊，似乎是在確認新人賽的賽程（穗香是選手，事到如今無須確認）。

美月抬頭和深雪打招呼後，目光移回手冊，卻露出不經意想到的表情向穗香搭話。

「……穗香同學，妳不用準備嗎？」

「沒關係，我的比賽在下午。」

穗香聽到美月的詢問，以有點僵硬的笑容回答。

深雪以無奈的語氣插嘴。

「穗・香，要是現在就緊張，會撐不到比賽開始喔。」

「唔，我知道，可是……」

「放心，穗香肯定沒問題。哥哥也是這樣說吧？」

「嗯……嗯……」

「來這裡觀戰，就是為了避免過度在意比賽的事吧？現在專心為雫加油吧。」

「……嗯，說得也是。」

從穗香用力到無謂的點頭動作，看得出她終究無法完全分散緊張的心情。

她的個性很正經而且容易有先入為主的想法，要她別緊張或許不可能。

「……那個，我說了什麼不該說的話嗎？」

美月說出的這番毫無惡意的落井下石，使得穗香臉頰微微抽動。

◇　◇　◇

一年級學生們上演這種就某方面來說純真無邪的互動，學生會加上風紀委員長的三年級三人組，則是坐在距離他們不算遠的位置。

「摩利，妳不去躺著沒關係嗎？」

「我不是生病，不激烈運動就沒問題。我才要問真由美，不用在帳幕坐鎮嗎？」

「不要緊，又不是距離幾公里遠，而且發生狀況就會通知我吧？」

真由美說完，撩起蓋住臉頰的頭髮。

露出來的耳朵，戴著語音通訊的接收裝置。

「不過，如果只有真由美就算了，連市原都一起離開崗位，我不以為然。」

「不成問題。今天的我就像是強制休假。」

「……市原，妳的玩笑話還是一樣難懂。」

鈴音面不改色地如此回應，使得摩利一瞬間懷疑，她是不是不滿於自己的參謀立場實質上被別人搶走。

摩利當然也知道不可能是這樣。

鈴音是作戰團隊的總負責人（雖說如此，作戰團隊也只有四個人），但是各競賽的作戰規劃都是分工進行。最明顯的分工就是男子組賽程由男性成員擬定作戰，女子組由女性成員擬定。

在今天的賽程裡，女子組「精速射擊」是鈴音負責的項目。

——然而這項競賽原本就沒有精細作戰介入的餘地，主要端看選手本身的實力，形容成硬碰硬也並非錯誤的說法。若要說和參謀有關的部分，只有依照選手特性選擇魔法，以及配合魔法設定CAD時的大方向……但是這方面的領域，和技術成員的工作重疊。

而且一年級女子組「精速射擊」的魔法選擇與CAD設定，從計畫到實行，統統都由達也一手包辦了。

雖說如此，鈴音也已經在事前同意相關規劃。

而且她的個性不會因為這種事鬧彆扭。

「話說……現在想想，這是第一次在實戰見證那個傢伙的工程師功力。」

摩利展露好奇心說出這番話，真由美也以興致勃勃的表情點頭回應。

「也對。他在我那時真的只是稍微幫忙。好期待見識他從頭調校的CAD性能。」

「以北山學妹為首，選手們似乎都讚不絕口。」

鈴音這番話並不誇張。

只以一科生組成的一年級女子組選手團，除了深雪、穗香與雫三人，要把自己的CAD交給同學年又是二科生的工程師調校，眾人或多或少展現出類似過敏的抗拒感。

然而以他調校的ＣＡＤ反覆練習之後，這種負面情感完全消失。

她們前後態度的反差，或許形容成「將負面情感拋到九霄雲外」比較適當。

「今天似乎也有選手帶自用的ＣＡＤ過來。」

鈴音的這番爆料，使得摩利語氣也不禁變得無奈。

「喂喂……這樣不會影響到比賽？」

「司波學弟這部分掌控得很好。聽說要等比賽結束，才會提供這項特別服務。」

「特別服務」指的是調校ＣＡＤ。

選手使用達也調校的競賽用ＣＡＤ之後，甚至拿自用的ＣＡＤ請他調校。而且這樣的人不只一兩個，一年級女子選手幾乎都這麼做。

「他正在腳踏實地增加支持者。」

「這傢伙在奇怪的地方是個爛好人。」

真由美與摩利轉頭相視，輕聲一笑。

如果達也聽到真由美「增加支持者」這種話，應該會面有難色地否定。

事實上，一年級女子選手們在交誼餐會總是迴避達也（他個人有這種感覺）。

然而不用說，他當然沒有這種「順風耳」。

何況他的注意力，正集中在雫所處的射擊場。

達也沒有美月那種「眼睛」。

但相對的，他擁有讀取情報架構的能力。

自己親手從頭調整的ＣＡＤ情報架構，全部記在腦中。

只要有人稍微動過手腳，即使無法察覺動過什麼「手腳」，他也能認知「結果」。

——雫擺出架式。

起始燈號開始亮起。

（看來這次沒問題。）

ＣＡＤ沒有被修改的痕跡，不會引發摩利那樣的意外，但達也依然沒有移開「目光」，並且如此心想著。

◇◇◇

燈號全部亮起的瞬間，標靶飛到空中。

並且在飛進有效得分區域的瞬間化為碎片。

下一個標靶在區域中央粉碎。

再來是區域兩側的兩個標靶同時破碎。

許多觀眾發出讚嘆聲，在觀眾席目不轉睛的深雪他們，也因為雫先馳得點，安心地吐出積在胸口的空氣。

雫的視線毫不晃動。

就只是筆直凝視正前方，甚至像是對飛入區域的標靶視而未見。

「唔哇，真豪邁。」

艾莉卡發出單純的感嘆。

「……難道是將整個有效得分區域，設定為魔法產生作用的領域？」

另一邊的美月，則是沒什麼自信地詢問深雪與穗香。

「是的。雫的魔法是對領域內部的固態物體施加振動波，藉以粉碎標靶。她讓固態物體內部產生疏密波，造成局部持續膨脹與收縮而風化。即使是堅硬的岩石，反覆進行急速加熱與冷卻的程序，也會變得脆弱而瓦解。這是相同的道理。」

「更正確來說，是在有效得分區域設置若干震源產生虛擬波動，對固態物體施加振動波。不是以魔法直接振動標靶，而是創造出改寫事象的領域，對標靶施加振動波。依照這個機制，從震源球狀擴散的波動一旦碰觸標靶，虛擬振動波就會在標靶內部成為真實振動波破壞標靶。」

穗香與深雪視線固定在射擊會場，一起進行詳細的解說，美月則是頻頻點頭。

「……就是這樣的機制。」

不曉得是偶然還是必然，三年級三人組也在同一時間，進行相同的對話。

「如各位所知，『精速射擊』的有效得分區域，是設置在空中的十五公尺見方的立方體。司波學弟的啟動式中的記述，是將範圍設定為區域內部十公尺見方的立方體，在各頂點與中央共九個點設置震源。」

負責解說的是看過達也調校計畫的鈴音。

「各點是以編號管理，只要將編號當成變數輸入展開的啟動式，之後震源點就會釋放球狀的

波動的擴散距離為六公尺。換句話說，發動魔法後，就會以震源為中心，產生半徑六公尺的球狀粉碎空間。」

「……總覺得這樣有點浪費力氣……北山不擅長設定座標？」

「北山學妹的風格確實是威力大於精確度，不過……」

鈴音回答摩利時，依然維持她堪稱預設的冷酷撲克臉。但眼神隱約透露同情的苦笑。

「這個魔法的目的不是彌補精確度，而是犧牲精確度提高速度。」

「……換句話說，只要她有心，就可以更加精細瞄準？這是怎麼回事？」

「這個魔法的特徵，在於以編號管理座標。」

鈴音將視線移回正前方——正在比賽的一年級學生，並且以回答真由美的方式進行說明。她能夠流利道出答案，是因為曾經提出相同的詢問並得到答案……這樣嗎？

「『精速射擊』選手所站的位置，以及有效得分區域的距離、方向、空間大小總是相同。也就是說，這個魔法需要設定的震源點、必須定位的虛擬立方體和選手距離與視角也總是固定。

因此，並不需要每次都輸入座標作為變數，而是先將啟動式以選項的方式構築，只要指定編號就能發動魔法。如果是這種粗略的瞄準，ＣＡＤ的瞄準輔助系統也足以在標靶射出時，自動挑選最適合的震源點。

而且這個魔法不需要改變威力與持續時間，啟動式實際就將其當成常數處理。選手只需要依照ＣＡＤ的輔助設定座標，幾乎不用刻意輸入變數，事實上只要扣下扳機就能破壞標靶。」

比賽即將進入尾聲。

至今沒漏掉任何標靶。

「不需要分散注意力處理控制的部分，所以發動魔法時，能盡情活用演算領域的潛在空間。要連續發動或多重演算都隨心所欲。」

比賽結束。

成績是滿分。

「魔法專有名稱是『動態空中機雷』，似乎是司波學弟獨創的魔法。不過因為加入各種要素，啟動式規模比較大，所以是北山學妹的處理能力才足以使用的魔法。」

「……和真由美的魔法構想剛好相反。」

「……居然想得出這種術式。」

真由美的聲音，無奈的成分多於感嘆的成分。

「不過……真有趣。」

另一方面，摩利的聲音偏重於感興趣。

「在實戰裡，自己與攻擊對象的相對位置不可能永遠相同，所以不適合當成實戰射擊魔法，不過……如果不是在空中設定虛擬立方體，而是以自己為中心設定圓形範圍，並且在圓周配置震源，能不能當成對應全方位的動態護盾？」

「問題在於持續時間。太短就難以決定使用時機，太長有可能波及到自己啊。」

真由美提出的問題點，不足以扼殺摩利的興趣。

「這就看術士的功力了。妳說得沒錯，能抓準時機就可以縮短持續時間……好，事不宜遲，我今晚就去抓那個傢伙，要他把魔法安裝到我的ＣＡＤ。」

「……別妨礙到比賽喔。」

這次真由美清楚地以純度百分百的無奈語氣回應。

「辛苦了。」

雫從射擊會場回來時，達也遞出毛巾投以慰勞的話語。工程師不是選手經理，不需要做到遞毛巾這種事，但他沒有這種渺小的自尊心。

「總覺得很掃興。」

並非擺出居高臨下的態度，而是真的這麼認為。

雫擦拭額頭微微冒出的汗水，表情看起來不太滿足。

但也同時藏不住喜悅（她應該也不想藏）。

新人賽突破預賽門檻的標靶命中率，每年大致都在百分之八十前後。

滿靶是最高分，所以雫當然無視於門檻，得以晉級單淘汰決賽。

「我原本就認為標靶不會鑽死角，正如預料，軌道沒有設定得那麼刁鑽。」

達也讓雫使用的魔法，並沒有覆蓋整個有效區域，沿著區域外圍有一圈死角。

但從標靶投射機的性能來看，達也預測不會設定這種擦邊軌道。要是標靶沒通過有效區域，比賽將會重新開始以求公平，大會委員也會出洋相。依照競賽性質沒必要背負這種風險。

達也分析到這種程度而採取這種作戰，所以他不會很擔心，但是看到比賽實際上沒出任何狀況順利結束，還是會鬆一口氣。

「達也同學太擔心了。新人賽的等級沒那麼高，不需要刻意鑽死角篩選晉級選手。」

雫的說法很中肯。

達也切換自己的心情，為雫切換心情。

「首戰依照預定計畫成功，但是從八強賽就是對戰形式。我已經趁早上的時候將ＣＡＤ調校完成，麻煩確認一下手感。」

「明白了。」

預賽與單淘汰決賽的比賽形式不同。預賽是在五分鐘射出一百個標靶計算破壞數量，比較魔法的速度與精準度。但是單淘汰決賽是在相同區域發射兩種標靶，破壞較多標靶的選手獲勝。除了速度與精準度，另一方面也要比較選手不受對方魔法妨礙的干涉力與技術。所以按照常理，使用的魔法也會配合競賽性質而改變。

而且一般來說，競賽用的特化型ＣＡＤ也會依照魔法種類更換機種。

達也接下來要為下個選手——下下場比賽做準備。

雫獨自走向保管決賽用ＣＡＤ的帳幕。

◇◇◇

「三人都通過預賽嗎……」

回到第一高中總部帳幕的真由美，收到了「精速射擊」的預賽成績結果。她看著成績，輕聲地自言自語。

「今年的一年級女生水準特別好？」

預賽的二十四名選手，有八名能晉級單淘汰決賽。

八名選手有三名同校，包含正規賽與新人賽，這都是至今罕見的案例。

「摩利，別再裝傻了吧？」

真由美以吐槽回應詢問，摩利默默朝她聳肩。

這是服輸的動作。

「『衝浪競速』那邊怎麼樣？」

鈴音聽到真由美的詢問，刻意取出終端裝置確認（之所以會形容為「刻意」，是因為她早已記在腦中的關係）。

「男子組已經比完兩場，都在預賽淘汰；女子組比完一場，並且突破預賽。」

「男生還有一個嗎……女生這邊的話，最後上場的光井學妹應該可以確定突破預賽……畢竟這邊的小梓也很努力。」

真由美輕聲自言自語。

「本校或許也得更加致力於培養技師了。」

以自用終端裝置審視成績表的克人，以有苦難言的語氣回應。

◇　◇　◇

「精速射擊」的八強賽，使用四個射擊會場進行。

如果進入單淘汰決賽的八名選手都是不同學校，四場比賽就會同時進行，但要是包含同校選手，就會調整時間避免比賽重疊（八強賽不會讓相同學校的選手交戰）。

雖說如此，相較於在單一會場依序比賽的準決賽，每場比賽的間隔時間無論如何都會縮短。

如果像這次的第一高中女子組一樣有三名晉級八強賽，工程師將會非常忙碌。

「……達也同學，不要緊嗎？」

最後上場的雫，看到達也匆忙走進待命室（這裡是帳幕內部，嚴格來說不能叫作「室」），不禁如此詢問。

在雫眼中，達也不經意看起來有點喘。

「不要緊。」

達也只有簡短回應，就開始進行ＣＡＤ的最終檢查。

在雫的守護——應該說目不轉睛的凝視之中，達也高速捲動調校機螢幕顯示的資料，確認沒有異常狀況之後總算看向雫。

「我想妳明白，這個機種和預賽使用的完全不同。雖然沒時間了，但只要用起來稍微突兀，我會儘可能調校，所以不用客氣就告訴我。」

雫從達也手中接過ＣＡＤ擺出架式，重複將手指勾在扳機兩三次之後放下ＣＡＤ。

「沒有突兀，反而順手過頭到恐怖。」

「這樣啊。」

達也實際沒有輕撫胸口，但還是露出了鬆一口氣、舒緩緊張的表情。雫則是以充滿幹勁的表情面向他。

「嗯。」

「她們兩人都贏了吧？」

這裡所說的「她們兩人」，指的是先上場比賽的隊友。

和雫同樣進入單淘汰決賽的兩人，都已經勝出晉級準決賽。

「不要緊。」

「雫只要正常表現也會贏。」

達也再度以不同含意使用相同話語。

「當然。」

雫也一如往常簡潔回答，不同於往常地用力點頭。

「達也同學為我完成所有奪冠的事前準備，所以再來只要奪冠就好。」

「就是這股氣概。」

達也沒有刻意糾正這段有點性急的奪冠宣言，以笑容送雫上場。

◇◇◇

「終於輪到雫同學上場了。」

「好了啦，美月，妳緊張個什麼勁？」

「可是，艾莉卡不會緊張嗎？要是雫同學獲勝，本校就有三人晉級前四名耶。」

「不要興奮過頭昏倒喔。因為雫肯定會勝出。」

深雪充滿自信斷言之後，語帶消遣催促美月「所以做個深呼吸平靜心情吧」，美月沒有多想就率直反覆深呼吸。

「……深呼吸就能平靜，這也是一種定律？」

「……美月同學有時候好俏皮。」

美月也總算平復心情。這與其說是深呼吸帶來的成果，不如說是她近距離感受到深雪與穗香完全不擔心的樣子。

「這次會讓我們看見何種巧思呢？」

幹比古的聲音有些輕快，聽在耳裡的艾莉卡露出「哎呀？」的表情。

「就是說啊，猜不到這次會出什麼招。」

不過實際出聲回應的是雷歐。

「他的腦袋簡直是驚奇箱。」

「沒錯。」

艾莉卡好久沒看到幹比古積極對魔法感興趣。

她不認為幹比古這種變化，只是來自觀看別人的比賽。

是不是達也與幹比古，在自己不知道時發生過某些事……艾莉卡不發一語如此心想。

「咦？那是……」

她正在注意的當事人發出走音的聲音，打破她的思惟。

「怎麼回事？」

「那個ＣＡＤ……？」

幹比古的視線投向雫肩掛背帶垂下，抱在腋下的ＣＡＤ。

這把步槍造型的ＣＡＤ乍看之下除了附加背帶，和其他選手使用的競賽ＣＡＤ沒什麼差別。

不過對應真槍槍機的部位，和其他選手使用的機種相比，增加了幾分厚度。

幹比古的流派原本不太重視ＣＡＤ，主流依然是以符咒發動術式。然而幹比古經過去年的意外，像是著魔般鑽研現代魔法的技術。

為了補足遺失的部分。

努力的成果也反映在段考成績。

關於ＣＡＤ，幹比古自負現在已經比普通的現代魔法師還要熟悉。

如果他沒有看錯……

「那是……泛用型？」

「咦，真的假的？」

「呃，不過，那是……」

「我從來沒聽過有什麼步槍造型的泛用型法機啊。何況在技術上，泛用型能夠安裝瞄準輔助系統嗎？」

雷歐、美月與艾莉卡接連提出理所當然的詢問。

但幹比古抱持自信搖頭。

「不過，安裝在扳機正上方的ＣＡＤ主體，肯定是ＦＬＴ的車載泛用型ＣＡＤ『半人馬』系列。半人馬系列主體沒有操作介面，必須連接外部機器使用，因此才藉由連結器，在機身裝上握柄與瞄準輔助系統。」

「你好清楚。」

深雪轉身嫣然一笑說出的這句話，證實了幹比古的觀察。

「咦？所以，那是……」

「是的，艾莉卡。那是哥哥親手組裝，讓泛用型ＣＡＤ利用瞄準輔助系統的成品。」

艾莉卡自己也是訂製特殊形狀的ＣＡＤ，明白訂製必須耗費多少心血，因此她聽到深雪得意洋洋的回答就語塞。

「我已經連驚訝都懶了……不過這麼做，到底是為什麼？」

「當然是為了比賽。」

穗香簡潔告知的答案，不足以回答雷歐與另外三人的疑問。

然而她沒有繼續說明。

六人像是事先說好般屏氣凝神，將視線移向前方。

開賽燈號逐漸亮起。

紅白標靶在天空飛翔。

雫要打的標靶是紅色。

塗成紅色的三個標靶，飛行軌道忽然扭曲，集中在有效得分區域中央撞成粉碎。

「移動系……不，不對。是聚合系？」

各校用來當作總部的帳幕裡，設置了分割成許多區塊的大畫面螢幕，可以同時播放正在進行的所有競賽。

真由美與鈴音幾乎將整個螢幕用來觀看雫的比賽。

「答對了。」

接下來是即將飛向有效區域後方的紅色標靶，被吸回區域中央粉碎。

「剛才那是預賽用的魔法吧？」

「是的，聚合系魔法與振動系魔法的連續發動。」

白色標靶兩兩相互撞碎。

對戰的二高選手使用正統戰法，以移動系魔法將標靶本身當成子彈射向其他標靶。

因為正統，所以是以往年實績證實功效的戰法。

然而區域中央周邊的白色標靶，從剛才就頻繁落空。

外圍的標靶幾乎百發百中，所以與其說是當事人技術不夠純熟，更像是……

「雫以巨集偵測有效範圍內部飛翔的標靶，提升中央區域紅色標靶的密度，在這個聚合系魔法的影響之下，白色標靶會被彈出中央區域，到這裡我還看得懂，但……」

聚合系魔法的基礎形式，是在魔法式定義的空間裡，將擁有魔法式所定義的「情報」的目標物，選擇性地聚集在魔法式定義的座標。如果用在物質，在提高目標物質密度的同時，也會發揮降低非目標物質密度的效果。

例如真由美製作乾冰子彈發射的那種魔法，為了得到充足的子彈數，也在初期工序組入收集二氧化碳的聚合系魔法。

在這個時候，並不是因為二氧化碳集中於一點時排除其他氣體，因而創造高密度二氧化碳的空間，而是讓二氧化碳注入指定的座標，在「同一時間」讓其他氣體流出。

把前例的二氧化碳換成紅色標靶，就是雫所使用的魔法。

這個聚合系魔法，是將特定空間——在這個場合是指有效得分區域的中央——的情報，改寫成「紅色標靶聚集的空間」。

講得更具體一點，這個魔法是將二十公尺見方，包覆有效得分區域還有剩的空間，改寫成為「紅色標靶密度越接近中央越高的空間」。

空間體積很龐大，但是同時間飛翔的標靶總數很少，所以對術士造成的負擔不大。這是因為改寫對象並非空間本身，而是空間內部標靶的分布狀況。

在魔法式改寫情報之後，紅色標靶將被吸引至區域中央，白色標靶從貫穿中央的軌道偏離。二高選手直接干涉的標靶，不會受到這種次等干涉的影響，但是二高選手想打中的「目標物」標靶並未受到其魔法控制，因此會受到雫魔法的影響變更軌道，導致打不中白色標靶。

依照「精速射擊」單淘汰決賽的規定，只要沒有直接攻擊對方選手就允許妨礙行為。不過標靶發射的間隔時間很短又是亂數，要一邊妨礙對方一邊打自己的標靶相當困難。這麼做大多會無法兼顧妨礙與狙擊而自我毀滅。但是雫使用的聚合系魔法，是將妨礙對手與破壞標靶化為一體兩面的術式，堪稱相當巧妙的作戰。

這個作戰曾經出現零星例子，擁有相當程度的效果。由於必須具備強大的事象干涉力，是一種很挑選手的作戰。因此親眼目睹的機會很少，但真由美也仔細研究過這個戰術。

所以真由美並不是對於魔法本身感到疑問。

「可是，最後的振動系魔法，為什麼有時發動、有時沒發動？」

若是複數標靶集中起來的狀況，會直接在中央相撞粉碎。

只有在飛翔中的紅色標靶僅有一個的狀況，才會使用振動系的粉碎魔法。

如果整個魔法是單一構造，振動系魔法破壞標靶的最終工序有時發動有時沒發動，是一件很奇怪的事。

「難道是預先設定魔法程序，若目標物是複數，就在振動系魔法發動前引導相撞？」

聽真由美的語氣就知道，她自己也不相信自己說出的推論。

因為設定這種時間差沒有任何好處。

「會長，我剛才說過，這是『聚合系魔法與振動系魔法的連續發動』。」

鈴音以略含嘲諷的聲音，訂正真由美的誤解。

真由美立刻理解這番話的意思。

並且反射性地提出反駁。

「不會吧！特化型ＣＡＤ應該只能儲存單一系統的啟動式啊！」

「這個質疑很中肯，但那不是特化型，是泛用型ＣＡＤ。」

鈴音的回答使得真由美更加混亂。

「不可能！

泛用型ＣＡＤ與特化型ＣＡＤ，從硬體、作業系統到架構都不同。

而且瞄準輔助裝置是配合特化型ＣＡＤ架構設計的附屬系統。

把瞄準輔助系統安裝在泛用型ＣＡＤ，在技術上是不可能的事吧？」

真由美的語氣越來越平靜，但從她泛紅的臉頰，依然可窺視尚未平復的激動情緒。

鈴音的笑容，也變成讓對手冷靜的溫和成熟笑容。

「我原本也是這麼認為，但是實際上做得到。據說這不是司波學弟獨創，而是德國在一年前發表的技術。」

「……一年前，幾乎是最新技術吧？」

「會長，最好別為這種程度的事情就驚訝。司波學弟吩咐我別透露，不過他準備了更厲害的最新技術。」

「哦……既然是祕密我就不問了。可是他對鈴妹說卻不對我說，我有點受到打擊。」

「因為會長是選手，他肯定不願意影響到會長的情緒吧。」

「也是啦……要是事先知道有這種術式，確實會影響我的情緒。」

真由美嘆了口氣，移回視線。螢幕一角顯示剩餘時間與雙方選手的得分。

時間所剩無幾，勝負則是已經底定。

（剩下三十秒。）

這兩週反覆無數次累積至今的練習，使得身體能夠正確計算五分鐘的競賽時間。

雫在紅色標靶飛進護目鏡所顯示的藍色球體的內側瞬間，就扣下ＣＡＤ的扳機。

標靶迅速粉碎。

大會准許選手利用護目鏡作為瞄準工具。沒在護目鏡設置輔助功能的選手反而少（類似真由美這種自己擁有瞄準方式的選手又是另一回事了）。

然而，不是為了瞄準標靶，而是為了區隔空間而加裝ＨＭＤ（頭戴式顯像裝置）功能的人大概只有雫——不對，或許該說是只有達也比較正確。

達也提議從頭到尾都使用不同於正統觀念的作戰，雫剛開始也有所困惑。不過或許是沒有實際競賽經驗反而成為利多，她沒花太多時間就習慣這種作戰。而且一旦習慣，就不想使用其他的裝備與術式。整套作戰就像這樣，如同為雫的感覺量身打造。

總之就是很輕鬆。

幾乎感受不到行使魔法伴隨的壓力。

雫知道自己不擅長精密控制。

所以她至今向ＣＡＤ工程師提出的要求都是加裝輔助功能，讓細部設定程序更順暢。

即使犧牲某種程度的速度，也要確實瞄準以行使魔法，並且確實控制威力。這是她至今對ＣＡＤ的要求。

她自信能以自己的處理能力彌補速度。

但是達也構築的術式，不需要進行細部設定。

構築主旨並非彌補缺點，而是將優點活用到極限。

這個術式是協助雫，將她足以高速連續發動魔法的處理能力，以及構築大規模魔法式的容納能力發揮到極限。

還有現在她手中的ＣＡＤ。

將瞄準輔助系統安裝在泛用型ＣＡＤ就令她驚訝，但處理啟動式的速度更令她驚訝。

泛用型的處理速度不如特化型。

與其說是常識，應該說是構造上的限制。

泛用型與特化型ＣＡＤ，從硬體、作業系統到架構都相異。

兩者的差異，就像是專用與泛用處理器，或是專用與泛用超級電腦的差異。

若身為中樞的演算裝置的性能相等，泛用型的處理速度絕對比不上特化型。而且一般來說，足以明顯體會得到兩者的差異程度。

然而——這個ＣＡＤ發揮的速度不輸給特化型。

（再五秒。）

——標靶飛進範圍。

——扣下扳機。

——發動魔法。

——標靶粉碎。

這種處理速度，即使相較於預賽使用的特化型也幾乎不遜色。

達也說，原理在於「限定使用兩種啟動式」。

還說這是競賽專用的ＣＡＤ才做得到，日常使用的ＣＡＤ做不到的祕技。

雫無法理解詳細的理論。

她認為無須理解。

魔法是道具。

CAD也是道具。

道具這種東西，只要能夠運用自如就好。

進一步的事情交給專家即可。

最後兩個標靶無須使用「動態空中機雷」，以循環演算的聚合魔法就相撞粉碎。

「滿分。」

雫說出自己的成績確認，展露勝利的笑容。

◇◇◇

正午。

第一高中的帳幕充滿喜悅的氣氛。

「達也學弟真了不起！這是振奮士氣的壯舉！」

背部反覆被拍打，使得達也有點不敢領教。嬌小的真由美臂力和外表相符，打起來並不怎麼痛，但因為她老是不罷手，使得達也開始感到煩躁。

「……會長，請冷靜。」

達也以視線向鈴音求助，她立刻幫忙勸阻真由美。

真是可靠的學姊——本應如此，但是鈴音直到達也求救前都置之不理，感覺在這個時候，她就已經是「一丘之貉」。

「啊，抱歉抱歉。」

真由美立刻停止拍打達也的背。可能是她僅存的冷靜足以令她察覺自己開心過頭……但她似乎不打算放過達也。

「不過，真的很了不起！居然獨占前三名！」

「……拿到冠軍、亞軍與季軍的都是選手，不是我。」

「北山學妹、明智學妹與瀧川學妹當然也了不起！各位表現得真好！」

學生會長滿臉笑容慰勞，「精速射擊」的一年級女子組選手們，以緊張又開心的心情，異口同聲說「謝謝學生會長」行禮致意。

「不過，這同時也確實是你的功績，無疑是壯舉。」

摩利沒有真由美那麼興奮，但依然以愉快的表情加入稱讚行列。

「這樣啊。謝謝委員長。」

「怎麼回事，答得有氣無力。本次出場選手包辦前三名的壯舉，身為工程師的你貢獻良多，我們都抱持這個共識。」

雫她們率先大幅點頭回應摩利這番話。

「我自己也不敢相信。」

「莫名有種魔法功力突飛猛進的錯覺。」

這不是雫，而是另外兩人的感想。

雫就只是露出理所當然的表情頻頻點頭。

「尤其是北山學妹的魔法，大學已經前來洽詢，或許會正式採用列入《索引》。」

然而鈴音接下來這番話，使得真由美睜大眼睛、摩利啞口無言、雫全身僵硬。

《索引》的正式名稱是《國立魔法大學編纂・魔法大全・專有名詞索引》。

這是國立魔法大學所製作，收錄於魔法百科全書的魔法專有名詞一覽表。受到該索引採用，意味著這個魔法並非當成現有魔法的衍生型收錄在魔法大全，而是大學正式認定為「新魔法」列為獨立條目。這是開發魔法的國內研究人員當成目標之一的榮譽。

可是——

「這樣啊？到時如果詢問發明人姓名，請回答是北山同學。」

「怎麼這樣！不行！」

達也興趣缺缺如此回應，使得雫慌張走向他。

「那明明是達也同學獨創的魔法啊！」

「……新魔法的發明人姓名以首先使用的魔法師註冊，這是常有的事啊。」

達也做出安撫瘋馬般的動作和雫保持距離，繼續以平緩的情緒抗辯。

「嗯……太過謙虛也會惹人嫌喔。」

摩利露出有點掃興的表情勸誡，達也不得已搖了搖頭。

「不是謙虛。」

「不然是什麼？」

「以自己的名字註冊為發明人的魔法，實際上自己卻無法使用——我只是不想讓這種丟臉事曝光罷了。」

確實，要是成為新魔法發明人而為人所知，經常會被要求公開示範。

明明是自己發明的魔法卻「無法使用」，有可能會被質疑是剽竊他人發明的魔法。

達也刻意避諱也是情有可原，然而……

「……自己無法使用的魔法，你要怎麼確認可以運作？」

光靠理論就能構築魔法實在過於反常，假設真的做得到，把未經實作檢驗的魔法交由他人使用，依然是無視於風險的瘋狂科學家行徑，明顯違反道德規範。

「並不是完全無法使用。只是發動時間過長，沒有達到『能夠使用』的水準。」

「好了好了，摩利與達也學弟都一樣，現在沒必要爭論這種事吧？」

真由美眼見達也的回答逐漸隨便了起來，連忙為兩人打圓場。

「難得剛開始就搶得好兆頭。達也學弟就維持這個步調，其他競賽也拜託你囉。」

真由美面帶笑容輕拍達也肩膀，達也則是對她客氣地低頭致意。

◇◇◇

第一高中「精速射擊」一年級女子組的成績，在其他學校也引發漣漪。

尤其是第三高中。他們抱持「今年一定要稱霸」的志氣參加九校戰，對於女子組「衝浪競速」的突發事故感到「雖然很令人同情，卻是個大好機會」而士氣高昂。如今對這樣的成績，他們產生近乎過剩的反應。

「那麼將輝，一高的那種成績，不是源自她們自己的能耐？」

一条將輝在二十人——第三高中所有新人賽選手——圍成的人牆之中，向集中過來的所有視線點頭示意。

「奪冠的那位北山同學魔法力確實卓越，以那種實力奪冠也令人認同。但我感覺不到另外兩人優秀到首屈一指。如果只看魔法力，她們應該無法囊括亞軍與季軍。」

「何況『衝浪競速』目前是我們領先，一高不像是只有今年的一年級實力特別好。」

「衝浪競速」到目前為止的成績如下：第三高中男子組兩人參賽都突破預賽；女子組兩人參賽也有一人突破預賽。相對的，第一高中男子組三人都結束賽程，卻只有一人突破預賽；女子組一人已經參賽並突破預賽。

「正如喬治所說，我們選手實力不輸他們。這麼一來原因就在選手實力以外的地方。」

「一条同學、吉祥寺同學，你們認為……是什麼原因？」

在「精速射擊」準決賽的季軍賽程連續敗給第一高中的女子選手提出這個問題。將輝與吉祥寺以眼神示意，確認彼此的意見一致。

「我們認為原因是工程師。」

告知答案的是吉祥寺。

「我想，對方負責女子組『精速射擊』的工程師功力非常深厚。」

「我贊成。喬治，那個奪冠選手的演算裝置……你有發現嗎？」

「嗯……那是泛用型。」

吉祥寺的回答，使得他們兩人以外的第三高中一年級受到龐大衝擊。

「怎麼可能……那個有安裝瞄準輔助系統耶！」

「對啊！我沒聽說過步槍造型的泛用型演算裝置！」

「確實，我在任何廠商的型錄都沒看過這種型號。」

眾人同時反駁，使得將輝臉上更添難色。

「……沒錯，市面上確實沒有販售這種型號。不過，瞄準輔助系統結合泛用型的演算裝置已有實例在先。」

「真的假的……」

將輝這番話，使得場中出現愕然的聲音。

語氣聽起來依然像是「無法置信」，但吉祥寺出言補充。

「是去年夏天，在德國杜塞爾多夫發表的新技術。」

「去年夏天？那不是最新技術嗎！」

「對，我也是藉這次比賽的機會重新調查才知道。」

「連一条都不知道，我們當然不可能知道……」

不自在的沉默籠罩一年級眾人。驚愕、不安、懷疑，以及……畏懼的碎片。

「……吉祥寺同學居然知道，不愧是我們的智庫。」

女子選手的這番話，是用來緩和沉重的氣息。

但吉祥寺無法應和。

「嗯……可是，當時在杜塞爾多夫發表的試作品應該還不到實用階段才對。運作遲鈍又缺乏精密度，真的『就只是組合起來』，是只有技術意義的實驗品。」

依然蹙眉的吉祥寺說出這番話，將輝也以非常不悅的語氣回應。

「不過，一高北山選手這次使用的演算裝置，速度與精準度都不輸給特化型，而且兼具泛用型可以處理不同系統啟動式的優點。如果這都是經由工程師之手得以實現……這個工程師實在不是高中生的水準，根本是一種怪物。」

「將輝，對方居然讓你形容到這種程度……」

「單一工程師負責所有競賽項目，在物理上是不可能的事情……」

「不過今後只要是那個傢伙負責的競賽，應該無法免於苦戰。至少在演算裝置方面，必須認定我們落後對方兩三個世代。」

將輝接在吉祥寺推測之後的這番不祥預言，引來難以喘息的沉默籠罩隊友們。

勁敵學校主力選手視為怪物的達也，絲毫不知道發生這種事（這是理所當然），在吃過略為遲來的午餐之後，來到女子組「衝浪競速」的比賽會場。

下午預定進行第四至第六場賽事。

穗香的比賽是第六場，如果只是遵守和她的約定，不需要這麼早來。

「啊，司波學弟，怎麼了？」

梓看到達也帶著深雪與雫前來，不禁微微歪過腦袋。這種小動物般的動作，令人聯想到抱著樹果的松鼠，使得達也一反憂鬱心情，不由得放鬆臉頰。他意識到嘴唇差點上揚露出笑容而刻意繃緊，卻無法完全收起鬆弛的嘴角，肯定是緊張感不足。

「……你是不是正在瞧不起我？」

「不敢，我是在佩服中条學姊的人品。」

「……果然在瞧不起我吧？」

「…………算了，隨便你。」

微閉雙眼瞪過來的表情，也只像是小孩子鬧彆扭，達也非得移開目光才能忍住笑意。

梓就這樣瞪著達也好一陣子，最後嘆了口氣，像是要說服自己般低語。

對她來說，這或許是日常的反應。

她的樣子隱約洋溢著哀愁。

令人覺得置之不理會有愧疚感。

「——我真的沒有瞧不起學姊。」

「……真的？」

「真的。」

「真的是真的？」

「是真的。」

梓心存懷疑仰望——因為身高差距，即使抬頭也得揚起眼神——達也則是用力點頭。

過度落落大方的這副態度，使得梓大概是總算接納這種說法（順利矇混？）恢復笑容。

「明白了，我相信司波學弟。」

梓說完向達也投以甜美的笑容，達也身旁的氣息隨即不穩搖曳。

達也不用看也知道。

他的腦中鮮明浮現深雪眉頭一顫的樣子。

（真是的……）

達也在心中嘆息，心想今晚又得討妹妹歡心才行——但是達也對此並不怎麼抗拒。或許他的精神出了一些問題。

——這件事暫且不提。

「所以有什麼事？距離光井學妹上場還有兩個多小時耶。」

「待在總部不太自在，所以容我前來避難。」

再度歪過腦袋的梓，察覺深雪正在達也身旁露出苦笑。

「……哥哥太在意了。」

深雪看到梓以眼神詢問，以「真拿哥哥沒辦法」的語氣回答。

「既然激發大家的幹勁，我覺得這樣的結果很好啊。」

另一邊的雫出言安慰達也。

「啊……啊，原來是這麼回事……」

梓光是如此就察覺事由，堪稱頗為敏銳。

雫她們包辦前三名，在午餐時間也備受稱讚。

不只是幹部，今天只要觀戰不用上場的高年級隊友也紛紛稱讚雫等人。雖然感覺只是順便，卻也有不少人提到達也的功績。

男子組「精速射擊」團隊，對此激發出異常的競爭心態。

如同雫所說，激發競爭心態反倒是最好的狀況。

打起幹勁，提升對於求勝的執著，只要沒有用錯地方，應該會產生正面效益。

但他們那種像是看到殺父仇人的瞪人方式，達也很想出言要求適可而止。

不過實際說出這種話會引發爭執，所以他提早來到競賽會場，避免惹出無謂的麻煩。

九校戰會場設置在國防軍富士演習場的東南區域。雖說是其中一區，但富士演習場原本就占地廣闊，區域大到光是在各競賽會場之間移動就足以當成健行運動。而且要是沒有這樣的面積，就無法準備「衝浪競速」的賽道與「祕碑解碼」的戰場。

「衝浪競速」的賽道是全長三公里的蜿蜒人工環狀水路。要打造男女共兩座賽道，還要附設階梯狀的觀戰區，光是打造這些就需要相當規模的土地。

可能是考量到在會場內部移動的方便性，「衝浪競速」的賽道蓋在九校戰場地的角落（前往其他會場時就無須繞過寬敞的賽道），原則上不會撞見其他競賽項目的選手。例如正在進行的男子組「精速射擊」參賽成員。

「其實也可以先回宿舍一趟，不過難得有這個機會，想說可以過來幫點忙。」

「真的嗎！」

開心回應的不是梓。

穗香不知道在哪裡聽到這段對話，忽然從選手區衝過來。

「那麼！請務必看一下我的ＣＡＤ！」

穗香最近也受到達也影響，將「輔助元件」改稱為「ＣＡＤ」。不提這一點，穗香幾乎要撲過來的氣勢，使得達也不禁差點笑出來。他繃緊表情違抗湧上的笑意安撫穗香。

「穗香，別這樣。這種說法對中条學姊沒禮貌吧？」

穗香現在的態度與這句話，會被解釋成對梓的功力抱持不滿也在所難免。

「呃，啊，對不起！」

穗香連忙低頭。

「別在意，我知道妳沒有那個意思。」

梓苦笑搖頭。

她的語氣有點像是大姊姊。

達也這次花了不少力氣壓抑想笑的衝動。

「衝浪競速」的平均競賽時間是每場十五分鐘。

但是包括收放踏板、檢查水道，以及若是有魔法造成的損傷部分，則要加以修復等，賽道的準備時間是兩倍以上。

基於這些因素再加上緩衝時間，「衝浪競速」的賽程是每小時一場。

最後一場是下午三點半開始，選手已經移動到起跑線。

過長的待命時間，可能使得選手無法順利調適心情，沒能發揮實力就結束比賽（實際上，每年正規賽或新人賽的男女選手都有這種例子），不過穗香或許是和深雪與雫聊天造成正面助益，從她站在踏板的樣子來看，她的專注力提升到很不錯的程度。

當時是因為穗香纏著達也，旁觀的深雪逐漸吃味，為了讓穗香離開哥哥，才拉她閒聊一些無所謂的話題。不過以結果來說，成為良好的轉換心情方式。

連手腕與腳踝也包覆起來的緊身衣以及厚實的泳鞋，是用來保護選手降低落水或衝撞造成的

摩擦與衝擊。但是稍微緊繃貼附全身的比賽服裝，則將選手的身體線條凸顯得比實際還要（？）凹凸有致。

大腿以鏤空文字大大印上「ICHIKO」（一高）標誌的穗香，讓五顏六色的緊身衣凸顯她不像高一學生的火辣身材，以單腳跪在踏板上的姿勢等待比賽開始。

她的CAD是包覆前臂，較寬而且較薄的機種，由於面積增加，操作按鍵也加大。

達也如同剛開始的聲明，他沒有修改穗香的CAD。

他姑且看過系統內容，不過沒有任何非得修改的地方。

梓與穗香要求達也提供建議，達也只說了一件事。

穗香所戴的深色護目鏡，是達也帶來的東西。

逐漸西斜的盛夏陽光，直接正對的話確實會耀眼到造成妨礙。

不過選手們不希望水珠附著在鏡片遮擋視線，幾乎沒人使用護目鏡或墨鏡。

梓認為只會造成視界受限的缺點，但穗香毫不猶豫戴上達也拿來的護目鏡。

「……這麼說來，光井學妹為什麼準備那麼多光學系的啟動式呢？」

工程師鮮少對啟動式的種類提意見。

連啟動式的內容種類都自行決定的達也是例外，工程師一般只會依選手要求，將啟動式安裝在CAD。

梓從選手資料明白穗香擅長光波振動系的幻影魔法，不過梓率直認為，以這項競賽的性質，應該沒有幻影魔法發揮的機會。

「『衝浪競速』禁止以魔法干涉其他選手，但是沒禁止選手干涉水面妨礙其他對手。」

「……這是什麼意思？」

達也對於梓的進一步詢問，只回以一個壞心眼的笑容。

新人賽女子組「衝浪競速」，第六場預賽正式開始。

就在開賽的下一秒——

觀眾幾乎同時基於反射動作，將視線移開水道。水道如同閃光燈般發出耀眼光輝。

一名選手落水。

在其他選手失去平衡停止加速時，只有一名選手順利衝刺一馬當先。

如同預料到這種事態——應該說她正是製造這種狀況的當事人——而戴上深色護目鏡的選手，就是穗香。

「好。」

達也發出計畫成功的聲音，梓愕然仰望他的側臉。

「……這是哥哥的作戰？」

取下墨鏡詢問的深雪，聲音聽起來終究也是相當無奈（順帶一提，墨鏡是達也在開賽之前發給三人的東西。深雪她們只是不明就裡地依照達也的指示戴上罷了）。

「確實沒有違規，可是……」

雫的聲音也隱含幾分責難之意。

她應該是認為，若被批判這樣違反公平競爭的精神也無可奈何。

然而，告知比賽當中明顯出現不公平競爭的黃色旗幟——中止競賽的旗幟沒有舉起揮動。判定選手犯規失去資格的紅色旗幟更不用說。

也就是大會委員認定穗香的魔法與達也的作戰合法。

「……居然在水面使用光學系魔法，我從來沒想過。」

或許是個性無比率直，梓感嘆低語。

「說到干涉水面，大多只會注意到波浪、漩渦這種水面的動靜，不過比賽規則終究有准許『以魔法干涉水面妨礙其他選手』。要是讓水面沸騰或全面凍結難免過於危險，但我覺得至今沒人使用眩目作戰反而不可思議。」

雙眼在毫無心理準備的狀況被強光照射，視力不可能立刻恢復。

賽道即使平緩卻蜿蜒蛇行，選手不可能在視界受到封鎖的狀態全力衝刺，穗香和其他選手之間，已經拉開可說是決定性的差距。

「……勝負底定了。」

「……這個作戰是誰想的？」

從螢幕觀戰的真由美她們，由於螢幕主動調節亮度而沒有產生眩目症狀，卻也因此能夠冷靜評價這個作戰的獨創性，並且感到驚訝（不過冷靜又驚訝的形容方式也挺奇怪的）。

真由美接在摩利的細語後面提出這個問題，回答的則是鈴音。

「是司波學弟。」

「咦，可是達也學弟應該沒負責這項競賽啊。」

真由美聽到這個答案，以詫異的模樣歪過腦袋。

鈴音對此做出的回答，或許稍微詳細過了頭。

「作戰的詳情本身是光井學妹本人告訴我的。不過當時她有跟我提到，包含啟動式的挑選，整個作戰計畫是由司波學弟策劃。」

鈴音刻意提到「包含啟動式的挑選」，是因為她也認知到這是特例。

「……真的是接二連三有所表現啊。」

從摩利的語氣彷彿聽得到咂嘴聲。

「怎麼了？看妳心情似乎不太好。」

摩利沒有回答真由美。

不過這股沉默本身，就大幅反映摩利的心境。

「……正如宗師所說，巧思很重要。」

就真由美看來，摩利是因為達也展現她沒想到的作戰而不悅。摩利以變化多端的技術聞名，這一幕看在她眼裡應該不是滋味。

「這是過去九年沒人想到的作戰，我覺得這時候應該率直地佩服。」

「……我有在佩服，所以才令人生氣吧？」

鈴音一語道破，摩利心不甘情不願承認自己在嫉妒。

但鈴音也是知道她的度量有辦法如此承認，才會刻意吐槽。

「不過這是僅限一次的作戰吧？單淘汰決賽怎麼辦？」

真由美提出這個疑問，她應該不是要幫摩利打圓場。

然而……

「應該不用擔心吧？那個男人不可能沒想到這一點。」

「是的，這也是為下一場比賽布局。」

看來是杞人憂天。

◇ ◇ ◇

「唔～……這麼做是不是對不起穗香呢……」

穗香維持最初奇計領先的距離穿越終點線，達也見狀以有點過意不去的聲音低語。身旁的深雪面色一沉仰望哥哥。

「……怎麼了？」

兩人的樣子似乎在避免他人得知詳情，察覺到這一點的梓輕聲詢問達也。

「啊，沒事……」

達也回覆的是支支吾吾，用來辯解的發語詞。

即使如此，他也沒有直接閉口不提。

「這場比賽似乎單純比速度也能獲勝……我覺得或許不需要使用眩目作戰。」

「這樣啊……不過剛開始的眩目魔法成功取得領先地位，作戰本身算是成功吧？」

不知道達也他們在擔心什麼的梓再度歪過腦袋。

「做出那麼搶眼的事情，會被其他選手盯上……」

「準決賽是三人一組……下一場比賽恐怕會是一對二的戰鬥。」

達也的話語由深雪補充。

梓至此終於理解到他們在擔心什麼。

「什麼嘛，原來是這種事。」

而且梓若無其事露出笑容，拋開達也他們的擔心。

「您說『這種事』……但我認為這樣相當不利啊。」

深雪客氣提出反駁，梓開朗搖頭示意。

「沒那回事，我們學校打從一開始就被盯上囉。」

「這樣啊……」

梓過度開朗地如此斷言，使得達也一瞬間誤以為她在炫耀。

——不過就只是一瞬間。

即使達也再怎麼遲鈍，也沒有遲鈍到聽不懂梓是在安慰他。

◇　◇　◇

「贏了！達也同學，我贏了！」

穗香一離開水道，就這麼穿著緊身衣，不等換完衣服就衝到達也面前告捷，一副隨時會興奮雀躍的樣子。

「啊……嗯，我有看到，恭喜妳。」

不只是隊友，其他學校成員的視線似乎也集中過來，使得達也一邊祝賀，一邊向前伸出雙手作勢攔阻，試著讓穗香平復情緒。

然而，這卻造成了反效果。

「謝謝！」

穗香不知道是怎麼誤會，緊緊握住達也伸到面前的雙手，以水汪汪、隨時會喜極而泣的雙眼凝視達也的臉龐。

連深雪也很少如此直接表現情感。

達也嚴重缺乏這方面的經驗而愣在原地，他面前的穗香真的掉淚了。

「我總是在正式上場時失常……幾乎沒有在運動會或對抗賽之類的比賽贏過。」

達也第一次聽到這件事。如果是真的，有可能成為新人賽戰略上的嚴重失算。

然而達也無計可施而左右游移的視線，看到雫正在穗香身後五指併攏左右揮動手掌。

這個動作，看起來像是在吐槽「沒那回事」。

達也就這麼任憑穗香抓著雙手，將視線固定在雫身上。雫隨即朝著達也動起嘴唇。從她的嘴唇動作，可以解讀出「那・是・小・學・的・往・事」幾個字。

（小學的往事啊……）

達也仰天嘆息。

「能夠突破預賽，都是託達也同學的福！」

穗香應該沒有說謊的意思……但她先入為主的傾向會不會太過激烈了呢？

即使深雪投以冷如冰錐的視線（形容成「冰錐」是因為前端尖銳無比），穗香也毫不畏懼，需要好一段時間才平復情緒。

無論是運動競賽或對奕，沒幹勁就難以掌握勝算。

魔法競賽也一樣。

看到隊友的活躍而心想「再來就輪到自己了」受到激勵，這是產生幹勁的基本系統，因此世人公認「勝利」是提高士氣的特效藥。

然而有時候，「幹勁」會帶來「自負」，「自負」很容易直接演變成「徒勞無功」。她們面前就有一個實際的例子。

「森崎學弟得到亞軍……」

真由美的話語婉轉藏起失望的情緒。

「可是另外兩人預賽就被淘汰嗎……」

緊接著是摩利展露失望情緒的話語。

新人賽首日結束，一高三年級幹部聚在會議室，看著男子「精速射擊」成績同聲嘆息。

「男子組與女子組的成績相反了……」

「也不能這麼說。第三高中拿到第一與第四名，女子組爭取到的積分還足以領先。

我認為不用過於悲觀。」

鈴音以冷靜的分析抹除真由美的懦弱發言，但還是不足以拭去沉重的氣氛。

「……也對。市原說得沒錯，過於悲觀也不太好。女子組的成績原本就過於亮眼。今天得把

暫時領先當成好事才行。」

「可是男子組不只是『速射』狀況不佳，『衝浪』也一樣。相對於兩名女子選手通過預賽，

男子選手只有一名通過。」

摩利的發言像是說給自己聽，克人則是對此面色凝重地提出異議（順帶一提，「速射」是

「精速射擊」、「衝浪」是「衝浪競速」的通稱）。

「要是繼續低潮，即使今年撐得過去，或許也會對明年之後造成影響。」

「意思是他們會出現每戰必輸的傾向？」

「有這個擔憂。」

克人的指摘，使得摩利與真由美都面有難色沉默不語。

第一高中的幹部自認是魔法科高中的領導者，對自己課以百戰百勝的目標，這樣的他們無法沉溺於「今年順利就好」的安逸。

「或許男子組的戰力需要調整。」

「可是十文字，就算要調整，事到如今還能怎麼做？」

摩利對苦悶低語的克人提出反駁。

「事到如今」這四個字說得沒錯。

新人賽已經開始，如今無法更換選手或後勤人員。

即使摩利以視線催促回答，克人也不再反駁。

然而克人給人的印象，與其說他被問倒，更像是早有腹案，只是現在刻意保持沉默。

◇◇◇

明天……不對，已經是「今天」了，終於即將輪到深雪上場。

風間曾經警告會暗中妨礙的犯罪組織，自從摩利發生意外之後就沒有任何動靜，但達也無法鬆懈下來。

如果他的推測正確，「敵方」會在即將開賽時對ＣＡＤ動手腳。

在夜晚搞鬼的可能性很低，但還是小心為妙。

對方擁有達也無法摸清底細的高超技術。

完成最終調校的ＣＡＤ，達也在系統層面進行嚴密鎖定，再放入保管庫上三道鎖，才終於離開工程車。

沒有人影。

感覺不到他人氣息，也沒有人類以外的氣息。

對於敵方而言，這邊的警戒應該也超乎預料。

獨立魔裝大隊的精銳——風間與他的部屬們暗自協助，所以即使對方企圖妨礙，也可以認定己方不會受到直接攻擊。

達也沒有無謂閒晃，從旅館安全門（當然有使用生物辨識認證系統）回到自己房間。

還沒進房，達也就在門前察覺。

他的室友是不會呼吸的機材。

因此在這樣的深夜，時鐘的分針經過凌晨又即將走完一圈的三更半夜，既然達也人在走廊，室內不可能傳出他人的氣息——但達也毫不遲疑開鎖進入。

「真是的，妳以為現在幾點了？」

和往常不同，達也以稍微嚴厲的聲音先發制人斥責。

因為狀況和往常不同，無法對這種事一笑置之。

接受斥責的對象，應該也察覺到和往常不同的事實。

深雪肩膀猛然顫抖，慌張從淺坐的床邊起身，戰戰兢兢觀察哥哥的臉色。

「睡眠不足會降低注意力。即使是妳，也無法保證不會意外犯錯而落敗。」

「非常抱歉！」

達也以正經的表情斥責，使得深雪含淚回應並且深深低下頭。達也聽到妹妹這種聲音，又看到妹妹這副模樣，就已經不可能維持嚴厲的態度。

「……明白就好。好啦，該回房了。我送妳過去。」

或許是溫柔的聲音令深雪得到力量，她抬頭以眼神抗拒哥哥的吩咐。

「深雪？」

「……哥哥，一下子就好，真的只要一下子就好。方便借用一點時間嗎？」

「……只能一下子啊。」

僵持不下只會浪費時間。

從經驗明白這一點的達也，以消極的肯定催促妹妹說下去。

「我聽雫說，哥哥拒絕了將自己姓名刊載在《索引》的榮譽。」

「並非正式就是了。」

「即使對方正式提出要求，哥哥也打算拒絕吧？」

「對。」

達也簡短地點頭表達肯定之意，深雪面對這樣的哥哥，像是在忍受某種情緒般咬著嘴唇佇立好一陣子。

「……這是考量到姨母大人的意思嗎？」

「對。」

簡短又迅速的回應。

深雪以泫然欲泣的表情低下頭。

「魔法大學的調查能力極強，以新聞網站為名義經營八卦網站的普通媒體機構根本比不上。甚至有可能匹敵軍方諜報機關。

新魔法的發明人，不只能利用大學資料，還能得到各種特權，因此會被詳細調查身家資料，藉以確實排除敵對國家的間諜或恐怖組織。調查程度和高中入學審查天差地遠。先不提四葉嚴密封鎖情報的『西爾弗』，但是對方很有可能揭露『司波達也』和四葉的關係。」

達也在泫然欲泣的深雪面前，以用來安慰稍顯冷漠的語氣述說理由。他使用這種語氣，是因為這一點即使弄哭妹妹也不能妥協，而且達也同樣得說服自己。

「…………」

深雪就這麼低頭不語。

沒聽到哭泣聲，使得達也稍微安心。

「確實，光是參加九校戰，被查出身分的風險就不是零。但是在魔法大全留名，和我在高中比賽活躍完全是兩回事。四葉的『隨扈』終究不能見光。妳認為那位姨母容許幕後人物走到臺前受人矚目嗎？」

深雪完全沒有回應，甚至無法說出安慰的話語。

這就是她對達也這番詢問的答案。

「現在實力還不夠。如果是一對一，我應該可以打倒『闇夜女王』四葉真夜。因為我的『分解』魔法很適合用來對付姨母的『夜』。

但現在的我就算能打倒姨母，也無法令四葉屈服。只靠武力、暴力還不夠。即使能夠逼退姨母，只會讓其他更加惡質的幕後黑手現身。現在唯有服從一途。」

達也這番話，與其說是講給妹妹聽，更像是講給自己聽。

達也以這種方式說服自己。

而深雪從正面抱住達也。

將泫然欲泣的臉蛋埋入達也胸口。

她的樣子或許更適合形容為「緊抓不放」。

「……我站在您這邊。」

「深雪……」

「我永遠都站在哥哥這邊。

那一天肯定會來臨，絕對會來臨。

無論是那一天來臨前或是在那之後，我都永遠站在哥哥這邊。」

「…………」

時鐘分針走過的時間，大幅超過「一下子」的定義。

不過就再讓妹妹任性「一下子」吧……溫柔環抱深雪的達也如此心想。

九校戰第五天，新人賽第二天早晨。

達也來到正在進行準備的新人賽「冰柱攻防」競技場。

野戰特殊工程車的大型機械懸臂，將長寬一公尺、高兩公尺的冰柱等距離並排。近距離目睹這種光景，就覺得上個世紀的機器人動畫，即將在不遠的某一天成真。

「……前提是無視於效率。」

「哥哥？您是指什麼？」

用來否定荒唐妄想的話語，似乎成了自言自語脫口而出。

「不，沒事。」

毫無意義的回答沒有再度引發詢問。

「差不多該走了。」

「好的。」

原本就只是在前往參賽途中稍微停下腳步。

達也催促深雪，一起走向「高臺」基座旁邊的待命室。

◇◇◇

今天最早的比賽——第一輪第一場比賽的開始時間，距離現在還有三十分鐘以上。達也預留相當充裕的時間進場。

「早安！」

……本應如此，但是第一場的參賽選手已經抵達。

「早安……抱歉，讓妳等我。」

「別這麼說，是我太早到。」

女子組「冰柱攻防」第一場比賽的選手——明智英美笑著搖頭，單手撩起蓋住臉部，散發紅寶石光澤的紅髮。

「艾咪早安，妳來得好早耶。」

「深雪早安。我鬧鐘還沒響就醒了，看來昨天的興奮情緒還沒退。」

她的另一個名字是艾米莉雅．格爾迪。全名是艾米莉雅．英美．明智．格爾迪。英美是英格蘭血統的隔代混血兒，「艾咪」這個暱稱與其說來自「英美(Eimi)」這個日本名字，應該說來自

「艾米莉雅（Emilia）」這個英國名字。

魔法師的能力，大幅受到遺傳天分的影響。

隨著魔法和國力逐漸密不可分，各國嚴格管制魔法師血統，公開或非公開禁止魔法師的跨國婚姻（表面上標榜婚姻自由的國家就是「非公開」禁止）。

但是達也他們祖父母的世代，是同盟國獎勵魔法師跨國婚姻的時代。藉由「優秀血統」的「交配」，「開發」更加優秀的魔法師。

結果導致魔法科高中歐籍或印籍血統的學生比率，大於所有高中的平均值。

雷歐是其中之一，明智英美這名女學生也是其中之一。

從她本人這番話就知道，她也有參加昨天的「精速射擊」。連續兩天和達也搭檔的她，除了深雪她們三人，是女子組最早和達也相處融洽的人。對達也來說也是能輕鬆相處的對象。

兩名女孩簡單交談作為問候，旁邊的達也則是從手提箱俐落取出ＣＡＤ，大致檢查外觀之後遞給了英美。

那是一把不適合少女的手，全長五十公分且造型冰冷，霰彈槍造型的特化型ＣＡＤ。

無須考量反作用力，所以材質重量和真槍相比大幅減輕，但若和手槍造型的ＣＡＤ相比，就如同外觀所示頗有重量。英美像是西部電影那樣俐落耍槍，再朝著窗外擺出瞄準架式。

「……艾咪，妳其實不是英系血統，而是美系血統吧？」

「我明明就已經否認過好多次了，連深雪都這麼說？我奶奶的家系從都鐸王朝起就受封『爵士』稱號喔。」

英美的語氣平易近人，和她述說的內容相反。

她維持這個姿勢將想子輸入ＣＡＤ。安全裝置不知何時已經解除，這種ＣＡＤ操作手法，和森崎的「迅發」屬於不同意義的精湛。

「怎麼樣？」

「唔～……我能理解雫的心情。」

「沒問題？」

大富豪北山家的千金積極想要「延攬」達也，這件事已經在一年級女子選手間傳遍。

「嗯，無懈可擊。」

英美解除架式，露出甜笑。

除了紅寶石色的頭髮與苔綠色的眼睛，她的外表明顯反映日本人的血統，給人的印象與其說是同學更像孩子。剛才的笑容也是天真無邪，比起女孩更想令人形容為女童。

「自己感覺不到嗎……」

這張笑容在達也納悶地自言自語時也沒有消失。不過主要是她聽不懂這句話的意思。

「我稍微調校一下，可以請妳戴上檢測儀器嗎？」

「咦，為什麼？」

「艾咪……其實妳不是早起，而是昨晚沒什麼睡吧？」

出乎意料的這個指摘，終究令她無法維持笑容。

「……看得出來？」

達也默默點頭回應英美的驚訝詢問，從她手中接過CAD安裝在調校機。

「……你搞不好比我爸媽還敏銳。」

英美乖乖戴上測量儀器，以「敗給你了」的語氣呢喃，將雙手放在測量板。

達也看著接連顯示測量數值的螢幕，表情逐漸嚴肅了起來。

而且就深雪所見，英美隨著達也表情的變化逐漸蜷縮身體。

「那個……哥哥？」

深雪沒有提出任何具體的詢問，不過達也聽到聲音就回神抬起頭，一邊露出客套的笑容，並以手指撫平眉心。

「難道說，艾咪也沒有使用安眠導入機？」

「『也』的意思是……司波同學也一樣？」

達也以稍微柔和的表情，點頭回應英美的反問。

「哇喔，我們是同志。那東西該怎麼說，不覺得挺噁心嗎？會發出詭異的聲波。」

「廠商姑且宣稱不會影響健康就是了……我對妳所說的噁心有同感。不過在無論如何都睡不著的時候令當別論。尤其是隔天要上場比賽的狀況。」

「是～」

英美的回應如同被家長責備的孩子，使得達也只能回以苦笑。

「那麼，我稍微提高回饋強度……或許會覺得刺激比較強烈，但妳要忍著點。妳不想被別人說成因為睡眠不足而輸吧？」

「我會忍耐，所以拜託了！如果發生這種事，我會變成大家玩弄的對象啊。」

光看字面沒有特別的含意，但是英美說話時臉蛋紅通通，還把手按在馬褲的敏感部位，使得達也整整愣住一秒。

「我不願意講得好像在懷疑什麼，不過深雪……妳們都在房裡做什麼？」

「討……討厭啦，哥哥，深雪沒有做任何虧心事！」

「這樣啊～原來深雪的房間是安全地帶。」

「艾咪！別在哥哥面前亂講話！」

令人不自在的沉默籠罩室內，要打破僵局非得唐突轉換話題。達也在心中輕聲說著這個不曉得對誰講的藉口。

「……幸好是早上的第一場比賽，比完務必在第二輪之前小睡片刻。深雪，不好意思，可以

麻煩妳安排『隔離艙』待命使用嗎？」

「明白了，我立刻回來。」

達也送深雪出門辦理知覺隔離艙（完全隔音、防震、遮光的封閉型睡床）的借用手續，並且開始進行ＣＡＤ的細部調整。

第一場比賽有點像使用了興奮劑的感覺，但還是在己方陣地剩三根冰柱時勉強獲勝。

順帶一提，這個反作用力使得英美現在無暇抱怨「好黑喔～」或「好窄喔～」，就進入近乎熟睡的睡眠。

這裡是第五場比賽——對於第一高中女子組來說是第二場比賽——開始前的待命室。

（記得最近才講過類似的話。）

達也如此心想，但還是忍不住說出接下來這句話。

「雫……妳真的要穿這套衣服比賽？」

「是啊。」

雫以「哪裡奇怪嗎？」的表情反問，使得達也好想抱頭煩惱。

「冰柱攻防」這項競賽，選手必須在四公尺高的平臺上，保護己方十二公尺見方陣地設置的十二根冰柱，並且先推倒或破壞敵方十二公尺見方陣地設置的十二根冰柱。

選手純粹以遠距離魔法較量，完全不需要用到身體。

換句話說，選手穿任何服裝都不會影響競賽（會妨礙ＣＡＤ使用的服裝自然不成）。

比賽規則對服裝只有一項限制：「不得違反公序良俗」。

這樣的比賽性質，必然——雖然很不願意認定是必然，但女子組的「冰柱攻防」，不知何時開始呈現出時尚服裝秀的樣貌。

順帶一提，在第二天與第三天的正規賽上場的花音，身穿和便服沒什麼兩樣的運動服裝。也就是韻律短褲、完全套住身體如同迷你連身裙的上衣、長達大腿的膝上襪與球鞋。

英美身穿白色高領上衣、紅色騎士外套、白色窄管馬褲、黑長靴加上同為黑色的馬帽，整套都是騎士風格。

不過到目前為止都是常見的比賽穿著，並非相當搶眼的類型。

然而雫的服裝是……

「那個，雫……」

「什麼事？」

「那套長袖和服……不會造成妨礙？」

是的，毫無疑問是長袖和服。

「放心，袖子比較短，而且我會用襷（註：固定衣袖的帶子）固定。」

雫說完就在達也面前俐落綁上襷。

看雫流暢的動作，就知道她很習慣穿和服。

然而——

（既然必須用襷固定袖子，一開始別穿長袖和服不就好了？）

達也依然忍不住在心中吐槽。

比賽當前，不可能有什麼充裕的時間，因此達也立刻放棄說服——既然她說這是用來振奮精神的「正裝」，達也就只能讓步。

雫所選擇——應該說達也讓她使用的ＣＡＤ是泛用型。

這代表達也選擇的戰術，是將實力均衡分配在攻守兩方面。

達也並非老是使用奇計。應該說，達也沒有意識到自己在玩弄「奇計」。

以達也的立場，他只是提供選手最合適的道具及活用道具的作戰。因此如果正攻法最有效，他就會毫不猶豫地採用。

本次就是如此。

或許是因其造型與眾不同，當雫出現在舞臺的瞬間，觀眾席議論紛紛。

但她本人面不改色，視這陣喧囂為無物，綁上襻而裸露在外的左手移到胸前。

雫的ＣＡＤ和平常使用的相同，是操作介面位於手臂內側的機種。

最近連女性魔法師都是以操作介面朝外的機種為主流，雫愛用這種介面朝內的女性化機種，或許該說真不愧是千金大小姐吧。但是老實說，平常沉默面無表情卻偶爾毫不留情吐槽的她，使用這個機種頗為突兀。

要是把這種感想告訴她本人，大概會被她默默揮拳修理吧。達也在腦中一角抱持這個感想，並且將監視器對焦。

接下來的時間——

雫的職責是將注意力集中於戰場。

讓她集中注意力則是達也的職責。

「深雪……妳不去達也同學那裡嗎？」

深雪並非在一般觀眾席，而是在選手與後勤人員專用觀戰區等待開賽。因此身旁的穗香如此加以詢問。

英美上場的第一場比賽，深雪也是在達也進入監視室之前和哥哥道別。

既然是同校選手，她在監視室加油也不奇怪，但是——

「『冰柱攻防』是個人賽，我遲早會和雫交戰。要是偷看對方的底牌就不公平吧？」

想看底牌的話，練習時應當有許多機會看得見。即使是第一高中，能練習這種競賽項目的大規模設施也不多。

所以深雪真正想說的是另一件事。

應該是考量到達也正在輔助遲早會和她交戰的選手，避免達也因無謂的事情而分心。

而且也是考量到雫，避免雫因為她的存在而分心。

穗香與雫從小學時代就是好友兼勁敵。直到國中時代，穗香的最好對手都是雫，雫的最好對手也是穗香。

在她們的交友圈，沒有其他孩子的魔法天分匹敵她們兩人。

升上高中之後，穗香與雫開始正式學習魔法，並且希望遇見彼此之外能夠切磋琢磨的勁敵。然而她們的內心一角也同時認為，或許無法遇見天分更勝於她們的人。

至今沒有十師族的孩子和她們就讀相同學校或補習班，但她們認識幾位「含數家系」的百家子弟，其中還是沒有同學值得稱為勁敵。

然而她們這份「自大」，在高中的入學測驗完全遭到粉碎。

原因就是身旁這名過於美麗的少女。

穗香在段考的實技成績，僅次於深雪、雫與森崎位居第四。但是先不提雫，穗香並不認為自己輸給森崎。

高中第一次段考的課題，是十個工序的單純術式（不過這是因為穗香天分很好，才會把十工序的術式形容為「單純」）。

只是因為處理過程不會造成負擔，單純在速度上輸給森崎，如果是工序更多的複雜術式，穗香認為自己明顯在森崎之上。

然而深雪處於不同的「次元」。

她壓倒性的天分與實力，甚至讓嫉妒成為愚蠢的行徑。

若有人說她是十師族直系後代，穗香應該會率直相信。

甚至認為理所當然。

——穗香在入學測驗會場首度看見深雪的魔法時，就如此認為。

穗香不知道內幕就已經得到正確答案，深雪的魔法就是如此震撼，凌駕於眾人。

入學至今四個月，這份印象從來沒有減弱，反而越來越強烈。

穗香認為即使是我行我素的雫，要是在近距離感覺到深雪的存在的話，也無法讓魔法發揮原本的威力。

因為穗香自己得知深雪取消參加「幻境摘星」的新人賽轉戰正規賽，不會和她直接交戰後，她不由得鬆了一口氣。

穗香回想起入學測驗的這段往事，連帶回想起首次見到「他」的往事。

穗香注意到達也的契機，其實不是新生說明課程那天發生的摩擦。穗香當時想對艾莉卡他們使用違反校規的魔法攻擊，在差點被風紀委員長帶走時受到達也搭救，但是穗香在那個事件之前就已經見過達也。

入學測驗當天不只是深雪，達也同樣湊巧和穗香同組接受測驗。

這對兄妹的外表並不是非常相似。

穗香也沒有餘力記住所有人的名字。

所以她注意到達也，並不是因為他是深雪的哥哥。

達也的實技成績很平凡。

包括速度、威力與規模都沒有亮眼之處，甚至低於平均。

但是，他的魔法非常「美麗」。

穗香不像達也能夠分析魔法式。

也不像美月對於想子或靈子，擁有特別敏銳的知覺。

不過，擅長光波振動系統魔法的穗香，比起一般魔法師，對於行使魔法的副作用所形成的光波雜訊很敏感。

過剩的干涉力與無謂的魔法式會震撼空間，令光子產生反應，釋放光波雜訊。

達也的魔法完全沒有讓穗香感受到雜訊。

代表達也的魔法式毫無累贅。是將魔法力全用在改變事象，計算到極致的精緻魔法。

穗香認為好美麗。

覺得是前所未見的美麗魔法。

甚至在後來看到深雪技壓群雄的魔法也無法忘懷。

因此，在新生說明課程那天，穗香看見達也的制服左胸沒有八枚花瓣的徽章時，有一種遭受背叛的感覺。

那一天，穗香對達也等人抱持過度的敵意，正是基於這個原因。

——你為什麼在（二科生）那邊？

——你為什麼不在（一科生）這邊？

穗香為這種不講理的憤怒所困。

達也的魔法無論是速度、威力與規模，確實遠遠達不到（一科生的）及格標準。

但是，能夠編組那麼美麗的魔法的「他」，居然甘願成為遞補的「雜草」，穗香認為這是難以原諒的背叛。

「……穗香，怎麼了？」

穗香恍然回神轉頭一看，深雪正以詫異——質疑的眼神看著她。

大概是覺得交談到一半沉思的穗香有點怪。

「抱……抱歉，沒事。」

若是其他人跟自己說話時陷入沉思，自己也會覺得很疑惑。自己現在的舉動、當時的「惱羞成怒」，以及意識著「他」的這份心意，這三個原因使得穗香紅著臉低下了頭。

◇　◇　◇

「終於輪到北山上場了。」

「這次似乎是普通的ＣＡＤ。」

兩名女性幹部再度湊到總部螢幕前方觀看，忙著將接連送來的比賽結果整理歸檔的鈴音，看到這一幕不禁嘆氣。

但即使像這樣刻意表達不滿，兩人也完全不為所動。

「這次會讓我們見識什麼樣的奇計？」

「不，這很難說喔。或許會一反我們的猜測使用正攻法。」

真由美與摩利正在注視大型螢幕顯示的「冰柱攻防」賽場，眼神就像是聚集在愛看的影片前方的小孩子。

鈴音死心再度嘆氣，回去處理沒人幫忙的工作。

真由美與摩利看到雫的服裝，連眉毛都不動一下。

對於第三次參加九校戰的她們來說，長袖和服不是非常奇特的服裝。

反而覺得「哎呀，今年特別的服裝真少耶」這樣。

總之正因如此，每年都來欣賞九校戰的雫，才會毫不難為情地選擇這套服裝吧。

「喔，開始了。」

兩人稍微將臉湊向螢幕。

賽場兩側的燈桿亮起紅光。

紅光變成黃色，再變成藍色。

這一瞬間，雫的手指在ＣＡＤ操作介面舞動。

己方陣地的十二根冰柱。

雫將所有冰柱當成施展目標，投射魔法式。

下一秒，對方選手的魔法式襲擊雫的陣地。

這是以移動系統魔法推倒敵方陣營冰柱的普遍戰術。

然而對戰選手的魔法，無法撼動雫的冰柱分毫。

◇◇◇

「喔，情報強化？」

各校總部的螢幕具備附屬功能，可以分析正在發動的魔法，如同熱像圖那樣以顏色顯示魔法種類與強度。

這項功能說明了這段攻防的詳情。

情報強化。

這是一種「對抗魔法」，將記錄目標物現狀的個別情報體，進行部分或完整複製並加以投射，抑制目標物本身個別情報體的可變性。複製部分屬性的情報強化，擁有可以阻止同屬性魔法修改目標物的功能。

螢幕顯示雫的魔法強化冰柱的位置情報——也就是「存在於此處」的屬性，使得敵校選手使用的移動魔法無效。

「還真的是正攻法。」

「摩利猜對了？」

聽到這段對話的鈴音在心中吐槽「我們擬定作戰又不是為了違背妳們的預測……」但是專心觀戰的兩人當然聽不到。

「不過，北山學妹這種干涉力特別強的魔法師，我覺得與其使用情報強化，使用領域干涉更像是正攻法。」

「就昨天所見，北山的魔法容納力很優秀。複製個別情報體應該不是難事。何況如果要妨礙特定魔法系統，情報強化的效率比領域干涉高。」

畫面中，對方學校再度使用移動系魔法攻擊，卻和剛開始一樣徒勞無功。

就在攻擊魔法失敗而終的瞬間空檔……

敵方陣地接連有三根冰柱粉碎。

「……剛才是怎樣？真由美，有沒有看到？」

摩利疑惑地詢問，真由美投以不太有自信的表情。

「這只是我在螢幕前面的推測……」

即使分析圖幾乎是同步顯示，相較於在現場直接感受魔法還是有所差異。

「不過，我想應該是『共振破壞』的應用。」

間接設置的魔法不會在目標物顯現魔法效果，必須從周圍影像推測選手使用的魔法。

「或許是她在敵方陣地施展振動魔法，將頻率改為無段變化，等到地面和柱子產生共鳴時固定頻率，猛然提升輸出功率，藉以產生共振狀態。」

「原來如此……為了迴避對抗魔法，所以不是直接向冰柱施加魔法，而是以地面為媒介啊。即使同樣以地面為媒介，相較於花音以蠻力強攻的『地雷原』，這是更講究技術的高明術式。搞不懂誰才是高年級。」

「尋找共鳴點得花一些時間，所以她使用情報強化爭取時間。也就是說，操作振動頻率對她來說輕而易舉？」

「是的。」

真由美與摩利都回想起達也當時打倒服部的無系統魔法——精密控制想子波振動頻率創造合成波的那項技術。

螢幕上頭所顯示出來的這個技巧，與其說是雫自己的技術，更像是改編達也的構想。兩人對此深信不疑。

◇◇◇

（不愧是雫，完成度好高。）

達也注視著監視選手狀態的螢幕默默點頭。

敵方陣地已經剩下四根冰柱。

己方這邊十二根都完好無缺。

螢幕上的生物節律曲線顯示雫只有稍微疲勞，維持著完全不會影響魔法行使的水準。缺乏睡眠的英美那種狀況不佳的徵兆，絲毫沒出現在她身上。而且「情報強化」與「共振破壞」都和練習時一樣……不，比練習時發動得更加順暢。

真由美她們只猜對一半。「共振破壞」是雫的母親擅長的魔法，雫也是和達也搭檔之前就熟練使用，在高中生之中擁有卓越水準。

但是原本的「共振破壞」，是直接朝目標物施展頻率逐漸無段提升的魔法，在固有頻率一致、對「使之振動」這種事象修改的抵抗力最低時固定頻率，以共振破壞目標物的兩階段魔法。

若是直接朝目標物施展振動魔法，可以感應個別情報體對魔法式干涉的抵抗強度找出共鳴點，但如果是間接設置，就必須額外觀測目標物的共振狀態。

觀測的部分不仰賴機械，而是寫入啟動式成為魔法工序，這就是達也的巧思。

把達也熟悉的魔法當成新工序追加而成的「共振破壞」衍生術式，雫用得相當得心應手。看她熟練的樣子就知道，她不只是在學校練習，在校外也自己進行相當程度的練習。

敵方陣地一根冰柱粉碎的同時，己方陣地也有一根冰柱倒下。

然而這只不過是對方「最後的垂死掙扎」，達也對此一目瞭然。

對方選手將所有魔法力灌注在剛才的攻擊。大概是承認無法免於敗北，至少要避免自己連一根都沒推倒，慘遭完封敗北的下場。

達也不透過監視器，以自己的雙眼觀察雫的背。

她釋放的想子波毫無亂象。

沒有動搖或亢奮，而是維持步調保護己方陣地的冰柱，攻擊敵方陣地的冰柱。

她大概原本就沒有完封勝利的奇怪慾望，在戰場上的表現令旁觀者安心。

用盡全力之後的敵方選手，不可能做得出有意義的抵抗。

敵方陣地剩下的三根冰柱，如同被浪濤捲走的砂城脆弱崩塌。

◇◇◇

深雪的比賽是第一輪的最後一場。

從早上推算就是漫長的等待時間，但中間包含午餐時間，當事人應該不會覺得等太久。

至於達也，他從早上到現在是第三場比賽，所以沒有「等待」這回事。

選手待命室有深雪與達也。

沒有穗香與雫的身影。

她們在午餐時間提到會在觀眾席加油，現在應該和艾莉卡他們會合了。

雖然不能形容成取而代之，不過五十里與花音，甚至真由美與摩利也前來助陣。

（好盛大的啦啦隊……）

達也在心中夾雜著無奈的心情低語，但他說出口的當然是不同的話語。

「很高興各位前來加油……不過委員長，您不用躺著休息嗎？」

三天前的「衝浪競速」準決賽，偽裝成意外的妨礙行為害摩利受傷，要一週才能完全康復。

即使魔法治療產生效果，只要不亂來就不會影響日常生活，躺在床上靜養肯定比較好。

「怎麼回事，連你也把我當成重傷患？我沒在蹦蹦跳跳，所以沒問題。」

「這樣啊……」

達也吞下「不，但您姑且身負重傷」這句話，轉而詢問真由美。

「會長不用在總部坐鎮？記得男子組也在比賽……」

「不要緊，那邊我交給範藏學弟處理。畢竟我下下個月就要卸任了，我覺得事情由我一手包辦不太好。」

論點非常正確，但聽起來實在像是睜眼說瞎話。

不過她們並不會妨礙競賽，而且繼續問答毫無助益。

「深雪，啦啦隊陣容堅強，但是不要反而過度緊張啊。」

響起某人輕聲笑出來的聲音，達也當成沒聽到。

應該是有人覺得這樣保護過度。但是對達也來說，妹妹過多久都是妹妹（應該是）。

「有哥哥陪在我身旁，所以不要緊。」

而且，抱持全盤信任仰望哥哥的深雪，不可能聽到這種雜音。

◇　◇　◇

深雪一走上舞臺，觀眾席一片譁然。

「那個樣子確實會令人驚訝……」

「不過很合適喔。花音不這麼認為？」

「我的意思是，那樣的打扮過度合適到令人驚訝。」

達也將花音與五十里的對話當成背景音樂沒聽進去，俐落地準備監視器。他眨眼之間設置完成，看向深雪不經意心想：「奇怪，為何要驚訝成這樣？」

深雪的服裝是白色單衣和服加上紅色女用褲裙，以白色緞帶將長髮綁在頸子後方。是的，即使綁頭髮的方式嚴格來說不一樣，不過這是巫女造型。如果她換掉ＣＡＤ改拿楊桐枝或鈴鐺會更加賞心悅目。

原本就工整過度的美貌，搭配這套衣服之後，甚至醞釀出神靈降臨的氣氛。不，這已經超越神靈降臨，形容為通神也不為過。

「對戰選手好可憐，氣勢都被蓋掉了。」

「這也沒辦法吧。即使是我，或許也會有點退縮……啊，難道這是故意的？」

真由美與摩利從身後傳來的聲音無疑是投向自己，因此達也全身轉過來回答。

「您說這是故意的？但我覺得以魔法儀式的穿著來說，這樣的打扮並不稀奇。」

只不過，這個回應顯示雙方的問答牛頭不對馬嘴。

「……達也學弟是神道家系？」

被反問的一方似乎較困惑。真由美頗為猶豫地再度提問，達也則是毫不猶豫地搖頭。

「不是，但我是日本人。」

「……或許……吧。」

達也看到真由美支吾點頭，認定「這個話題就此結束」，再度轉身面對監視器控制臺。

達也的說法姑且合理，難以反駁。

但如果有人全程旁觀今天發生的事情，肯定會發現他的態度前後不一。

同樣是和服，達也看到雫的長袖和服有所抗拒，卻對妹妹的巫女造型完全不抱持疑問——客觀來看，這樣的感性果然有某些問題。

◇◇◇

深雪絲毫沒想到後臺上演這樣的短劇——這也理所當然——靜心等候比賽起始訊號。

偷跑是嚴重犯規的行為。

幹勁提振過度就會下意識發動魔法，深雪充分自覺到自己這樣的壞習慣，因此在等待比賽開始的這段時間，她不像其他選手用來提高鬥志，而是專注克制自己。

……不過在他人眼中，這樣的她散發著「寧靜祥和」的氣息。

賽場兩側的燈桿亮起紅光。

深雪微閉的雙眼睜開，眼神筆直投向敵方陣地。

觀眾席傳來讚嘆聲。

不只來自一處，是來自觀眾席多處……不，幾乎來自全場。

觀眾陶醉仰望深雪釋放堅強目光的雙眼，而且年輕女性出乎意料多於年輕男性。

會場已經不再是欣賞比賽的氣氛。

雖然對不起對方選手，但觀眾的目光已完全被深雪的一舉手一投足所吸引。

紅光變成黃色，再變成藍色。

這一瞬間，強烈的想子光輝不分敵我陣地覆蓋整座賽場。

接著賽場——分成兩個季節。

深雪的陣地覆蓋極凍寒氣。

敵方的陣地揚起隱約搖曳的熱浪。

敵方陣地的冰柱全部開始融化。

對方選手神色緊張，拚命構築冷卻魔法，卻毫無效果。

己方陣地化為超越嚴冬的凍土地獄。

敵方陣地化為超越酷暑的焦熱地獄。

然而連這幅景象也只是過程。

片刻之後——

己方陣地逐漸覆蓋冰霧——

敵方陣地開始受到昇華的蒸氣所覆蓋。

「這難道是……」

「冰炎地獄……？」

摩利與真由美的驚嘆聲，從後方傳入達也耳中。

達也心想「她們真清楚」，但沒有回頭。

他的目光在監視器與深雪背影之間來回。

中規模區域型振動系魔法「冰炎地獄」。

將目標區域一分為二，降低其中一個空間所有物質的動能與熱能，將剩餘能量放到另一個區域加熱，藉以符合能量守恆原則，是一種顛覆熱熵的魔法。

這項高難度魔法，偶爾會在魔法師證照測驗當成A級檢定考題，使得許多考生含淚敗退，但

是對深雪來說，只是理所當然能夠使用的魔法。

這原本就是區域魔法，不用擔心有效範圍越線犯規，不需要對此緊張兮兮。但所謂的魔法，即使是再簡單的術式也嚴禁粗心大意。達也守護著深雪，並做好心理準備。要是發生任何危險狀況，即使會被判定失去資格，也要不擇手段介入戰局。

然而這應該只是無謂的擔心。

敵方陣地的氣溫已經超過攝氏兩百度。

急速冷凍製作的冰柱，是內部包含許多氣泡的劣質冰塊。結構受熱弱化的冰柱，在氣泡膨脹之後出現裂痕。

忽然間，氣溫停止上昇。

下一瞬間，一道衝擊波從敵方陣地中央擴散。

是深雪切換了魔法。

空氣的壓縮與釋放。

敵方陣地變得脆弱的冰柱無法承受衝擊，輕易地崩塌。

◇◇◇

選手三百六十人，技術人員七十二人。有些學校不會帶作戰人員參賽，不過九校選手團人數合計超過四百五十人。如果是派對（或稱宴會）模式就可以同時應付這麼多人的飲食問題，但是大會期間也不能每天舉辦宴會。

早餐是先來先用的自助式，午餐基本上是提供便當讓選手拿到各校帳幕、工程車或房間吃，晚餐則是以學校為單位，在三間餐廳每小時換班進行（各校分開是為了防止作戰外洩）。

其實晚餐時間是同校成員每天唯一齊聚一堂的機會。

一個小時的晚餐時間，也是為當天戰績共同分享喜悅、分擔懊悔的時間。

至於第一高中今晚的餐桌，明顯分成憂喜各半。

憂的是一年級男子選手聚集的一角。

喜的是一年級女子選手聚集的一角。

至於達也，則是以萬綠叢中一點紅的顛倒型（或許應該說萬紅叢中一點綠？），位於女子選手集團這邊。

「深雪那招好厲害喔～」

「那叫作『冰炎地獄』吧？學長姊們都嚇了一跳。聽說那招就連A級魔法師，也不太容易施展成功呢。」

「艾咪打得挺順利喔。不過第一場讓人有點緊張。」

「騎士裝加上使槍動作好帥氣。」

「雫也好迷人！不只是長袖和服很出色，把對方逼到無計可施的戰鬥風格也好酷～」

新人賽女子組「群球搶分」是亞軍與入選（前六名的意思）各一，算是「普普通通」的成績，但新人賽女子組「冰柱攻防」參賽選手全部晉級第三輪，是僅次於「精速射擊」的佳績。使得女子選手們沉浸在慶祝情緒之中。

「冰柱攻防」淘汰賽的進行方式，是參賽的二十四名選手在第一輪進行十二場、第二輪進行六場比賽。三人都晉級第三輪，就代表該學校在前六名占了一半。

決賽將由第三輪賽程的三名勝利者爭冠。看來這下真的有可能創下同校學生獨占決賽名額的壯舉，所以要她們別樂昏頭或許比較難。學長姊們也是露出「拿妳們沒辦法」的笑容，守護她們開心的模樣。

「司波同學，雫的魔法是『共振破壞』的變化型吧？」

提出這個話題的是達也沒負責的一年級女子選手。雖然知道對方的長相與姓名，卻不是非常熟稔。坐得有些不自在地（即使想換座位，深雪也不會允許）默默用餐的達也，忽然成為目光焦點而退縮，但還是勉強以正常的語氣回應。

「答對了。」

這聲回答聽來冷漠，但還是比以往柔和。對方即使同校又同為一年級，卻是平常幾乎沒機會來往的一科女學生。達也至少還懂得貼心避免嚇到對方。

然而這份貼心導致喧囂聲增幅。

「啟動式果然是司波同學改編的？」

「雫在『精速射擊』使用的術式，是司波同學獨創的吧？」

「能夠寫出『冰炎地獄』，也是因為司波同學吧？」

「聽說穗香的眩目作戰也是司波同學想出來的。」

眾人接連表達意見，連逐一回答的時間都沒有，使得達也在內心不敢領教。但是她們正處於一種躁動狀態，在比賽持續緊張的現狀，這種類似慶典的嬉鬧可以大幅轉換心情。這些誇張的讚美反過來看，是一種增加自信拭去不安的自賣自誇，達也能夠理解這樣的心理，所以只有默默聆聽，不會刻意潑她們冷水。

「真好……要是我也請司波同學輔助，或許也可以得第一。」

但這番話終究講得太過分，不能視若無睹。

即使如此，若由達也出言告誡會造成摩擦。達也悄悄以眼神朝鄰座的深雪示意。

「菜菜美，這種說法有點問題喔。」

委婉勸誡後，這名女學生立刻察覺到，這番話有可能解釋成自己對工程師表達不滿。她不只是表現出驚慌的態度，還發出驚慌的聲音起身，在學長姊之中尋找負責她的責任工程師。看到當事人笑著向她揮手，才露出鬆一口氣的表情，大幅鞠躬致意之後回座。

「啊～急死我了。」

「菜菜，不可以把自己實力不足怪罪給CAD喔。」

「嘿嘿嘿……我會反省。」

少女們交談的音量稍微降低，但要形容成講悄悄話還有一大段距離。

「不過多虧司波同學，我們才得以發揮更勝以往的實力，這是事實。」

在「精速射擊」拿下第三名，姓瀧川的這名女學生說完之後，英美誇張點頭。

「調校CAD基於某種意義，必須把自己的內在展露無遺吧？居然讓男生工程師對我們做這種事……我剛開始是這麼想的，但是能讓司波同學負責調校，我真的很幸運！得感謝那個把司波同學讓給我的男生才行。」

蘊含天真笑容的天大誤解，使得達也只能苦笑。

然而，也有人無法以苦笑帶過。

「啊，喂！」

一名男學生發出粗魯的撞擊聲起身。

雖有人出聲制止，森崎依然頭也不回拿著用過的餐具前往配餐區，就這麼離開餐廳。

恰巧在同一時間，橫濱的中華街。

雖然稱不上滿漢全席，但桌上擺滿遠勝高中生餐桌的高價食材製作的中式全餐，一群人以陰鬱又煩躁的表情圍坐。以紅色與金色為主的豪華色彩裝潢，甚至凸顯出這些男性的壞臉色。

「……新人賽不是對第三高中有利嗎？」

他們是以英文對話。

「難得逼渡邊選手棄權，但要是維持現狀，最後會是第一高中優勝吧？」

然而他們明顯具備歐亞混血東方人種的特徵。

「要是賭盤的大熱門勝利，我們莊家就會全賠啊。」

「這次的賭盤尤其吸引了許多大客戶。即使是我們，要支付的賭金也絕對不是小數目。本期的營收將會出現大缺口，這麼一來……」

男性們以沉重的表情相視。

「……在場所有人將成為總部肅清的對象。依照損失金額，首領可能會親自動手。」

其中一人仰望著飛龍在空中盤繞身軀的金線刺繡掛軸，壓低聲音如此低語。

喘不過氣的沉默，從眾人的頭頂襲擊而來。

「只是沒命還算好……」

某人脫口低語。

聲音因為恐懼而顫抖。

魔法競賽不像非魔法的運動競賽，性別差異的影響不大。

即使如此，考量到「衝浪競速」或「群球搶分」這種競賽會因為體能影響勝負，因此新人賽從今年開始男女分開進行。

反過來說，新人賽是今年首度男女分開進行。

直到去年都是男女混合賽，所以自然分成「衝浪競速」與「群球搶分」由男子選手參加，比較不受體能影響的「冰柱攻防」與「精速射擊」則是女子選手參加（甚至有些學校的男子選手比例偏高），觀眾也不會因為同時舉辦男子組與女子組競賽而分散。

至於男子組競賽與女子組競賽，哪一邊比較受歡迎呢？

歷年的正規賽，一般觀眾傾向於觀看女子組競賽。軍警、消防、大學等相關人士則是集中在男子組競賽。

——說到今年的新人賽則是……

「好多人……」

「不過男子組那邊似乎很好找空位。」

兩名少女身在和擁擠無緣的大會參賽者專用觀戰區，正以同情的眼神，注視著座無虛席的一般觀眾席。

是真由美與摩利。

「總覺得大學的相關人士相當多。」

真由美將目光移向貴賓席低語。

「看到昨天那場之後，當然無法只看影片就滿足吧？」

摩利以這番回覆表達贊同之意。

「說得也是，我們也是為了重新親眼見證而來。」

為求選手身體狀況的公平性，比賽順序和昨天相反。

大會第六天，新人賽第三天。

「冰柱攻防」第三輪第一場比賽。

真由美看向時鐘，等待深雪上場。

時間稍微往前推。

達也與深雪前往「冰柱攻防」待命室時，兩名第三高中的學生擋住去路。都是男生。

其中一人體格近似達也，身高與肩膀寬度看來也幾乎一樣——不過長相是對方遠勝。

另一人稍微矮一點，但可能因為該校秉持重視戰鬥實技的校風，不會給人孱弱印象。

對方似乎也同時察覺，筆直走向達也他們。

「我是第三高中一年級，一条將輝。」

比較高的男生首先開口。

對初次見面的人使用這樣的語氣有點傲慢，但奇妙的是達也沒有感到不悅。

同為一年級學生的一条將輝，有種自然就居於領導地位，令人覺得他以領袖身分行事相當自然的風範。

他的雙眼筆直注視達也。

「我同樣是第三高中一年級，名字是吉祥寺真紅郎。」

比較矮的男生以禮貌的語氣但挑釁的眼神，說出自己古典風格的姓名。

「我是第一高中一年級的司波達也。所以，『染血王子』與『始源喬治』在比賽之前找我有何貴幹呢？」

感覺不到惡意。

也和敵意有些不同。

然而肯定不是友善的態度。

真要形容，就是毫不遮掩的鬥志。

達也和將輝一樣，以對初遇的對象來說有些粗魯的平常語氣回應。

達也認為這時候以假惺惺的禮儀偽裝，反而對這兩個人失禮。

「喔……不只是我，你連喬治都知道，那就可以長話短說了。」

「司波．達也……我至今沒聽過這個姓名，但是今後我再也不會忘記。你恐怕是九校戰開辦以來前所未見的天才技師。雖然比賽前這麼做可能很失禮，但我們是來見你一面。」

「年僅十三歲就發現始源碼之一的天才少年將我評為『天才』，我實在不敢當……但確實是

達也直言不諱回應對方的任性藉口。」

然而彼此都沒有動氣的跡象，而是抱持堅定的意志注視敵人。

「深雪，妳先去準備。」

看來得稍微應付一下才行。如此判斷的達也，沒有移動目光就向深雪下達指示。

「明白了。」

深雪向達也行禮致意之後，如同將輝他們不存在般，看都不看一眼就進入待命室。動作看起來沒有刻意移開目光，是自然又完美的無視。

將輝的目光瞬間跟著深雪移動，但立刻移回達也。

「……『王子』，你們不是也快比賽了？」

然而達也瞬間看出這份不可能看錯的動搖與依依不捨，感到有些洩氣。

達也的視線沒有隱瞞傻眼的情緒，使得將輝遲於回應。

「……我們會在明天的『祕碑解碼』上場。」

吉祥寺代為回應。

吉祥寺是新人賽男子組「精速射擊」冠軍，將輝是新人賽男子組「冰柱攻防」最熱門奪冠人選。各校會派王牌參加「祕碑解碼」早已在預料範圍之內，無須強調。

「你呢？」

達也很想反問這是什麼意思，但差不多該走了，時間可貴。

「我沒負責那個。」

雖說如此，達也不願意只有自己詳細回答，所以同樣回以抽象的話語。

「這樣啊……真遺憾。很想找機會和你的選手交戰，不過獲勝的當然會是我們。」

吉祥寺的話令達也感覺「這是在挑釁？」但他立刻改變想法，這兩人確實是來挑釁。

「耽誤你的時間了，我期待下次的機會。」

達也還沒回應吉祥寺，將輝就對達也這麼說，並且和吉祥寺經過達也身旁而去。

——這傢伙直到最後都很高傲。達也如此心想卻沒有回頭，走進深雪等候的待命室。

「所以，他們到底來做什麼？」

走出更衣室的深雪，開口第一句話就是詢問剛才那一幕的事情。

「偵查……吧？但我覺得沒意義。」

達也歪頭選擇無關痛癢的語句回應，把深雪換衣服時準備完成的ＣＡＤ交給她。

比賽當前，對無謂的事情分心只會是負面影響，所以達也已經想結束這個話題。但深雪聽到達也的回答，若有含意輕聲一笑。

「哥哥，我覺得是宣戰。」

達也並不是聽不懂妹妹的意思，他自己也感覺受到挑釁。

但達也認為這樣很奇怪。

「慢著，可是……我甚至不是選手啊。那兩人超越魔法科高中的範疇，已經在魔法師世界確實享有名聲，我不認為他們會敵視我。」

「……您不相信？」

即使深雪揚起雙眼投以鬧彆扭的視線，達也依然無法輕易認同。

這裡所說的「敵視」，是將對方視為旗鼓相當的敵手。

客觀來看，達也的地位遠不及他們兩人。至少在表面上，即使討論彼此地位都是自不量力。

雖說如此，他們也不像是知道達也的底細。

依照常理，「染血王子」與「始源喬治」不可能把我視為勁敵——這是達也的想法。

達也不是謙虛，而是真的如此認為。妹妹看到這樣的哥哥，深深嘆了口氣。

「……哥哥，在這種狀況之下，過度低估自己會導致誤判戰況。您受到何等注目、成為何等焦點、別校被哥哥——被哥哥的技術與戰術激發出何等的對抗心態，我認為哥哥應該以更加客觀的態度認知。」

深雪難得提出如此直截了當的諫言。

達也受到深雪以出乎意料的魄力責難，不禁倍感驚愕。

深雪第三次以神祕的美貌擄獲觀眾席上的眾人，以如同神助的壓倒性實力蹂躪敵陣。

同一時間，「衝浪競速」的水道，正要進行女子組準決賽的第一場比賽。

選手已經就起始位置。

穗香也在其中。

「唔～」

「…………」

「這有點……」

「…………」

「唉，那個，是啊……」

「…………」

「妳們兩個，從剛才就怎麼了啊？」

看著在起跑線並排的三名選手，使得觀眾席上的艾莉卡發出頭痛的聲音，身旁的美月啞口無

言，雷歐則是一臉無奈地詢問她們。

「總覺得啊～不覺得很奇怪嗎？所有選手都戴墨鏡。」

「艾莉卡，這時候要講『護目鏡』啦……」

是的，如艾莉卡與美月所說，這次不只是穗香，另外兩人也戴著深色護目鏡。

「這是理所當然的吧？要對抗光井同學的眩目魔法，這是最簡單確實的方法。」

幹比古回以基於常識的推論，艾莉卡隨即發出鬆懈笑聲，像是在說「很無聊耶～」。

「……妳有什麼不滿？」

「因為啊～這樣應該正合達也同學的意吧？選手在『衝浪競速』不戴護目鏡，是因為不願意水花沾上鏡片影響視界。明明有這個重要的理由，卻因為看到對手使用一次眩目魔法，沒有多想就戴上護目鏡……明明有其他方式可以防範眩目魔法……」

「所以穗香同學這次會用水花妨礙視線？」

艾莉卡聽到美月的詢問，露出對比賽失去興趣的表情點頭。

然而……

「這就難說了……我不認為達也會使用這麼單純的計策。」

「……或許吧。」

幹比古的指摘，使得艾莉卡好奇心再度高漲。

這一次，開賽的下一瞬間沒有發出閃光。

「慢了一步？」

「不，緊跟在後！」

穗香經過起跑線前方的平緩蛇行彎道，第二個切入最初的急轉彎。

「咦？」

領先的第一名選手展現奇特的過彎方式。

她大幅減速，在彎道「中央」轉彎。

穗香同樣減速，擦過彎道的內線過彎，超越「繞了大彎」的選手取得領先。

「剛才是怎麼回事？」

一般來說，不是大幅減速擦過內線，就是避免減速沿著外線轉彎。

剛才那樣大幅減速卻遠離內線過彎，只能說不上不下。

「……彎道好像有影子。」

雷歐的詢問，使得艾莉卡銳利瞇細雙眼低語。

「啊，又來了！」

這次是平緩的曲線大彎道。

穗香剛才超越的選手，留下過度寬裕的空間預防出界，將速度減到無謂的程度過彎，結果更加落後穗香。

「……原來如此，是這麼一回事啊。」

「啊，什麼？」

艾莉卡詢問點頭的幹比古。

「艾莉卡的推測沒錯，達也的目的是讓其他選手也戴上遮光護目鏡。」

幹比古甚至忘記平常和艾莉卡在情緒上的爭執，以興奮的語氣回答。

「不過並不是為了以水花阻擋視線，是讓對手難以辨識暗處。」

「對喔！幻術居然可以這麼用……」

「嗯，光是調整明暗度，就可以控制對方的行動。魔法真的是端看如何使用……」

「……你們兩個不要自己認同，告訴我是怎麼一回事啦。」

雷歐不滿的聲音，使得差點沉浸在自己世界的幹比古恍然回神。

「抱歉抱歉。換句話說，達也的作戰是……」

◇ ◇ ◇

「司波學弟的作戰很單純。
以光波振動系魔法調整水道的亮度。
深色護目鏡就已經讓視界變暗，光影界線會讓對方選手誤以為是水路邊界，避免進入暗處。
換句話說就是縮減對方選手的水道寬度。」
克人前去男子組「冰柱攻防」觀戰，代為坐鎮在總部的服部，以及跟他前來的桐原，全神貫注傾聽鈴音的說明。
「即使心裡明白水道應該更寬，卻很難抵抗眼睛傳送的情報。而且無論是任何選手，在狹窄賽道的速度絕對比不上寬敞賽道。讓對方選手無法發揮實力是戰術的基礎。」
「……可是光井學妹本身不受影響嗎？」
「因為她為此反覆練習過。」
回答服部的這番話非常簡潔。
「……一般來說，術士本人都會認為自己不會受影響而放心吧？」
「這部分不能放心。司波學弟要求過，既然水道寬度固定，那麼就不能依賴眼睛，而是要以身體記憶。」
鈴音的回答令桐原發出聲音思考。
「……看起來是奇計，其實是正攻法……看來他差勁的不只是個性。」

桐原脫口而出的感想，使得鈴音發出笑聲。

上午競賽項目結束，第一高中的帳幕完全處於慶賀狀態。

新人賽女子組「冰柱攻防」第三輪，三場比賽都獲勝。

下午的單循環決賽，由第一高中的參賽選手包辦。

穗香也晉級「衝浪競速」決賽。這樣的成績很適合形容成「勢如破竹」。

只不過，一年級男子組的十名選手，無法和她們一起開心。

要是發揮原本的實力，男子選手們得到的成績應該不會比女子選手遜色，卻因為幹勁空轉造成失誤連連而敗退，招致進一步的焦慮，完全陷入惡性循環。

在這樣的氣氛中，女子組「冰柱攻防」的三名選手——深雪、雫、英美，以及責任工程師達也，四人不在總部帳幕裡，而是被叫到旅館會議室。

「時間不充裕，所以我長話短說。」

找他們過來的是真由美，只有她獨自在會議室等待。

「本次是歷年來首度由一所學校包辦單循環決賽。司波學妹、北山學妹、明智學妹，妳們真的表現得很好。」

恭敬、平靜、慌張，三人的反應各有不同，但同時行禮回應真由美的讚許。

「大會委員會對於這次首創的壯舉做出提議。無論單循環決賽名次為何，本校得到的總積分都一樣，所以提議取消單循環決賽，由三人並列冠軍。」

三人面面相覷，達也則是揚起嘴角嘲諷。

大會委員會的真意顯而易見，表面理由再怎麼冠冕堂皇，也只是想讓自己樂得輕鬆。

「是否接受大會委員會的提議，我交由各位決定。但是沒辦法給妳們太多時間考慮，請現在當場決定。」

真由美這番話，使得英美心神不寧，視線開始游移。

她非常清楚自己的實力，對上深雪或雫都沒有勝算。

英美直到剛才都認為得到第三名就非常滿足。然而即使只是並列，只要有可能名列第一，要求她克制野心是強人所難。

深雪看著達也。

而雫看著深雪。

「達也學弟，你的意見如何？要是三人都要交戰，我想你應該也難以行事。」

達也心想：「原來如此，真由美也希望以並列冠軍的方式收場。」

站在代表隊隊長的立場，這確實是她最歡迎的結果吧。

「老實說，以明智同學的身體狀況，最好避免繼續比賽。剛才的第三輪是一場激戰，我不認為光是一兩個小時就能恢復。」

不過對達也來說，他不認為需要考慮這種事，只告知他所知道的事實。

「這樣啊……明智學妹，達也學弟這麼說。妳呢？」

「那……那個……我聽到剛才的提議之前，就覺得棄權也無妨了。我身體狀況確實從剛才就很差，原本想和司波同學商量之後再決定……畢竟司波同學比我更明白我的身體狀況。」

她的語氣有些愧疚，大概是覺得自己順水推舟贊成大會委員會的意圖頗為奸詐。這也是她靜不下心的主要原因。

「這樣啊。」

真由美露出慰勞的微笑點頭，將視線移向深雪與雫。

「我……」

「我想戰鬥。」

先開口的是雫。

她蘊含堅定意志的雙眼，筆直看向真由美。

「能夠和深雪認真較量的機會，今後不曉得還剩幾次……我不想放過這個機會。」

「這樣啊……」

真由美看向地面，輕輕嘆了口氣。

「深雪學妹的意思呢？」

「既然北山同學期望和我比試，我就沒有拒絕的理由。」

真由美也早就明白，實際上個性非常強悍的深雪會如此回答。

「明白了……那麼明智學妹棄權，由司波學妹與北山學妹舉行決賽，我會把決議轉達給大會委員。決賽應該是下午立刻進行，最好現在就開始準備比賽。」

達也率先向真由美這番話行禮致意。

他轉身離開會議室，深雪與雫立刻向真由美行禮之後跟著離開，英美也慌張說聲「告辭了」低頭致意。

◇◇◇

觀眾席大爆滿。

新人賽女子組「冰柱攻防」的單循環決賽告示牌改為決賽，並且刻意和其他競賽時間錯開，在下午第一個時段舉行。

不只是一般觀眾席，與會人員的觀戰區也座無虛席。

達也同樣在這裡，坐在真由美與摩利中間。

調校完兩人CAD的達也，沒有陪在深雪或雫身旁，而是坐在與會人員觀戰區最後排。

他已經對兩人告知自己的所在處。

並且對兩人都說了一聲「加油」。

「但你其實想陪在深雪學妹那邊吧？」

不過，真由美露出壞心眼的笑容如此詢問，就像是要破壞這難得的「佳話」。看來她的小惡魔個性，在達也面前會更加明顯。

「是的。」

就某方面來說，肯定是因為捉弄起來毫無效果而賭氣吧。

「……承認得真乾脆。」

總是扮黑臉，實際上卻比真由美善良許多——或許如此——的摩利嘆氣吐槽。這已經逐漸成為她的制式反應。

「你知道『戀妹情結』這個詞吧？」

「我無法理解，比賽時為親人加油，為何會聯想到戀妹情結？」

這也是逐漸成為慣例，睜眼說瞎話的中肯反駁。

但真由美她們終究有所成長了。

「唔哇，摩利，聽到了嗎？這孩子惱羞了耶。」

「病入膏肓，大概不可能完全康復吧？」

不同於以往的「欺負學弟」新方式，使得達也無奈地心想，這種講給別人聽的悄悄話，要是當事人在場應該毫無意義。

這樣的中場短劇，只是最後高潮開幕前的緩衝。

如同要證明這一點，兩名選手走上舞臺的同時，觀眾席鴉雀無聲。

兩名少女隔著戰場對峙。

一邊是入目冷冽的白色單衣和服加紅色褲裙。

一邊是入目清涼的水藍色長袖和服。

深雪沒有束起頭髮，雫沒有綁上襷。

長髮與長袖和服的衣袖，隨著夏日微風搖曳。

兩名少女釋放出緊繃的寂靜。

這是沒有夾帶狂熱的冷靜「戰意」，非常適合這項純粹以魔法較量的競賽。

預告開賽的燈號亮起。

燈光變色，成為開戰狼煙的瞬間——

雙方同時施展魔法。

熱浪襲擊雫的陣地。

然而冰柱居然撐得住。

阻止冰柱溫度變化的「情報強化」，逼退將戰場全區加熱的「冰炎地獄」熱浪。

深雪的陣地遭受地鳴襲擊。

然而這股震動在引發共振前遭受鎮壓。

抑制己方整座陣地振動與移動的區域魔法，魔力甚至遍及地面與地底。

兩人相互阻擋對方的魔法，將改寫事象的魔掌伸向敵陣冰柱。這是一場行家才懂，令專家嘖嘖稱奇，不分軒輊的攻防——看似如此。

然而兩名當事人並不這麼認為。

（過不去……！不愧是深雪！）

雫的「共振破壞」完全被敵陣封鎖。

相對的，深雪的熱浪覆蓋雫的陣地。

對抗魔法「情報強化」，是用來阻止魔法改寫目標物的情報。

無法排除魔法轉換成物理能量造成的影響。

即使阻止魔法對冰柱加熱，加熱的空氣融化冰柱也只是時間問題。

（既然這樣！）

雫戴著ＣＡＤ的左手伸入右手袖口。

抽出來的手，握著手槍造型的特化型ＣＡＤ。

這是達也讓雫持有的王牌。

雫讓槍口對準敵陣最前排的冰柱，以左手扣下ＣＡＤ扳機。

（同時操作兩個ＣＡＤ？雫，妳學會這招了？）

深雪看見雫左手握著手槍造型的ＣＡＤ，內心產生動搖。

同時操作複數ＣＡＤ的技術是她哥哥的得意招式。難度之高甚至堪稱「特異」招式。

達也同樣勸過深雪學習同時操作複數ＣＡＤ的技術，但她認為辦不到而拒絕。

必須完全控制想子才能操作複數ＣＡＤ，深雪認為自己的魔法會下意識失控，所以要挑戰這種技術言之過早，而且學習哥哥擅長的招式，她會有種不勝惶恐的心情。

然而雫此時此刻，在她的面前拿起第二個CAD。

沒有造成想子訊號波相互干擾，就完成第二個CAD的啟動程序。

深雪的魔法瞬間停止。

持續演算的魔法至此中斷。

雫的新魔法於此時襲擊而來。

「『聲子邁射』？」

真由美的驚叫，使得達也置身事外地心想「妳真是博學多聞」而佩服。

深雪陣地最前排的冰柱冒出白色蒸氣。

至今三場比賽，對方選手連碰都碰不到——在魔法層面上——的深雪冰柱，首度著實遭受攻擊而受損。

命中的是振動系魔法「聲子邁射」——提升超音波振動頻率，進行量子化之後形成熱線發射的高階魔法。

這是達也傳授給雫打倒深雪的作戰……但他面色凝重。

不是因為深雪可能會落敗。

是因為他早已明白，這種程度的實力，終究無法超越那個妹妹。

內心的動搖只有短暫的一瞬間。

深雪也配合施展新魔法的雫切換魔法。

冰柱冒出的蒸氣——冰的昇華現象忽然停止。

並非化為熱線的超音波射擊受阻，而是勝於「聲子邁射」加熱的冷卻魔法開始生效。

深雪的陣地立刻覆蓋一層白霧。

霧氣緩緩逼向雫的陣地。

深雪明白雫提升了「情報強化」的干涉力。

然而……

（……很遺憾，雫，妳太天真了。）

湧向敵陣的霧是「寒氣」。妨礙溫度變化——融解的魔法，對上這個攻擊毫無意義。

「……這是……『冰霧神域』？這裡是什麼魔界啊……」

摩利發出這樣的驚嘆聲。

達也對這番話頗有同感，但沒有說出口。

廣域冷卻魔法——「冰霧神域」。

這個術式，原本是無視於區域內所有物質的比熱與位相，平均予以冷卻的魔法。但也可以運用相同原理，製造鑽石冰塵、乾冰粒，甚至是包含液態氮的大規模冷氣團射向目標物攻擊。

而且這個魔法的威力，如今提升到了最高層級。

液態氮的霧氣穿過雫的陣地，消失在賽場的另一端。

雫的冰柱其中一面——深雪正對的那面，沾滿液態氮的水珠，在基部形成「水塘」。

深雪解除「冰霧神域」，再度發動「冰炎地獄」。

雫的「情報強化」只對原本就在賽場的冰柱有效，對於新附著的物體沒有效果。

在遠勝於汽化熱冷卻效果的急遽加熱之下，液態氮同時汽化。

膨脹率為七百倍。

雫的冰柱同時發出轟聲倒塌。轟聲或許是冰柱倒毀聲、基部崩碎聲，或蒸氣爆炸聲。

冰柱表面粉碎迸裂，顯示爆炸多麼猛烈。

或者是顯示這幅光景多麼駭人。

片刻之後，比賽宣告結束。

◇　◇　◇

「穗香，恭喜奪冠。」

比賽結束並完成藥檢的穗香回房換衣服時，先回到房間的雫起身祝賀。

「謝謝……雫好遺憾。」

「嗯……我不甘心。」

這段話以平淡的語氣述說，不免令人懷疑「真的不甘心？」但是從小學就情同手足的穗香，不可能誤解雫的真心話。

「雫……」

穗香將雫比自己矮一點點的頭擁入懷中。

雫就這麼雙手無力下垂，靠在穗香的懷裡。

「我從一開始就不覺得會贏。」

「這樣啊……」

「可是，完全束手無策。」

「…………」

「穗香，我不甘心……」
「……真遺憾。」
兩人就這樣短暫任憑時間流逝。
「……謝謝，我不要緊了。」
雫說完離開穗香。
她的臉上沒有淚痕。
「是嗎……？雫，要不要去喝個茶？我肚子有點餓。」
「……嗯。」
「那我換個衣服，等我一下喔。」
雫露出有些害羞的笑容，朝著神情開朗的穗香點頭示意。

穗香一踏進茶室，立刻陷入進退兩難的局面。
她和先到的客人——深雪目光相對。
不可能掉頭就走，卻也無法如常輕鬆前去同坐。差到不行的這場巧合讓穗香好想哭。
「穗香，恭喜奪冠。」
深雪的笑容一如往常華美，卻隱約像是裝出來的。看來即使有程度上的差異，深雪同樣無法

「一如往常」。

「穗香，恭喜妳。」

達也像是要斬斷這股尷尬的氣息，立刻——要是穗香這時候結巴或展現不自然的親和笑容會更加損壞氣氛，所以不能讓她有這種空檔——以一如往常的語氣搭話。不過這個行徑也在同時斷了穗香的後路。

「啊，那個，謝謝……」

「達也同學，方便同桌嗎？」

進無可進，退無可退，打破這個僵局的人是雫。

「當然方便。」

語畢，達也起身走到空座位的後方，深雪則是連同茶盤端起了茶杯，從達也正對面移動到他旁邊的位子。

「請坐。」

「謝謝。」

雫毫不猶豫坐在達也拉開的椅子——正對深雪的座位。

穗香臉頰羞紅，同樣在達也幫忙拉椅子之後，坐在正對達也的座位。穗香與雫叫住剛好經過的女服務生點了蛋糕套餐，然後達也再度看向兩人。

「慶祝冠軍與亞軍，這一頓由我請。」

「咦，可以嗎？」

「……那就恭敬不如從命。」

穗香顯得有些猶豫，但雫大致明白達也真正的意圖——也就是想安慰她，所以沒有過度客氣就點頭答應。

穗香看到好友比預料的更快振作，不禁鬆了口氣，總算把意識移回自己身上。

「那……那個……」

「嗯？」

「那個，這次能奪冠是託達也同學的福！謝謝你！」

穗香把意識移回自己身上，才察覺自己奪冠這件事還沒向達也道謝，內心比剛才更加動搖，但還是勉強流利道出感謝之意。

達也朝她微笑點頭。

「我只是稍微出點助力罷了。」

達也謙虛，而且並沒有否認，是因為不想小題大做。穗香沒有反駁「稍微」這兩個字，應該是因為她理解這張笑容的意思。

達也確認之後，將目光移向雫並收起笑容。

「我做了對不起雫的事情。」

「啊？」

雫露出不明就裡的表情回視達也。

「先不提勝負，原本應該是一場更加難分高下的比賽……但我的判斷太天真了。要在短短兩個星期精通『聲子邁射』，我認為終究是強人所難。」

「啊，原來是這件事……不，完全不是達也同學的錯。到頭來，要是沒有那個魔法，我甚至沒有反擊的手段。」

雫理解達也道歉的原因之後用力搖頭。

「沒能精通是我的錯，我才應該道歉。要是能夠運用自如，就可以打一場更漂亮的比賽了。害深雪和我這種沒實力的對手交戰，我也感到過意不去。」

「沒那回事。當時我真的嚇了一跳。畢竟妳忽然使用那麼高階的魔法，而且還是以同時操作複數ＣＡＤ的技術施展。」

深雪朝著雫露出笑容搖頭，接著以調侃的眼神瞪向達也。

「哥哥，您是真的想以那套戰術讓我輸吧？」

連達也都無法立刻答出這個難以回覆的問題。

「……我只是對妳們兩人都盡最大的努力而已。」

到最後，他只能擠出這種表面話回應。

即使是表面話，但深雪明白哥哥絕對沒說謊。

深雪雖然明白，但這個答案裡的真心話，依然無法令她滿足。

「真是的……這個人難道不疼愛妹妹？」

「要是我放水，妳才會真正動怒吧？」

對朋友抱怨哥哥，這種行徑在世間是理所當然，不過以深雪的場合極為罕見。所以不只是反駁的達也，也誘使穗香與雫展露笑容。

◇ ◇ ◇

大會第七天，新人賽第四天。

今天是堪稱九校戰的重點競賽項目「祕碑解碼」新人賽的單循環預賽舉辦日，但觀眾的注意力集中在明星競賽項目「幻境摘星」上。

只限女性的「幻境摘星」，參賽服裝是色彩繽紛的彈力全身緊身衣、荷葉邊迷你裙，再加上無袖外套或背心。成為服裝秀（扮裝大會？）的女子組「幻境摘星」，有著不同的華美風格。

不對，年輕女孩會穿著這樣的服裝在空中飛舞。

在魔法競賽項目中，華美程度應該是首屈一指。

會吸引男性粉絲的關切（應該說注目）也是在所難免。

不過——如果不是達也多心，觀眾們似乎有些注目過頭。

而且並非俗念纏身的色瞇瞇視線，是帶著大量敵意之刺的視線。

「……聽說你遇到關於自己的事就會變得遲鈍，原來是真的。」

完成第一場比賽上場準備的選手，以這番話調侃達也。

「我不否認自己遲鈍……但里美看得出來？」

「那當然。」

她的姓名是里美昴。就讀第一高中一年D班，所以當然是一科生。里美其實是姓氏，兩人的交情沒有親密到以名字互稱。

「大家都在注意司波同學喔。」

她是有點類似摩利的少女。兩人相似之處，具體來說就是比起異性更受同性歡迎。

不過終究只是「有點」類似，要是兩人站在一起，給人的印象應該會大不相同。

假設讓兩人穿上晚禮服吧。

摩利會是「女扮男裝的美人」。

昴則是「劇團的美少年角色」。

大概會像這樣在印象上有所區別。

昴或許是意識到自己的外表，言行舉止大多蘊含少年氣息。

不過即使這麼說，她的個性並不「粗野」，如同現在所示，觀察力也頗為敏銳。

「畢竟纖『精速射擊』，連『冰柱攻防』也包辦前三名。明眼人一看就知道，提升效率的演算裝置軟體在比賽中貢獻良多，而且理所當然會猜測是怎樣的工程師負責調校。」

「……稍微調查一下，應該就知道責任工程師是誰吧？」

「就是這麼回事。司波同學現在是各校的警戒對象。」

如果昴說得沒錯——也毫無否認的要素——事態正朝著達也不樂見的方向進展。

所有事情或許都會在缺乏準備的狀況被迫著手進行，這就是「世間常理」。

即使如此，現在依然處於過度缺乏準備的狀況。

按照預定計畫，「司波達也」高中畢業之後才會正式登上舞臺。

「那麼……這次也讓我以這份特權獲勝吧。老實說，如果是這個演算裝置，我不覺得會在預賽水準的比賽中落敗。」

昴在通往賽場的門前停下腳步，舉起戴著手鐲的右手反射朝陽發出燦爛光芒，轉頭露出無懼一切的笑容。

達也豎起大拇指送她上場。

昴應該會正如自己所言通過預賽。

藉由達也調校的ＣＡＤ。

達也不喜歡引人注目，雖說如此也無法放水。

如果是剛以二科生——雜草的身分入學，除了某人之外，完全不受任何人期待的當時還很難說，但是現在的他不被允許這麼做。

提拔他參加九校戰的真由美與摩利、表態支持的克人、壓抑己身情緒推薦他的服部、不顧危險擔任受測者的桐原、對他抱持期待的穗香、雫與其他女子選手們，以及——無條件相信他、協助他的深雪。

一度交織而成的人際關係，連他也難以「分解」。

◇　◇　◇

「幻境摘星」以四人一組進行六場預賽，由各場比賽的勝利者共六名進行決賽。

這是九校戰比賽次數最少的項目，卻不代表選手的負擔很輕。

首先，以十五分鐘為一節，共計三節的比賽時間，是九校戰中時間最長的項目。加上每節的五分鐘休息時間，總比賽時間達到一小時左右。即使和沒有時限的「冰柱攻防」或「祕碑解碼」一相比也長得多。

而且選手們在比賽時是不斷在空中飛翔，必須持續發動魔法在空中移動，據說對選手造成的負擔匹敵全程馬拉松。

這樣的比賽一天要進行兩場。

從體力層面來看，這項競賽號稱比「群球搶分」或「祕碑解碼」還要吃力。

基於這個原因，考量到選手的疲勞，預賽與決賽間隔時間很長，堪稱本競賽的特徵。

第一場比賽在早上八點舉行，共使用兩座賽場，預賽在正午結束。

決賽則是在下午七點舉行，是九校戰唯一的夜間戰。

別勉強擠在同一天，將預賽與決賽分成兩天舉行似乎比較好，但是賽程會如此安排，姑且有其原因存在。

「幻境摘星」這項競賽，是以球棒打擊空中投影的立體全像球（正確來說是立體影像的球體。現代的空中成像技術，嚴格來說和立體全像球的成像原理不同）。也就是說，必須從地面看得見十公尺高的幻像，這項競賽才能成立，不適合在盛夏明亮的陽光下進行。若是在晴天進行接近中午的第三場比賽，上空還會有飛船鋪設遮陽幕。

「幻境摘星」依照這個性質，原本是在夜間進行的競賽。

為了避免選手身體擋住投影光線導致幻像消失，立體影像的投影設備設置位於圓形環繞賽場的照明塔頂端。從這一點也能理解到，這項競賽是以夜間進行為前提。

◇　◇　◇

第二場比賽結束後——穗香與昴都照預定勝出預賽——達也暫時回到旅館房間假寐。

兩名選手應該也回到了自己房間，使用安眠導入機熟睡中。

在這個比賽項目，迎接決賽不可或缺的要素就是恢復體力。

工程師達也沒必要讓身體休息，但是讓精神休息一下肯定比較好。其實達也想使用知覺隔離艙，但是這個設備優先提供選手使用，因此他拉上室內的遮光窗簾躺在床上。

「幻境摘星」應該正在進行第三場比賽。能夠負責前兩場比賽是自己運氣好。雖然只錯開一小時，但是這一個小時可能大幅影響體力與精神力的恢復。

達也希望深雪在正規賽的預賽也能早點上場，但這並非能自由安排的事情。認定思考也無濟於事的達也，就這樣看開並且中斷思緒。

身體不累，因此他沒有逼自己入睡，放任意識心猿意馬。

閉目躺平的達也，意識跳到昨天早上。

一条將輝與吉祥寺真紅郎——雖然與達也的年齡相同，卻已經在魔法師世界建立穩固名聲的兩名天才少年。

一条將輝——三年前大亞聯盟（大亞細亞聯盟）進攻沖繩時，新蘇聯（新蘇維埃聯邦）同步揮軍進攻佐渡，當時的一条將輝年僅十三歲就加入防衛線擔任義勇軍，和一条家現任當家一条豪毅共同以「爆裂」埋葬許多敵兵，是擁有實戰經驗的魔法師。

戰鬥本身的規模很小（新蘇聯依然否認進攻佐渡的武裝集團和他們有關），但他基於這份實績被喻為「一条的染血王子」（此處提到「染血」這個形容詞，是代表「沾滿敵我雙方的血奮戰生還」的敬意，並非「嗜血」的貶意）。

吉祥寺真紅郎——年僅十三歲，就發現原本只是假設存在的「始源碼」之一的天才魔法師。本名吉祥寺以及他所發現的「始源碼」所取的「始源喬治」這個別名，據說在魔法式原理的研究界無人不知無人不曉，是備受注目的英才。

這兩人就讀相同學校的相同學年，是犯規等級的巧合。

這兩人組隊參加的「祕碑解碼」，至少在新人賽的等級應該是所向披靡。

森崎他們也真可憐——達也完全置身事外地感到同情。

說到可能會有的僥倖要素……

（「爆裂」是殺傷性A級的魔法……大概就只有這個僥倖了。）

一条家的王牌「爆裂」，是將目標物內部液體氣化的發散系魔法。

如果是生物，就是體液氣化導致身體破裂。

如果是以內燃機為動力的機械，就是燃料氣化爆炸。燃料電池也不例外。即使沒有搭載可燃的燃料，無論是電池液、油壓液、冷卻液或潤滑液，世間沒有機械不搭載任何液體，因此只要「爆裂」發動，幾乎所有機械都會毀損停止運作。

無視於士兵與機械的差別悉數埋葬的戰鬥魔法，純粹以軍事目的所開發的「爆裂」，當然觸犯「祕碑解碼」的比賽規則。

（雖說如此，別名「染血王子」的十師族下任當家，手邊的牌不可能只有「爆裂」一種……這麼說來……）

脫韁的思緒，從刻意到達也的面前宣布會參加「祕碑解碼」的兩人，轉移到「祕碑解碼」比賽本身上面。

並不是開始分析戰力，或是擬定策略應付第三高中。

單純只是想到（第一高中的）第二場比賽即將開始。

（第一場順利獲勝，第二場對上至今墊底的第四高中，終究不會失常落敗吧……）

達也就這麼閉著眼睛，委身於緩緩湧現的睡意。

◇　◇　◇

睡完午覺回到競技場的達也，感受到會場包覆著動搖的氣氛。

幾近陷入恐慌的空氣，籠罩著各校帳幕設置的區域。

中心點是第一高中的帳幕。

「哥哥！」

達也一進入帳幕，深雪就筆直跑過來，雫也在她的身旁。

「深雪？雫也在……妳們不是和艾莉卡他們在一起嗎？」

在穗香起床之前——決賽從五點開始準備——深雪與雫應該預定和艾莉卡他們一起觀看「祕碑解碼」的比賽。

但她們現在在這裡，也就是說……

「發生什麼事？『祕碑解碼』出意外？」

達也不等回應就進一步詢問。

他沒有詢問是否發生狀況。因為從這股氣氛明顯看得出來，已經發生了某種狀況。

不過達也認為，事情可能比他想像的更加嚴重。

「是的，該說是意外嗎……」

「深雪，那不是意外。」

深雪欲言又止，旁邊的雫以堅定的語氣插嘴。

「是蓄意的過度攻擊，明顯的犯規行為。」

雫的語氣有所壓抑，眼中卻燃起不可能看錯的怒火。

「雫……現階段不可以亂說話。還沒辦法證實這次是『第四高中』的蓄意犯行。」

「沒錯，北山學妹。」

這次是真由美從兩人身後介入。

「難以想像這是單純的意外……這部分確實如此，但是不可以擅自斷定。這種猜忌的想法，越多人說就越是煞有其事，而且不知不覺會成為事實而橫行。」

冒出這種想法應該很失禮，但是這番話很像「學長姊會講」的正確論點。

達也旁觀受到溫柔勸誡而開口反省的雫，思考「看來學生會長可不是當假的」這種事……就在此時，真由美微閉雙眼瞪向達也。

「……請問有什麼事？」

「……你正在想某件非常失禮的事情吧？」

（好……好敏銳！）

過於精確的洞察，使得達也內心不禁動搖。

但是在這方面，他的人生歷練也不只是同年齡的水準。

「不，我只是覺得您不愧是學生會長……」

達也以看似誠實的假面具，搭配被誣賴的人會標準呈現的虛假動搖，以試探對方表情的聲音回答真由美。

「……是嗎？」

真由美依然維持懷疑的眼神，但姑且收起矛頭。不只是因為看不出達也演技的破綻，一部分原因應該在於現在沒空做這種事。

「所以，受傷程度如何？」

「光是剛才的對話，你就知道森崎學弟他們受傷啊……」

嘆息的真由美臉上寫著「好難應付」。

「……傷勢非常嚴重。比賽場地位於市區，他們在廢棄大樓遭受『破城槌』攻擊，被瓦礫壓在底下。」

「……『破城槌』用在室內有人的狀況，殺傷性會提升到A級。可不是在『衝浪競速』危險駕駛的程度，明顯違反比賽規定。」

兩人聊到的「破城槌」，是從名為「念爆」的ＰＫ研究開發的魔法，該魔法朝目標物單點施加強大壓力，並且維持這個狀態改寫整個目標物的個別情報體。如果要套用在建築物，必須以一面牆、一面天花板，至少也要以梁柱圍成的「區塊」視為可認知的面積進行干涉，需要龐大的容納力以及強大的干涉力。

該魔法難度很高，如果只是要破壞建築物，使用移動系魔法扔槌子比較簡單。除非是朝這個能力特化的魔法師，否則再怎麼樣也不是能夠輕易發動的魔法。

「是的……即使穿著軍用防護服，遇到厚重的水泥塊掉落時也只是聊勝於無。即使如此，多虧頭盔的防護，以及監控人員緊急發動魔法減輕重量，所以沒有造成嚴重的後果……不過他們三人即使以魔法治療也要兩週才能完全康復。這三天絕對要在病床靜養。」

真由美始終刻意迴避將這個事件判斷為意外，微妙錯開話題的方向。

「……聽起來比想像的嚴重。」

真由美基於立場不能冒失發言，達也非常理解這一點，所以也沒有進一步追究。

「是的，這麼說很輕率，但我看到治療過程很反胃。」

正如她本人所說，對傷患抱持這種感想很有問題。

總之，這或許也代表真由美多麼慌張，也代表她多麼願意向達也吐露真心話。

「可是我不太清楚狀況。當時他們三人固守在同一棟大樓？」

這或許不是達也該在意的事情，不過「祕碑解碼」的戰術固定是由一人攻擊兩人防守，或者是兩人攻擊一人防守。無論採取哪種戰術，達也不太能理解究竟是在何種狀況，會使得同隊三人遭受單一攻擊而全員失去行動能力。

「他們在比賽剛開始就遭受偷襲。這得在比賽開始前搜索敵隊才辦得到。先不提『破城槌』，對方偷跑預先進行搜索，可以斷言是蓄意行為。」

回答的是雫，她的聲音氣憤難平。

「原來如此……看來大會委員應該也很慌張吧。」

「因為……沒能防止偷跑？」

深雪歪過腦袋，詢問露出壞心眼笑容的達也。

個性率直的深雪，似乎不像達也能夠進行拐彎抹角的思考。

「這不是什麼大問題。不提這個，把容易崩塌的廢棄大樓設為起始地點，我認為這是本次意外——我姑且如此形容，總之是本次意外的間接原因。大會委員或許想直接中止『祕碑解碼』新人賽吧。」

「……原來也有這種思考方式。」

達也的推理讓深雪感觸良多地點頭回應。真由美間不容髮於此時插嘴。

「確實有人提議中止……不過到最後，除了我們與四高，其他學校還是在進行預賽。最壞的狀況下，本校只能在第二場預賽棄權。」

這次輪到達也對真由美的話語感到疑惑。

「沒什麼最壞的狀況，選手處於無法比賽的狀態，我認為只有棄權一途……」

「關於這件事，十文字正在和大會委員會總部協調。」

「這樣啊……」

九校戰規定禁止在預賽開始之後更換參賽選手，不過大概想以對方的違規行徑為理由，爭取總部容許特例吧。

但「祕碑解碼」的隊員，是從一年級男生實技成績前幾名精挑細選的成員。即使找人遞補也很難勝出。還不如以對方違規為理由，要求「祕碑解碼」的積分不列入整體積分計算比較有利吧？含糊回應真由美的達也如此心想。

真由美當然不知道達也正在暗中進行這種陰險的算計。

「——嗳，達也學弟，我有件事想找你商量。」

真由美這句話聽起來帶點示好的語氣，肯定是因為接連的突發事件令她感到不安，下意識尋求依賴的對象。

以現在進行式承受妹妹嚴厲視線的達也，稍微逃避現實地如此心想——話說在這種狀況，深雪該瞪的應該是真由美才對，但達也當然不可能說得出這種話。

「可以跟我過來一下嗎？」

應該是不方便他人聽到的事情。

嚴厲的視線變成二重奏，但達也假裝沒察覺，跟在真由美的身後前進。

◇　◇　◇

兩人來到深處。這裡雖然是隔間，不過既然是帳幕，當然只有布幕區隔，按常理推測，隔音效果應該幾乎是零。不過這時候就是顛覆世界常理的魔法發揮本事的時候了。真由美俐落操作，立刻製造一層隔絕外界聲音的力場。

「真高明的隔音護壁。」

「是嗎……？嘻嘻，謝謝。」

真由美露出害羞的笑容坐下，也邀達也就座。

「那麼，事不宜遲……」

「請說。」

「………」

真由美嘴裡說「事不宜遲」，卻遲遲沒有說出正題。只有兩人待在這裡太久，會在各方面造成問題，因此達也決定主導話題。

「您是想問這次的事件，是否可能是某些人暗中妨礙？」

「……是的，這方面我想徵詢達也學弟的意見。摩利的那場意外，達也學弟也指出CAD可能被動過手腳吧？」

真由美重新詢問，達也則是回答「是的」點頭。

「如果這次也是相同手法，四高的暴行就可以得到解釋……但你認為要怎麼證明？」

「只能在動手腳時現場逮捕。」

「即使成功向四高借來CAD……也不行？」

「如果殘留啟動式更換的痕跡就可以……不過看七高失去資格之後沒有提出抗議，這方面無法期待。」

「這樣啊……」

真由美將視線落在桌上十指相交的雙手。

害她期待落空了──達也如此心想看著她，真由美則是沒有揚起視線繼續詢問。

「……假設正如達也學弟的猜測，某些人以本校為對象進行妨礙……你覺得對方的目的是什麼？因為積怨？還是為春季那個事件報復？」

達也心想，原來如此，真由美是在煩惱這件事。恐怖分子之前在校內作祟的時候，他們曾經攻進對方根據地肅清。真由美擔心或許是這個事件的報復。

達也擁有解除這個疑惑的情報，也知道這個事件並非他們擊潰的恐怖組織「Blanche」餘黨或相關贊助組織幹的好事。只要說出他所知道的情報，就能夠減少真由美的精神壓力。

然而，對於是否應該說出真相，他稍微猶豫了一會兒。

「……和春季那個事件無關。」

到最後，達也決定只打出自己其中一張牌。

「咦，為什麼你能斷定？」

真由美猛然抬頭反問，反映出她想知道達也斷定的根據。

達也可以實現她的願望，但同時也不被允許說出一切。

「開幕儀式前一天……不對，當時已經過凌晨了。總之在開幕儀式前的深夜，有歹徒試圖潛入旅館。共有三人，全部佩帶手槍。」

「……我第一次聽到。」

「因為這個消息被封鎖了。然後，當時我恰巧在場，協助制服歹徒……我對他們的真實身分略有所知。在本屆九校戰搞鬼的人，似乎是香港那邊的犯罪集團。」

達也使用事實，編出煞有其事的經緯，取代無法公開的部分。

真由美看起來沒有懷疑。

「或許你當時只是湊巧在場……但是盡量別涉及危險的事情喔。」

「真要說的話，我認為自己總是被麻煩事波及。」

真由美以質疑的目光直直盯著聳肩的達也。但是，沒過多久，她似乎就察覺現在並不是這麼做的場合。

「這樣啊……這是對外封鎖的消息吧？謝謝你告訴我。」

「相對的，請會長不要張揚。」

「這我明白，我保證。」

真由美舉起右手做出宣誓動作。

這個自然俏皮的舉動，使得達也差點笑出聲。

「……這麼說同樣很輕率，但我稍微舒坦了。」

「……這句話可不能被別人聽到。」

「放心，這種話我只會對達也學弟說。」

好啦，這句話該如何解釋？達也有些煩惱。

依然對前幾天「無話不談的弟弟」這句話耿耿於懷？

還是老樣子，真由美的內心想法，對他來說難以捉摸。

「狀況如何？」

「正如預定，第一高中在『祕碑解碼』只能棄權。」

橫濱中華街某間飯店頂樓，以紅色與金色為主，裝潢豪華的大房間內，五名男性圍著擺放茶具的圓桌而坐。

牆上是飛龍在空中盤繞身軀的金線刺繡掛軸。

「『祕碑解碼』是計分最高的競賽，即使新人賽積分只有正規戰一半，影響也不小。」

男性們一起露出笑容點頭，但是臉色不太好，看起來很像是強顏歡笑或虛張聲勢。

◇　◇　◇

後來，真由美委託達也「協助避免這股氣氛影響到一年級女生」……但達也完全不知道具體該怎麼做，就這麼留在帳幕裡。

何況他認為，女子選手的心理狀況應該由學姊負責調適。

達也暗自後悔自己大意貿然允諾，表面上則是「若無其事」調校決賽要用的ＣＡＤ。

明明只是如此，一年級女子選手們卻不知何時圍著他。

這純粹是因為居於一年級女生領導地位的深雪黏在他身旁。達也很想以這種方式解釋，但是很抱歉，他沒有遲鈍到率直相信這種推測。

她們的視線確實投向達也。

並不是對達也有意思。在這個部分，達也就真的沒有自戀到會如此誤會，也沒有枯槁到承受這種視線也完全沒察覺。

但他同時遲鈍到無法理解視線的含意。

周圍投以無言的視線令他很難做事，但總不能威嚇趕走她們。

她們並沒有閒聊妨礙工作，達也逼不得已只好不在意她們，「一如往常」默默工作。

一如往常的樣子。

一如往常的事物。

他不曉得箇中價值。

達也的能力強迫他持續直視諸行無常的法則。對他來說，沒有任何事物不會改變。

因此，看到少女們因達也如常的身影而稍微平復心情，深雪代替哥哥露出微笑點頭。

他的平常心——或是偽裝成平常的心——發揮穩定精神的效果，最為受益的是穗香。

穗香最初聽到森崎他們遭遇「意外」時臉色鐵青，不過看到達也若無其事進行簡報，她明顯逐漸恢復鎮定。

她的變化幅度之大，反而輪到達也感到不安。

「決賽和預賽的戰鬥方式沒有差異，總之『幻境摘星』是耐力對決。」

不過即使感到不安，現在也沒辦法做些什麼。

決賽即將開始，不可能有這種時間。達也將不安情緒放在一旁，將心思集中在作戰。

「嚴禁以魄力較量，冷靜安排步調是最重要的原則。」

昴承受達也的視線，誇張縮起脖子。

「穗香，也禁止無謂的小伎倆。要是像練習時使用幻影魔法扔假球，只會浪費體力。」

這次輪到接受告誡的穗香縮起脖子。

「兩位只要專注發揮自己的作風就好。放心，這樣我們就能接收前兩名。」

達也大膽宣稱要包辦前兩名，使得兩人留下些許不安並得到更大自信，開心點頭回應。

雖說是盛夏，一年當中白天最長的時期已經過去。

到了下午七點，太陽就完全西沉，藍天化為星空。

湖面反射照明的光線熠熠生輝。

六名少女站在湖中零星分布的踏腳用圓柱。

凸顯身體曲線的輕薄服裝，奇妙地不會引人遐想。在水面搖曳的光輝，營造出精靈鄉的韻味——廣受男性歡迎也理所當然。

「幻境摘星」這項競賽，是以專用的球棒敲擊投影於離地十公尺高的立體影像球，以球數來決定勝負。

雖說是敲擊，但是沒有命中的手感，球體也不會破裂或粉碎。

選手所持球棒釋放的訊號，以及球體投影的位置，會由演算機進行分析，兩者重合的時候，球體就結束投影，由球棒訊號辨別選手增加積分，這就是該競賽的計分構造。

在這項競賽取勝需要兩項技術。

如何迅速跳到球體的投影位置。

如何快速掌握球體的投影位置。

兩項要素之中，第二項要素出乎意料容易被忽略。沒有任何東西比光還快，因此到最後，確認立體影像光芒再行動是最快的方法，這是一般公認的觀點——然而這方面也有例外。

空中立體影像在成像之前，有著零點幾秒的延遲。要是能感應到成像時的光波晃動，就可以比目視實際光芒更快把握光球的位置。

穗香的知覺對於光波——正確來說，是對於意味著光波產生的個別情報體變化相當敏銳，因此繼預賽之後的這場決賽，她也得到很大的優勢。

紅色球體在頭頂成像的前一瞬間，穗香就發動術式。

其他選手死心目送這一幕。

下一顆光球成像了。

顏色是藍色。是發光時間最長，也因此最容易得分的球體。

五名選手同時展開啟動式。

率先跳起來的是昴。

選手們每次同時進行啟動程序，率先處理完成的總是第一高中的兩人。

比起同場競賽的選手們，在賽場外圍觀戰的技術人員更是咬牙切齒或緊咬嘴唇。

既然產生如此穩定的差距，就不得不承認ＣＡＤ的性能差異。

雖說如此，但各校肯定都是選擇極接近大會規定上限的機種，所以硬體性能相同。

剩下的就是軟體性能的差異。

也代表工程師功力的差距。

「混帳，那麼小的啟動式，為什麼能進行那麼複雜的運動！」

某處響起這樣的聲音。這個人大概是使用安裝想子顯像濾鏡（將想子濃度與活度視覺化的濾鏡）的攝影機，拍下穗香與昴的啟動處理（將啟動式展開到讀取的處理）過程。

筆直——無視於重力加速度的影響——飛向立體影像，在光球前方靜止，得分之後描繪拋物線回到踏腳處，取消慣性之後著地。

穗香與昴在這一連串的動作中，一次也沒有操作過ＣＡＤ。換句話說，她們用來起跳的啟動式，就已經記述起跳到著地的所有工序。

啟動式越小，啟動處理程序越快完成。

啟動處理程序進行次數越少，對魔法師的負擔越輕。

以最少的魔法力，進行最快的事象改寫。

「簡直就像是托拉斯．西爾弗啊！」

某人咂嘴如此抱怨。

「小梓，怎麼了……？」

梓回神轉身一看，真由美詫異看著忽然睜大眼睛僵在原地的她。

「不……沒事。」

梓低頭縮起身體，真由美回應「是嗎？」繼續觀戰。

平常梓就會做出這種反應，所以真由美應該不太在意。

但梓和以往不同，內心被不同於害羞的情緒占據。

（……簡直就像是「托拉斯．西爾弗」？）

這是剛才某人的抱怨。

這句話隱藏在歡聲與哀號之中，卻不知為何清楚傳入梓的耳裡。

（完全手動改寫那個啟動式……活用「泛用型主系統連結特化型副系統」的最新研究成果……將「循環演算系統」寫入泛用型ＣＡＤ的技術力……「冰炎地獄」……「聲子邁射」……「冰霧神域」……全是沒有公開啟動式的高階魔法程式……）

這場大會令人驚呼連連的各種「特技」，在同樣立志成為魔工師的梓腦中不斷盤旋。

（「簡直」？「像是」托拉斯．西爾弗？

不對，這種能耐……只有托拉斯．西爾弗「本人」做得到吧……）

——或許和我們一樣是日本的青少年——

忽然間，梓的記憶響起他的聲音。

「……說真的，怎麼了？不舒服的話可以去休息喔。」

「不，真的沒事……」

梓忽然彈了一下，使得真由美以狐疑又擔心的眼神凝視，但梓沒有餘力進一步掩飾。

聲音從記憶中甦醒。難道說，那句話並非推測……

（不會吧？不會吧不會吧？不會吧不會吧不會吧？）

如今梓的意識只塞滿這三個字。

在逐漸遠離的現實之中，兩名學妹奪得遙遙領先的成績，迎接第一節比賽的結束。

◇◇◇

結果正如達也的預言，「幻境摘星」以穗香與昴囊括前兩名的成績落幕。比賽一結束，達也還沒來得及分享優勝的喜悅就被叫去會議室。

女同學們完全不顧形象樂不可支，但是這裡和外頭成為對比，等待著達也的是把情緒壓抑之後，進一步隱藏在正經表情底下的學長姊們。

真由美、摩利、克人、鈴音、服部、梓。

第一高中的幹部齊聚一堂。

此外，桐原與五十里也在場。

由於才剛有人受重傷，他們基於立場應該無法將喜悅展露在外，即使如此，他們（與她們）的表情看起來還是稍微僵硬過度。服部的表情尤其硬梆梆，就像是不知道該選擇何種表情，只好複製一張臉當成面具戴上。

達也判斷不是什麼愉快的話題，在內心做好警戒。

「今天辛苦了，感謝你協助立下超過期待的成果。」

真由美投以相當繁文縟節——應該說制式化的話語。

達也敏銳發現到，她在開口之前，向克人眨眼使了一個眼神。

「這是選手的努力。」

達也同樣回以保守的制式回應。從剛入學那時候算起，這是久違出現的緊張感。

「這樣的成績，當然也來自光井學妹、里美學妹與其他人各方面的努力。

但是在場所有人都承認達也學弟的貢獻非常大。

你負責的三項競賽，實際上未嘗敗績……新人戰現階段的積分能維持在前兩名，我認為都是多虧達也學弟。」

「……感謝稱讚。」

達也停頓片刻之後客氣低頭致意。

並且就這麼避免視線相對，等待真由美說出下一句話，但她遲遲沒有進入正題。

達也緩緩抬起視線，發現真由美正以目光阻止克人。

看來克人原本想代為說出難以啟齒的話題。

到底是什麼話題令她遲疑到這種程度？

真由美察覺到達也正在觀察她，像是認命般緩慢眨眼，開口說道：

「如同剛才所說，即使『祕碑解碼』直接棄權，我們在新人賽也穩居亞軍。現在的第二名是第三高中，只看新人戰的積分差距是五十分。如果三高在『祕碑解碼』的名次高於第二名，新人賽就是他們得到冠軍，低於第三名就是本校奪冠。」

那麼，為了得到總冠軍的戰略目標——避免新人賽積分落後過多的目標就得以達成。

明明如此，他們到底為什麼緊張成這樣？

而且，自己為什麼會被找來這裡？

達也差不多開始煩躁了。

「在新人賽開始之前，我認為這樣就已經足夠。」

真由美似乎也明白達也心情開始變差。她隱瞞情緒的表情隱約混入狼狽的神色，聲音變得慌張並顯現焦慮。

「不過走到這一步……」

即使如此，她似乎不想重新整理情緒，想要一鼓作氣說完。

來到這個階段，達也總算明白他們想讓自己做什麼。

「我希望新人賽也能奪冠。」

真由美的語氣，不知何時恢復為原本的說話方式。

「三高的一条將輝與吉祥寺真紅郎將在『祕碑解碼』出賽，你知道嗎？」

達也聽到真由美的詢問，只回答一聲「知道」。

「這樣啊……先不提一条，達也學弟或許比較熟悉吉祥寺吧。既然他們兩人搭檔，中途落敗淘汰的可能性就很低。要是我們在『祕碑解碼』棄權，幾乎不可能在新人賽奪冠。」

所以，要找他——

「所以達也學弟……你能不能代替森崎學弟他們參加『祕碑解碼』？」

——真由美告知的「要事」，正如達也在對話途中的推測。

「……方便請教兩個問題嗎？」

「好的，什麼問題？」

達也早已知道九成答案，但還是姑且希望能夠講明。

「預賽的最後兩場是延到明天舉行吧？」

「對，正是如此。有鑑於這次的狀況，我們請大會更改了明天的賽程。」

「記得即使選手受傷無法繼續參賽，也不能臨時更換選手吧？」

「這方面也考量到狀況，請大會以特例處理了。」

這也是正如預料的答覆。

不過即使正如預料，是否能接受依然得另當別論。

「……為什麼要選擇在下？」

這不是詢問，是拐彎抹角的拒絕。只是因為禮貌上不能直接對學長姊說「不」。

真由美應該是大致預料到達也會如此回應，卻想不到說服的方法，所以遲遲開不了口。她現在也是一臉為難地露出客套笑容。

「因為我覺得，達也同學最適合代打……」

「先不提實技成績，如果是實戰身手，你在一年級男生之中應該首屈一指。」

至今交給真由美負責發言的摩利，或許是看到真由美支支吾吾的回答認為形勢不利，因此加入「說服」的行列。

「『祕碑解碼』並非『實戰』，是禁止以身體格鬥的『魔法競賽』。用不著在下指出這一點，各位應該也能理解。」

即使如此，也不足以讓達也默默接受。

「不過即使只使用魔法，我覺得你的戰鬥力也非常突出。」

摩利悄悄將視線投向服部，服部隨即露出有苦難言的表情蹙眉。相當無情卻因而相當有效的這種說服法，使得達也無法繼續以「實力不足」為藉口，但他手中的牌不只這一張。

「可是在下並非選手。如果要找代打，只參加一種競賽的選手，應該還有好幾位。」

這次摩利也無從反駁。

「即使這時候不考慮一科生的自尊心，明明有『選手』可以代替，卻從『後勤人員』挑選代打，我認為會在後來造成心結。」

這大概是她們最煩惱也最不願說出口的部分。

新人賽傾向於用來培育新生。即使今年能夠獲勝，要是對明後年的正規賽造成負面影響，就某種意義來說是本末倒置。

重點競賽居然選擇後勤人員，而且還是二科生擔任代打，不只是剩下的選手，有可能徹底撕裂一年級一科生整體的自尊心。

真由美她們沒有反駁。達也判斷這個話題也差不多就此結束，正要以告辭的話語斷然作結的時候……

「司波，別天真了。」

響起克人沉穩充滿份量的聲音。

達也一時之間無法回應。

因為他無法理解克人這番話。

達也所說的確實是以正確論點包裹的逃避藉口，卻應該是正確的論點。

要是他參賽，即使無法勝過第三高中，或許也能得到第二名。

「祕碑解碼」前兩名的分數相差四十分，拿到第二名就能在新人戰奪冠。

然而在這種場合，在新人戰奪冠的最大功臣，從任何人來看都是達也。

對於以膚淺菁英意識定型的花冠一科生來說，肯定難以接受這種結果。即使是以預賽落敗收場，他們依然難以認受達也這個雜草二科生，擔任「祕碑解碼」的代表選手出賽。

「你已經是代表隊的一員了。」

然而克人的指摘，直接命中達也的思緒盲點。

「無論是選手還是後勤人員，你都是從一年級兩百人之中獲選的二十一人之一。」

克人這番話有弦外之音。

達也這個人，早就對一科生的心理造成莫大的衝擊與混亂。

「而且在這次的緊急事態，代表隊的隊長七草選擇你擔任代打。

既然身為團隊成員，並且允諾會盡到職責，就要履行隊員的義務。」

「可是……」

即使如此，達也還是不得不試圖反駁。這麼一來，其他人會……

「既然是隊員，就不容許違抗隊長的決定。

輔佐隊長的我們，要是判斷這項決策有問題，就會先行阻止。

我們以外的隊員無權提出異議。

對……包括本人或是當事人，所有人都不例外。」

達也瞠目結舌，中斷說到一半的話語。

如今達也總算理解克人這番話的意思。

無論是誰無法接受，無論是以何種結局收場，身為負責人的他們將會負起全責——這就是克人的意思。

「司波，不准逃避。即使是候補，既然獲選參賽，就得盡到自己的職責。」

這番話並不是只以「九校戰」的觀點而論，因為九校戰原本就沒有候補制度。

——不准把二科生身分當成逃避的管道。

——不准講藉口。

——不准甘於「弱者的地位」。

「即使是候補」就是這個意思，「候補」包含「雜草二科生」的意思。

退路完全被封鎖。

而且——既然被說到這種程度，達也不想逃避。

「明白了，在下會履行義務。」

真由美與摩利因安心而放鬆表情。

克人沉穩點頭示意。

「所以除了我以外的隊員是哪兩位？」

面對學長姊，語氣卻稍顯柔和，是達也刻意而為。

應該說，他直到剛才都刻意使用比以往強硬的語氣。

「由你決定。」

「啊……？」

達也並不是在裝傻，而是再度無法理解這句話。

「另外兩名人選交給你決定。」

克人以不同話語下達相同指示，並且像是現在才想起來一樣，額外補充一件事。

「最好可以現在當場決定。不過如果需要時間，一小時之後再過來。」

達也聽到克人這番話，反射性地心想「他還是老樣子」。

四月進攻「Blanche」大本營時也是如此。克人完全不在意將決定權交給學弟。

如果連責任都推託出去，就單純是一種姑息自保的做法，不過以克人的狀況，他唯一不會拋棄的就是責任。與其說是領袖教育的成果，這應該是天性……達也趕走這份不著邊際的思緒，讓意識回到當前的詢問。

「不，如果只是選人就不需要時間……」

達也腦中已經列出兩名候選人。

「但我不確定對方是否會接受。」

「我們也會陪同說服。」

……換句話說，就是不容許對方拒絕。

達也今天第一次得知，十文字家的長子繼承人，個性其實相當霸道。

「選誰都可以？選擇代表隊以外的人也行？」

達也莫名感到愉快，有種想要盡情使壞的心情。

「咦？這就有點……」

「無妨。反正事到如今累積這麼多例外，再加一兩個例外也沒差。」

「十文字……」

真由美露出無奈的表情，投以稍微責難的目光，但克人臉部肌肉動都不動。

「那麼，我選一年E班的吉田幹比古，以及同為一年E班的西城雷歐赫特。」

「喂，司波！」

服部以慌張的聲音想插嘴，但鈴音揮手制止。

「就這樣吧。中条。」

「呃……有！」

即使梓呈現過度反應，克人也完全不以為意。

「把吉田幹比古與西城雷歐赫特叫來這裡。沒記錯的話，他們兩人和啦啦隊應該是使用不同管道住在這間旅館。」

克人看似豪邁大膽——實際上應該也是如此——卻連這種細節都很清楚。總之在這種時期，既不是正規成員也不是啦啦隊的學生卻住在這間旅館，這是相當特別的例子，知道箇中原因的人應該會注意到這件事，所以知道他們的狀況也不奇怪。即使如此，達也依然非常佩服克人。

「……達也學弟，不介意說明為何選擇他們吧？」

既然摩利也交給克人負責說服，應該不是在這時候還要提出異議。

但她肯定無法接受，應該說她質疑這樣的選擇。

「當然不介意。最大的理由在於我幾乎沒看過男子組的比賽與練習。」

達也只負責女子組的技術維修，事實上完全沒看過一年級男子選手的比賽與練習。

「我完全不知道他們擅長的魔法與魔法特性。而且明天就比賽了，要是從頭調查會來不及擬

「……意思是你很熟悉剛才說的兩人？」

「是的。吉田與西城不只是我的同班同學，而且我很熟悉他們。」

「嗯……這話有道理。即使其他工程師幫忙調校，若是不清楚對方實力的話，應該很難培養團隊默契。」

摩利若有所思地點頭回應，接著忽然露出壞心眼的笑容。

「那麼，其次的理由是什麼？」

摩利語帶玄機如此詢問，達也則是沒有絲毫猶豫，回以直截了當的答案。

「是實力。」

「喔？」

達也充滿自信的回答，不只是摩利，真由美、克人與鈴音都投以深感興趣的視線。

◇　◇　◇

「我說達也……真的假的？」

雷歐露出比起疑惑更像無計可施的表情，反覆提出相同的詢問。

「先不提七草會長，你認為十文字總長會說這種精心設計的謊言？」

達也回覆的語氣逐漸變得愛理不理。

「慢著，你說『先不提會長』，我又不清楚……唉，果然是真的？」

雷歐這次像是隨時會搔抓臉頰般深深嘆氣。

他身旁的幹比古無所適從，視線游移不定。

「Miki，稍微冷靜點吧？」

「我叫作幹比古。」

可能是艾莉卡以既定模式消遣幹比古，使得他稍微分散情緒，一屁股坐在空床上。

這裡是達也使用的雙床雙人房。幹部全體出動讓兩人答應代打之後——真的幾乎是硬性強迫——達也帶他們兩人來到這裡說明今後的計畫。

艾莉卡與美月也跟了過來，這就真的是「既定模式」。

此外深雪、穗香與雫，依然被英美、昴與其他選手纏著，無法擺脫欣喜若狂的眾人。

「可是……我與幹比古都沒做任何準備啊。」

「說得也是……不只是CAD，我們連服裝都沒打點啊。」

幹比古的臉色有些蒼白。自己這個二科生忽然提拔為新人賽的選手，未曾想像過的這種狀況應該使得他困惑又畏縮。不過幹比古本人絕對不會承認自己感到怯懦。

雷歐臉色一如往常，卻收起平常那張無懼一切的表情，看起來就像是興趣缺缺。

不提幹比古，雷歐展現怯弱的態度，對達也來說出乎預料，即使如此，他也完全不想停止拖他們下水。達也可不希望只有自己受苦受難。

「放心吧，我也一樣沒準備比賽服裝。」

「慢著，你這番話只會讓我擔心……」

雷歐立刻吐槽，達也則是向他搖了搖手。

「放心吧。要是沒辦法放心，那就別擔心。」

「等等，還不是一樣！」

這次是艾莉卡即時吐槽。

達也不禁心想，這兩個人果然很有默契。

「總之也對。換句話說，我想表達的只有一個意思……就是沒問題。已經請中条學姊調度防護服與襯衣。別看中条學姊那樣，她做事非常穩當。會妥善幫忙備齊合身的裝備。」

沒人反駁「別看她那樣」這句話。看來沒人對「看不出來相當可靠」的評價有異議。

「ＣＡＤ由我準備，每人給我一小時就可以弄到完美。」

要將ＣＡＤ從空白的狀態，配合魔法師個人特性調校到可以使用的狀態，一般來說通常需要三倍的時間。

然而雷歐與幹比古都沒有特別驚訝。

其中一個原因，在於他們不曉得只用「一小時」多麼厲害，但因為這四天見識到許多「驚奇箱」，使他們產生「如果是達也就沒有不可能」的想法。

「不要緊嗎？已經九點了耶。你還要調校自己的吧？」

這四人之中最熟悉ＣＡＤ調校辛勞的艾莉卡，是唯一面露擔憂詢問的人。

「不要緊，我自己的十分鐘就能完成。」

看來是杞人憂天。艾莉卡重新體認到他破格的程度，誇張嘆了口氣。

「十分鐘是吧，原來如此，十分鐘……我莫名開始覺得擔心你是很蠢的行徑。」

「很遺憾，其實我沒有很從容。」

「啊？」

然而，艾莉卡半作戲露出的無力表情，聽到達也難得說出洩氣話時，像是發出「啾」一聲般迅速繃緊。

「畢竟事出突然，沒辦法擬定稱得上作戰的作戰。

而且不可能有時間練習，所以只能直接上場。

只有粗略決定大方向就聽天由命，和硬著頭皮開打沒有兩樣。

對我來說，盡是情非得已的條件。」

達也脫口而出的話語，比起洩氣話更像怨言。

艾莉卡將繃緊的表情放鬆，誇張點了點頭。

「……對喔，畢竟耍心機是達也同學的作風。」

「妳講得真過分。」

艾莉卡刻意用扮黑臉的形容方式，使得達也放鬆肩膀的力氣，順便放鬆臉頰的力道。

「那麼……抱怨既定的結果也無法解決任何事。在市原學姊與中条學姊湊齊必要資源之前，我們先討論作戰吧。」

「剛才明明說沒辦法擬定作戰……」

艾莉卡立刻抓住話柄消遣，美月則是露出憂鬱表情阻止（不過就只是站在她面前）。

「艾莉卡……至少別妨礙達也同學他們啦。」

「好過分！美月，我是想要盡量緩和這股沉～重的空氣……」

「是是是，在這股沉～重的空氣散光光之前，就稍微安靜一下吧。剛才說沒時間的人就是艾莉卡耶。」

美月最近似乎也終於掌握到應付這個朋友的訣竅，以前那種不知所措、被拖著跑的狀況漸漸越來越少了。

「唔……」

被隨口打發的艾莉卡鼓起臉頰，但終究沒有繼續調侃。無論她說什麼或是採取何種態度，到最後依然是擔心達也、雷歐與幹比古，才會一起來到這裡。

「首先是陣型。」

達也一樣把剛才的調侃當成沒發生過，繼續討論下去。

「我來攻擊，請雷歐負責防守，幹比古擔任游擊。」

「好啊，不過所謂的防守要做什麼？」

「我也想問這個問題，游擊是指？」

雷歐與幹比古兩人，或許是至此終於認命，也或者是鬥志開始高昂，不過最有可能的狀況是他們純粹看開了。總之無論是何種理由，他們一反剛才的態度變得積極，使得達也的說明也變得更加流暢。

「『防守』的職責是保護己方祕碑不受敵人攻擊。

你知道『祕碑解碼』的勝利條件吧？」

對於這個問題，雷歐以沒什麼自信的語氣回答。

「使對方小隊無法繼續戰鬥，或是把藏在祕碑裡的密碼輸入終端機，對吧？」

「對。而且想讀取隱藏的密碼，一定要使用無系統的專用魔法式打向祕碑。專用魔法式會成為鑰匙將祕碑一分為二，祕碑打開之後就禁止以魔法拼回去。不過並沒有禁止己方以魔法阻礙祕碑打開。此外，專用魔法式的最大射程被設定為十公尺，即使從更遠的距離發動，也無法發揮開鎖功能。」

「……也就是說，防守的職責有三項：阻擋敵方小隊接近祕碑到十公尺以內、即使祕碑被開鎖魔法式命中也要阻止開啟、即使祕碑開啟也要妨礙敵人讀取密碼，對吧？」

「滿分。」

達也滿足點頭回應雷歐的詢問。

「一般來說是使用對抗魔法阻止『鑰匙』發動，但如果是之前那種方式，使用硬化魔法也可以阻止祕碑分割。正確來說，可以創造出『即使分割依然拼在一起』的狀況並且維持。這麼一來，就不算是在祕碑分割之後『再度拼回去』，不算犯規。」

雷歐先是露出無奈的表情，接著立刻朝達也投以懷疑的目光。

「雖然我不想這麼說，不過達也，這完全是『耍心機』啊……」

「雷歐講得和艾莉卡一模一樣。」

但是這種程度的挖苦（其實只是朋友之間的玩笑話）無法令達也認輸。

內心動搖而放聲大喊的是雷歐。

「別這樣說啦！」

「這是什麼意思啊！」

艾莉卡立刻產生連鎖反應。

「好了好了，艾莉卡，忍住忍住。雷歐同學也請冷靜下來。」

兩人在美月的仲裁之下，立刻將相對的視線移開。

「……『鑰匙』這部分我能理解，不過要怎麼擊退敵人？」

雷歐重振精神繼續詢問。

「不能用拳腳攻擊吧？雖然不是自豪，但我不擅長遠距離攻擊魔法啊。」

「用這個。」

達也說完取出的，是之前以雷歐當白老鼠的那把「劍」。

「……可是，比賽禁止物理攻擊吧？」

雷歐說完之後，達也遞出一本薄薄的小冊子。

「導覽手冊？」

雷歐詢問「這怎麼了？」之前，發現有一頁的邊角摺起，因此打開手冊取代詢問。

「『祕碑解碼』的比賽規則……？」

該頁對毫無基礎知識的觀眾簡單說明規則，並且印上比賽時的照片。

「如同手冊所寫，以魔法發射物質攻擊對手不算犯規。」

「以魔法發射物質……這麼說來，我懂了。」

　這把「劍」的運作形態，是前半截劍刃隨著握柄的動作同步在半空中移動。若以魔法系統來說，形容成「劍刃以中空形式伸長」比較適切，但表面上看起來是折半的劍尖到處飛。既然沒有物理上的連結，就滿足「以魔法發射物質」的條件。

「那麼達也，你製作這個東西是基於這層考量？」

　雷歐問得很認真，達也則是一邊苦笑一邊以頭部動作回應——當然是搖頭。

「總覺得你太看得起我了……這只是靈機一動做出來的東西。我可沒有總是滿腦子鬼主意到這種程度。」

　達也隱約明白雷歐與艾莉卡不接受這種說法，但是時間可貴，所以達也當成沒看到。

「這把武裝演算裝置——『小通連』已經配合雷歐的特性設定。之前提到要將分離間距與持續時間改成變數，這部分也處理完成了。麻煩操作時別搞錯。」

「唔呃，沒預習就直接上？」

「明天各方面都差不多是直接上。」

　達也停頓片刻，咧嘴露出耐人尋味的笑容。

「而且，我保證比之前好用很多。」

「既然這樣，那就沒問題。」

　雷歐以無懼一切的表情回應達也的反派笑容，接過「小通連」。

「再來是幹比古的職責……」

「沒錯，達也，我該做什麼？」

坐在床上的幹比古探出上半身。剛開始他明顯不知所措，如今則是頗為積極，或者應該說提起幹勁了。現狀稍微多點衝勁比較好，所以達也對此沒有多說什麼就進行說明。

「游擊的職責，是從旁支援攻擊與防禦。」

達也簡潔回答之後反過來詢問。

「你應該還有其他類似之前雷擊魔法的遠距離魔法吧？」

「這個，嗯……」

幹比古回答得很含糊。

傳承古式魔法的家系，傾向於隱藏己身擁有的魔法技能。

如今各種魔法都依照現代魔法學整理為不同類別與系統，除了部分特殊魔法，隱藏魔法技能只具備形式上的意義，但是根深柢固的價值觀，依然明顯地持續反映在下意識的行動上。

然而明天就要組隊上場，幹比古現在不老實回答會造成困擾。

「那種雷擊魔法的殺傷性是C級吧？」

「……那個魔法說到底只是以麻痺對方為目的，所以等同於C級。不過因為沒公開，所以沒列入分級表。」

「沒公開啊……那麼明天不方便使用吧？」

「不……無妨。因為保密的不是魔法本身，而是發動過程。只要從符咒改以ＣＡＤ發動就不成問題……我說達也。」

「什麼事？」

「達也……你說過吧？我的……吉田家的術式太冗贅，所以我無法隨心使用魔法。」

「對。」

在艾莉卡瞪大眼睛凝視之下，達也毫不猶豫——或者該形容為毫不客氣點頭回應。

美月以雙手摀嘴。

連雷歐都啞口無言。

要將古式魔法名門長年累月鑽研而成的術式斷言為「缺陷品」，必須具備充分自信。不然就是認定己身流派最強的井底之蛙，沒有自知之明的膚淺傢伙。

達也不像是後者。

「……那麼，達也可以教我更有效率的術式嗎？」

「不是教你，是改編。」

「……抱歉，我不懂兩者的差異。」

仔細一看，幹比古的雙手用力交握，雖然不明顯但確實在顫抖。

「例如那個雷擊魔法，我想應該是『雷童子』的衍生型，我能做的只是刪除術式冗贅的部分，重新編譯啟動式，讓構築出來的魔法式能以更少的演算量，達到相同的事象改寫效果。使用出來的魔法始終是幹比古早已熟悉的魔法。」

「……原來你真的用看的就知道。那個魔法確實是『雷童子』的衍生型。施加了難以辨識術式真面目的偽裝，防止他人抓到術式弱點。但是這應該就成為達也所說的冗贅。」

「在需要詠唱冗長咒文的那個時代，這種偽裝或許能有效避免對方在施法過程妨礙。但是現代魔法以CAD高速化，除非在展開啟動式的時候就判別魔法種類，否則針對術式固有弱點進攻的對策幾乎沒有意義。因為要是在構築魔法式時才辨識術式，還在選擇對策時，對方的術式就已經發動了。對現代魔法真正有效的對抗魔法，只剩下無視於魔法種類使其失效的魔法。」

幹比古輕聲發笑。

笑聲不可思議地沒有自嘲的意思。

「哈哈，原來如此……難怪威力應該比較強的古式魔法敵不過現代魔法。」

「幹比古，這你就錯了。」

「啊？」

「古式魔法與現代魔法沒有優劣之分，各自有優缺點。

若單純正面交鋒，發動速度壓倒性取勝的現代魔法占上風，但如果是從知覺範圍外側偷襲，九島閣下不是也說過嗎？重點在於使用方式。而且我之所以推薦你參賽，就是認為你所擁有魔法的奇襲力，會成為強大的武器。」

「奇襲力啊……第一次有人對我這麼說。」

幹比古閉上眼睛感慨低語，接著像是擺脫迷惘睜開眼睛。

「明白了。我能使用的術式不只是符咒，姑且也寫成了ＣＡＤ程式，達也就隨自己的意思改編吧。我決定相信達也。」

「謝謝你，幹比古。既然你願意相信，我想順便再問一件事。」

「好啊，這是必要的事情吧？那我不打算隱瞞。既然是父親大人送我進來就讀，即使經過這種緣由洩密，家裡應該也無從抱怨。」

「放心，我口風很緊。」

「啊～我口風也很緊。我保證不會把現在聽到的事情說出去。」

「我也是。」

「你當然知道我口風很緊吧？」

至今默默旁聽，達也以外的在場同學們，爭相表示自己口風很緊。

幹比古朝最後一人投以質疑的眼神，但還是以理性說服感性，面對達也點頭示意。

「那我長話短說直接問，你能使用『視覺同步』嗎？」

幹比古停頓片刻才回答，並不是因為猶豫，而是驚訝。

「……你連這種事都知道？九重老師連這件事都告訴你？」

「算吧。」

「……達也，你著實令人驚訝。那個……答案是肯定的。雖然做不到『五感同步』的程度，但是可以同時做到兩種感官的『知覺同步』。」

「幹比古，視覺就夠了。那麼關於作戰……」

達也並沒有特別壓低音量，但幹比古自然而然擺出豎耳聆聽的姿勢。

達也如同自己的宣言，不到一小時就將雷歐的CAD調校完成。

雷歐接過調校完畢的自用CAD與武裝演算裝置，和自願協助進行小通連使用訓練的艾莉卡，一起前往野外演習場。

時間已經很晚了，但只要雷歐陪同，艾莉卡應該不會遭遇任何狀況，也不會引發任何狀況，所以達也妥協了。

現在達也正快速調校幹比古用的CAD，梓則是在旁邊愕然凝視這一幕。以使用者身分在場的幹比古，對達也獨特的調校方式與打字速度瞠目結舌，但梓震驚的不是這種表面要素。

達也現在處理的東西，是將以古式魔法傳統器具發動為前提的術式改編而成的現代魔法啟動式。這份「翻譯」說客套話也不算精簡，如同機器翻譯般生硬，到處都有細微冗贅與錯誤。

如果只是修正，對梓來說也不是什麼難事。

然而在她眼前進行的改編，是正統的啟動式改寫工作。

從啟動式理解魔法式運作原理，維持魔法式機能並且改寫啟動式。

啟動式是魔法式的設計圖。有時候改寫啟動式就是改寫魔法式。如果不只是配合魔法師特性進行細部修正，而是進一步去除魔法式運作過程的無謂程序提高效率，這已經不是「修正」或「改編」的等級，而是魔法式的「改良」，甚至堪稱對魔法本身進行改良。

老實說，達也在調校前說明方針時，梓暗自懷疑這種事是否做得到。然而如今在梓的眼前，達也沒有以實驗驗證，甚至沒有觀測過魔法實際發動的樣子，就直接從啟動式抽出魔法主體，刪除不必要的部分，重新構築成新的啟動式。而且整個作業是在「普通的文字編輯器」進行。

梓原本就是自願代替「祕碑解碼」新人賽工程師擔任達也的助手，但她實在無法參與這項瘋狂的工作。後來梓希望至少能幫點忙，協助檢查啟動式成品的文法。同時，她內心的疑惑也逐漸轉變為確信。

他——司波達也，絕對不是高中生等級的魔工師。

不只如此，甚至超越魔工師的範疇。

他正是——

達也無視於梓的混亂，剛好一小時就將幹比古使用的啟動式改寫完成。

新人賽第五天，伴隨困惑的氣氛揭幕。

昨天的「祕碑解碼」發生史無前例的惡質違規，第一高中選手因而受傷無法參賽。剩下的兩場比賽理應不戰而敗，不過大會總部裁定由代理小隊出賽，賽程也得以順延。

「祕碑解碼」預賽採用特別的循環賽方式。各校進行四場比賽，勝場較多的前四名進入單淘汰決賽。在勝場相同的狀況下，會扣掉棄權或對方小隊失去資格而勝的場數比較戰績。如果沒有棄權或失去資格的場次，就由雙方之前直接對決的那場比賽判定，由獲勝的一方晉級淘汰賽。若是雙方未曾直接對決，就由獲勝場次總花費時間較少的一方晉級單淘汰決賽。

現在的勝利場數是第三高中四勝、第八高中三勝、第一、第二與第九高中並列兩勝，但九高兩場勝利的總花費時間比二高少，一高則有一場勝利是四高失去資格而勝，因此光靠兩勝並無法晉級淘汰賽。

如果一高在今天的特例比賽中戰勝了二高與八高，那麼晉級淘汰賽的就是第一、第三、第八與第九高中。

要是戰勝二高並敗給八高，也是由相同四校晉級。

要是敗給二高並戰勝八高，是由第一、第二、第三與第八高中晉級。

要是同時敗給二高與八高，晉級淘汰賽的就是第二、第三、第八與第九高中。

……就像這樣，戰局演變得頗為微妙。

簡單來說，要是一高戰勝二高，原本可以不戰而勝晉級的二高，會變成在預賽遭到淘汰。二高理所當然對這次的特例措施表達強烈不滿。即使這麼說，如果一高得到一勝就放水，九高應該會抗議認為雙方串通。

「所以為求完美收場，本校連輸兩場是最好的結果，可是……」

「既然參賽就要勝利，這也是理所當然。更何況，要是輸了，大會特例舉辦這兩場比賽就沒有意義了。」

「看來我無謂地操心了。」

這是達也與真由美的對話。

第一高中三名代打選手都不是預先登錄的選手，這也成為困惑的源頭。

沒有從本應為一年級實力前十名的代表選手找代打，一人是技術成員，另外兩人則是額外召集的成員。

也有人臆測這是專為「祕碑解碼」準備的祕密王牌，但是既然這樣，打從一開始就以選手身分只參加「祕碑解碼」單項競賽就好，因此各校都猜不透第一高中的意圖。

而且，出現在賽場的三人身影，更加強了困惑的氣息。

「……總覺得很顯眼。」

幹比古心神不寧低語，達也明白話中含意，但仍一口阻斷他的抱怨。

「站在場上的選手，理所當然會受到注目。」

「不，我不是這個意思……」

幹比古搖頭回應達也的意見，以有些顧慮的眼光看向雷歐。

「果然是因為這個很顯眼吧……」

雷歐理解到這雙視線的意義，將目光落在自己的腰間。

雷歐的推測，由觀眾席的聲音得到證實（但他們聽不到觀眾席的聲音）。

防護服加頭盔的裝備，和其他學校的小隊相同。

「劍？直接攻擊會犯規吧？」

然而這把小通連引發觀眾議論紛紛。

看出雷歐腰間這把「劍」是武裝一體型ＣＡＤ的人，占全體觀眾不到一成。即使是參賽選手與技術成員，也只有少數人知道武裝一體型ＣＡＤ的存在，所以或許也在所難免。

而且，武裝一體型ＣＡＤ一般的使用方式，都是用來構築魔法，強化一體化的武裝──「武器」的性能。例如，「刀」的話是鋒利度、「槍」的話是貫穿力、「棍棒」的話是破壞力，「盾」的話則是防禦力。

此外還有「高頻刃」、「加速」、「慣性增幅」、「硬化」、「反射」等例子，但是在這些狀況，組裝在武裝一體型ＣＡＤ的魔法，都是用來提升武裝部分原有的武器性能。

以「劍」的狀況，組裝的魔法就是用來提升鋒利或貫穿力，無論如何都應是提升直接物理攻擊效果的魔法，而且這種裝備違反「祕碑解碼」的規定。越是熟悉ＣＡＤ的人越會這麼想。

不過，受到注目的人不只是雷歐。

「他出現了。」

「是啊，但是沒想到他會以選手身分上場。」

「兩把手槍型，右手還戴著手鐲型……他能夠隨心所欲同時操作三個演算裝置？」

「以他的個性，這麼做應該不是裝模作樣或虛張聲勢。他的特化型ＣＡＤ，是收在兩側腿掛槍套的長型手槍款。」

「不是當成祕密王牌，打從一開始，同時操作兩個特化型演算裝置就是他的作風。如果只是

想使用不同系統的魔法，一般都會選擇使用泛用型，不過……」

「同時操作複數演算裝置……我就見識你這麼做的意圖吧。」

各校選手與後勤人員的視線，就像以將輝與吉祥寺的對話為象徵，集中在達也身上。

負責的競賽項目悉數獨占前幾名，可恨的超級工程師。

不知道達也是二科生的各校成員，對他都是抱持這份認知。而他再度展現的反常裝備，只會招致對方學校的警戒，並不會有人對此進行嘲笑。

唯一的例外，無疑就是第一高中選手團觀戰的看臺一角。

一年級女子選手們的熱烈聲援，以及一年級男子選手們成為對比的冰冷視線。

向己方小隊的聲援。

以及壓過一切的無數好奇心。

第一高中對第八高中的比賽，在這樣的狀況下開始。

◇　◇　◇

「在森林戰臺對抗八高嗎……」

「一般來說……很不利吧？」

摩利盯著螢幕畫面低語，同樣注視著螢幕的真由美出聲回應。

「祕碑解碼」這項競賽，是在附加各種條件的野外戰臺舉行。九校戰使用的戰臺共有森林、岩地、平原、溪谷、市區五種。

第八高中是九所魔法科高中最注重野外實習的學校，森林等同於他們的主場。戰臺表面上是以亂數程式隨機指定，但是實在無法不令人懷疑，這次因為是特例比賽，所以刻意選擇對原本應該不戰而勝的一方有利的戰臺。

——然而包括真由美、摩利以及聚集在帳幕裡的其他幹部，對此都沒有太過擔心。

達也接受「忍術師」九重八雲的個人指導，這在第一高中幹部之間是眾所皆知的事實。而且森林這種掩蔽物多的環境，是「忍術」最擅長的區域。這件事對他們來說是常識。

然而，對於不知道這件「事實」的對方學校來說，這是很大的失算。

雙方的起始地點——設置祕碑的地點，直線距離為八百公尺。

穿著防護服、戴著頭盔又攜帶ＣＡＤ，想鑽過樹林跑完這段距離，至少要五分鐘。何況若是要警戒敵人前進，即使途中沒有發生戰鬥，預估也要兩倍的時間。

然而——開賽不到五分鐘，八高的祕碑附近就爆發戰端。

監視犯規行徑的攝影鏡頭追蹤著選手的身影，影像會傳送到觀眾席前方的大型螢幕。在障礙物較多的戰臺，觀眾必須依賴這些影像。

掛在半空中的大型螢幕，現在映著衝到第八高中防守者面前的達也背影。

「好快……！」

「自我加速？」

吉祥寺輕聲讚嘆，目不轉睛看著畫面的將輝以問題回應。

一瞬間拍到的背影，在下一瞬間離開畫面。

防守者在另一頭單腳跪地。

畫面切換角度，映出達也繞過防守者右側，朝著祕碑疾馳的身影。

「不，移動時不像是有使用魔法……啊！」

防守者的ＣＡＤ槍口對準達也。看來達也剛才的攻擊，只是讓對方暫時失去平衡。

手槍造型，槍身較短的特化型ＣＡＤ，正在展開啟動式。

緊接著，經過處理得以視認想子的畫面顯示，八高選手展開的啟動式，被急遽擴散的非物理衝擊波——想子爆炸的衝擊波摧毀。

剛才的達也，左手確實握著ＣＡＤ。

從他身後所見，右手原本是空的。

然而如今畫面裡的達也一邊奔跑，一邊以右手所握的ＣＡＤ的槍口瞄準防守選手。

「是什麼時候？」

將輝的詢問省略了「拔出來的」四個字。

然而吉祥寺的回應，並不是在回答將輝的疑問。

「剛才那個，難道是……術式解體？」

「那是術式解體？」

啟動式被破壞造成的打擊，使得防守者愣在原地。達也以餘光朝他一瞥，在祕碑前方扣下了右手的扳機。

「成功了！祕碑開了！」

達也輸入的開鎖魔法產生作用，敵方小隊的祕碑分成兩半，穗香見狀拍手跳了起來。

「……奇怪。」

但她身旁的雫疑惑地蹙眉。

「雫，哪裡奇怪？」

在一年級女生之中，英美向雫提出詢問。

「明明打開祕碑了，為什麼要離開？」

正如雫所說，達也沒有靠近祕碑讀取密碼，而是變更行進路線衝進樹林後方。

「這麼說來……深雪，妳認為呢？」

「即使是哥哥，也很難在敵人妨礙的狀況，輸入五百一十二字的密碼。」

「祕碑解碼」的勝利條件有兩種：對方所有人失去戰鬥能力，或是將祕碑隱藏的五百一十二字密碼傳送到評審席。

戴在左腕的掀蓋型可佩戴鍵盤，就是用來輸入密碼傳送的終端裝置。即使達也打字速度再怎麼快，要在這個難用的鍵盤輸入五百一十二字的密碼也要不少時間。

「這樣啊……畢竟我第一次看到有人在防守者失去戰力前就使用開鎖魔法。」

雫像是講藉口般低語時，先前愣著不動的第八高中防守者，追著達也衝進樹林。

「剛才的……那是……」

對於達也使用的對抗魔法最受震撼的人，或許是摩利。

她像是呻吟般說出毫無意義的話語，身旁的真由美以情緒異常稀薄的聲音低語。

「術式解體嗎……原本我就覺得有可能，不過達也學弟……真的會用。」

「真由美，妳知道剛才那種魔法？」

摩利像是要衝過來抓住她一般逼問。真由美朝她一瞥，立刻將視線移回螢幕。

「『術式解體』這種對抗魔法，是將想子群壓縮成塊，不經由情報體次元而直接射向目標物引爆，摧毀目標物所『附加』，包含啟動式或魔法式在內，用來記錄魔法的想子情報體。是一種粉碎魔法記錄的魔法，故稱為術式解體。

即使歸類為魔法，但只是一種想子砲彈，結構不包含改變事象的魔法式，因此不受情報強化或領域干涉的影響。此外，砲彈本身的壓力也足以反彈演算干擾的影響。

加上完全沒有物理作用力，任何障礙物都無法防堵。

位於對象座標正在發動的魔法，就會像這樣被強行摧毀。

得以強力想子流迎擊，或是重疊好幾層想子牆架設防禦陣，才能勉強讓該魔法失效。

除了射程很短，沒有堪稱缺點的缺點，在已經實用化的魔法之中，號稱是最強的無系統對抗魔法……但是幾乎沒人會使用。

我也沒辦法。

因為這不是『擾亂』而是『摧毀』術式，我的想子存量無法製造這麼強大的壓力。

真的是超蠻力招式。」

「……換句話說，就像是壯漢使勁揮動槌子敲壞建築物？」

摩利拐彎抹角的比喻，令真由美笑出聲音。

「居然還能這樣挖苦，摩利妳真從容。不過大致就是這樣。依照他之前和範藏學弟的比試，我原本判斷達也學弟是細膩的技巧派……但他其實是非常強猛的力量型戰士。」

「那麼，搭車來會場發生意外時，果然……」

「應該就是這麼回事了。我當時沒看到，但摩利有親眼看到吧？在那個意外現場，至少有十人份以上的魔法式重疊，卻能夠一招全部摧毀……他的想子存量究竟有多少……」

第八高中的陣型是一人防守、兩人攻擊。

分成左右兩路進攻的兩名攻擊者，其中一人抵達第一高中的陣地。

「啊啊，達也同學，快一點啊！」

「雷歐同學加油！」

第一高中陣地，也就是第一高中祕碑設置的地點，是可以從加油區直接視認的地形。

坐鎮在祕碑前面的雷歐，在艾莉卡與美月的注視之下，拔出腰間的「劍」。

攻擊者從樹後現身。

他手上的CAD和隊友使用的是相同款式的特化型。

對方很明顯企圖在開啟祕碑之前先打倒防守者，也就是雷歐。

攻擊者槍口瞄準雷歐。

雷歐將武裝演算裝置「小通連」橫向揮砍。

兩人的動作完全同時。

「成功了！」

「那個傢伙真有一套！」

美月與艾莉卡開心說著。

穿越樹林描繪弧度橫向飛來的金屬板，重重打中八高選手使他倒地。

雷歐站在從樹木配置計算的迎擊位置，對方攻擊選手在預期的距離停下腳步時，他以分離的劍身打向對方。

這把「劍」在「刃」迅速飛過來組合之後恢復原狀，雷歐將劍直指天際。

「刃」從他手中垂直射出，靜止在高空。

「喝啊啊啊啊啊啊！」

隨著吶喊往下揮的「刃」，以符合運動半徑的速度，給予倒地的八高選手最後一擊。

「剛才那是什麼？」

鈴音的聲音沒有變得粗魯，但她這句詢問的語氣，聽起來像是天生的冷靜打了折扣。

「是司波學弟開發的武裝演算裝置以及獨創魔法『小通連』。」

回答的是昨晚協助調校時就知道該武器的梓。

「和武裝演算裝置同名的獨創魔法嗎……究竟是什麼樣的構造？」

梓簡潔說明，鈴音則是反覆點頭。

「原來如此，這是嶄新的構想。不過以司波學弟設計的系統來說相當粗糙。」

「粗糙？」

鈴音以詳細說明的語氣回答納悶的梓。

「是的。這個魔法在使用者的身體狀況與使用的環境條件，有著相當大的限制。」

第八高中的第三名選手迷失於樹林之間。

雖說是森林戰臺，也不是拿富士樹海當成賽場，而是將演習場其中一區，以人工打造成丘陵地形，並移植樹木，終究只是用來訓練的區域。

移植至今超過半個世紀的樹木自行生長，但是並非走八百公尺就會迷路的密林。

然而實際上，八高的選手無法辨識自己的所在位置。

「混帳，在哪裡！別偷偷摸摸躲著，給我出來！」

八高選手盡顯煩躁情緒大喊，同時發動消除超音波的魔法。

超音波本身沒有太大威力，頂多只會造成輕微耳鳴。

然而這股耳鳴莫名煩人。

選手戴的是軍用頭盔，不過只是保護頭部遭受衝擊與壓力的普通步兵基本裝備，沒有隔絕毒氣與音波的效果。不只臉部外露，耳朵部位還有許多小洞用來傳音。

要是受到音波攻擊，就必須以自己的魔法力防禦。

八高選手將小隊統一使用的ＣＡＤ收進槍套，從腰包取出預備的手機造型泛用ＣＡＤ，一邊對抗斷續襲擊的超音波，一邊接近敵方小隊的祕碑。

這是他原本的意圖，然而無論走多久，他都找不到敵方陣地。

他沒有發現。

交互受到超高頻音與超低頻音洗禮的他，光是只注意到高頻音，沒發現到低頻音已經讓三半規管失常。

視界受限，忽左忽右接連轉換方向——在這種非得持續轉身觀察四周的狀況，要是感應旋轉定位的器官失常，當然無法正確掌握自己現在的方向。

如果自覺到失去方向，就可以取出指南針應對，但因為他的知覺是在不知不覺中失常，身處於不可能迷路的人工環境，更難以矯正回來。

第八高中的選手，落入這種「自以為是」的陷阱。

設下這個陷阱的人是幹比古。

精靈魔法——「回聲迷宮」。

即使想反擊，也因為方向感失常，無從得知術士的位置。不，即使方向感正常運作，他也找不到幹比古的所在處。

因為幹比古是藉由精靈——脫離實體的獨立情報體，進行這種音波攻擊。

即使找出魔法施展的源頭，也只是精靈漂浮的座標。

不讓對方找出所在處的隱密性。

這正是達也予以高度評價，精靈魔法的「奇襲力」。

幹比古一邊跟蹤在自以為前進，但其實在後退的八高選手身後，心想差不多該準備進行下一個任務了。

達也將防守者誘離祕碑並引進樹林之後，思考該選擇迎擊還是合作戰術。

所謂的迎擊，是他直接讓防守選手陷入無法行動的狀態，取得輸入密碼的必要時間。

所謂的合作，就是他直接引開防守選手，由幹比古輸入密碼。

思考只在一瞬間。

達也選擇迎擊。

他拔出左腿的ＣＡＤ，朝地面扣下扳機。

發動減輕重量的術式，蹬地輕盈飛舞到樹上。

既然使用魔法，對方應該會知道自己的所在位置。

因為使用魔法，個別情報體將會產生無法避免的反作用力。

沿著這陣波紋，就能偵測術士發動魔法時的位置。

熟練的魔法師甚至能辨別魔法種類，但八高選手是否能夠從剛才的微弱魔法，辨識達也使用的是減輕重量的魔法？假設能辨別魔法種類，他是否能推測到這是為了跳到樹上而使用？

——達也比較希望對方做得到。

達也「沒使用魔法」就從樹枝跳到旁邊的樹上。

雙腳的彈性幾乎完全抑制了樹木晃動。

之後，第八高中的防守者果然停在達也往上跳的地點。

他的視線向上方移動。

達也朝他的背扣下右手的扳機。

經過處理，得以視認想子的大型螢幕上，現在正映出第八高中防守者受到無系統魔法想子波洗禮的光景。

防守選手蹣跚倒地。

「……是無系統的『共鳴』吧。」

「以生體波動與想子波的共振打倒對手？」

將輝點頭回應吉祥寺這番話。

「看來他分別以右手演算裝置使用無系統，以左手演算裝置使用加重系統魔法。」

「喬治……你不覺得那個傢伙的無系統魔法，莫名類似古式魔法嗎？」

「將輝也這麼認為？可能是修驗道……或忍術。他使用的系統，近似那種擅長操作生體波動——古式魔法稱為『氣』的魔法。」

「我認為連古式的那些傢伙，現在也不會用『氣』這種像是唬人的說法了。」

「唔哇，居然挑我語病。將輝，一點都不像你。」

第八高中防守者並非完全失去行動能力。至少還有意識，但現在的他無力追上達也。

達也輕踩樹枝，以反作用力縱身一躍。朝地面扣下左手扳機，幾乎不採取著地姿勢就改為疾馳，眨眼之間抵達祕碑。

設置在帳幕的螢幕，映出達也打開鍵盤外蓋，流暢輸入密碼的身影。

真由美聆聽著遠方第八高中啦啦隊的哀號，不經意看向摩利。

摩利也看著真由美。

「……贏了吧？」

「……贏了。」

這麼一來就確定晉級單淘汰決賽。

然而兩人不知為何無法舉起雙手開心慶祝。

接收密碼之後，比賽結束的訊號聲響起。

第一高中的校旗還沒完全升起，一高加油區就喧鬧不已。

「贏了！贏了！」

「好棒好棒好棒！完全勝利耶，完全勝利！」

「深雪，恭喜妳！」

「妳哥哥很厲害嘛！」

尖聲歡呼的是一年級的女子選手們。

喧鬧到像是已經奪冠。

在一般觀眾席，呈現出一幅稍微平穩的祝賀風景。

「呼……這對心臟不太好。」

「為什麼？達也同學、雷歐同學與吉田同學，明明都毫髮無傷啊。」

「不，總覺得達也同學以外的兩人讓我很擔心……」

「咦，哪裡要擔心？」

「問我哪裡……總之，各方面吧。」

好友不知為何支吾其詞，使得美月大幅歪過腦袋。

「艾莉卡好怪。」

被美月當成怪人的艾莉卡，內心滿是反駁的意見，但是害朋友莫名擔心並非她的嗜好，所以她決定這次甘於當個怪人。

◇◇◇

下一場比賽——第一高中對第二高中的戰鬥，指定在三十分鐘後舉行。

間隔時間似乎太短，但是確信將在今天和一高交戰的將輝等人無須擔心這種事。反而應該歡迎一高選手消耗精力，但這種想法會使個性變得卑劣，因此將輝刻意將這種想法趕出腦海。

下一場比賽的戰臺尚未公布。

將輝坐在比賽結束之後的看臺，詢問同樣依然坐在旁邊的吉祥寺。

「你覺得剛才的比賽如何？」

「將輝想問的不是比賽整體，而是『他』吧？」

吉祥寺正確補足被省略的話語，使得將輝露出苦笑。

「沒錯，喬治，你會怎麼進攻那個傢伙？」

「感覺他非常慣於戰鬥。身手、預判、走位……比起魔法技能，或許更應該提防他的戰鬥技術才對。」

「他的魔法技能如何？」

「這個嘛……『術式解體』讓我嚇了一跳……不過最後的『共鳴』，即使他完全從背後瞄準攻擊，也沒能剝奪對方的意識。這方面應該是求勝的切入點吧？」

「嗯……」

「仔細想想，最初交鋒的時候，他應該是想以加重系統魔法擾亂重力平衡，企圖讓對方跌倒——將對方摔出去，卻只能令對方單腳跪地。

用來跳到樹上的重力減輕魔法也一樣，威力不足以將整個身體往上抬。

或許他沒辦法使用太強的魔法？

有可能是平常使用性能極高的演算裝置，所以使用規格較差的競賽用演算裝置時，反而無法發揮實力也說不定。」

「很有可能。他擁有那麼高超的程式改編技能，認定他平常使用高度調校的硬體比較自然。很有可能因為臨時代打，無暇習慣規格差的演算裝置。」

「我們不知道實情，也沒必要知道吧？總之光看魔法力，我認為除了『術式解體』就無須提防。如同最後八高防守者所中的陷阱，我們應該提防他暗中布局。」

「——也就是說，正面交鋒就不足為懼？」

「是的。問題在於如何逼他們進行硬碰硬的正面對決……要是做得到這一點，將輝百分百能贏。比方說如果戰臺是『草原』，我們就有九成九的勝算。」

等待下一場比賽的第一高中選手待命室裡，幹比古持續心神不寧地坐立不安。

「幹比古……要不要稍微冷靜一下？」

雷歐拿著比賽結束之後完成微調的「小通連」，像是在確認重量般輕輕晃動，以無奈的語氣向幹比古說話。

「雷歐……你居然能面不改色。那個…………那些人明明都在平常沒交集的班級……」

雷歐投以「對什麼事面不改色？」的視線，幹比古逼不得已擠出這句回應，使得深雪嬌豔地輕聲一笑。

「吉田同學意外怕生呢。」

深雪站在放鬆身體靠著椅背而坐的達也身後，一邊為達也按摩肩膀，一邊朝幹比古投以愉快閃耀的笑容。

「深雪，我認為幹比古的態度很正常啊。少年總是很羞澀。」

「哎呀，哥哥真是的，您從來沒展現羞澀的一面給深雪看耶。」

達也將閉著的雙眼微微張開，抬頭從下方往上看，深雪對他發出銀鈴般的笑聲。在相視而笑時，她的纖纖玉指依然溫柔按著哥哥的肩膀。

——我確實怕生！

——但是更不好意思看到你們的互動！

……無法說出這番想法的幹比古，十足具備勞碌命的天分。

這時，真由美與梓掀開布簾（但不是麻布，是二十一世紀規格的高科技布料）入內。

兩人一看見兄妹的樣子就僵住，梓的臉蛋越來越火燙。

真由美沒有臉紅到那種程度，投向達也的目光卻像是看著骯髒的野狗。

「……感覺我好像遭受嚴重的責難或蔑視？」

「你多心了。」

真由美冷漠朝著端正坐姿的達也扔下這句話，轉頭輕咳一聲。

她轉回正面時，達也已經起身。

（總覺得……這孩子好像軍人……）

雙腳與肩同寬、挺直背脊、雙手在後方交握的姿勢非常自然。至少絲毫不會給人緊張、拘謹或做作的突兀感。

相對的，真由美的舉止實在有點孩子氣。

「……真的沒事。」

這種心態使得真由美不小心說出原本不用說的藉口，她抱持輕微的自我厭惡心態，決定趕快辦完事情。

「下場比賽的戰臺選定了。」

「會長專程前來通知啊，謝謝。」

真由美微微點頭，達也以目光詢問是哪裡。

「市區戰臺。」

真由美的回答，令達也意外到啞口無言。

「……昨天不是才發生那種意外？」

「戰臺是隨機選定，應該不會考量這種事。」

「這樣啊……」

表面工夫做到這種程度實在了不起——達也如此心想，卻說出另一件事。

「CAD已經調校結束，我們立刻過去。」

「辛苦了。」

真由美點頭示意時，雷歐與幹比古已經在進行準備。

雖說如此，也只是重新穿上剛才脫掉的上半身防護服，拿起頭盔與CAD。

準備工作只有這些。

穿上外套，確實以拉鍊與扣環固定。

「那個，司波學弟……」

達也綁上槍套收入CAD時，梓前來搭話。

「什麼事？」

「西城學弟的演算裝置……怎麼辦？」

「『怎麼辦』的意思是？」

「因為……如果是室內，或是外牆有階梯的大樓間隙，就沒辦法使用『小通連』吧？那個魔法只是讓劍身浮在空中，攻擊力端看使用者的臂力而定吧？劍身『伸長』的優點，是可以用相同揮動幅度造成高速攻擊，不過要是沒有足以揮動的空間，就無法累積打倒對手的力道……這是我們的推測。」

「看來是市原學姊說的？」

達也漂亮看穿實情，使得梓基於另一種意義臉紅。

「不愧是市原學姊，分析得很正確……但是不用擔心。即使是室內，空間也足以揮動長劍。要是不能當成十公尺長的劍使用，就當成一公尺長的劍使用。」

接獲達也眼神示意的雷歐，以「交給我吧」的意思點頭回應。

第一高中對第二高中的比賽，不受昨天意外的影響，雙方祕碑設置在室內中等樓層——具體來說是五層樓建築的三樓。

主辦單位堅決不承認是自身的責任與過失，此等頑強的態度，令人重新認知到魔法大學的行政體系也是官僚機構。

——不過，昨天的那場「意外」，某部分無法斷言是大會主辦單位的責任與過失。

何況對達也來說，祕碑與其設置在易於遠眺的戶外，設置在隱身處隨處皆是的大樓裡比較便於行事，因此完全不想抱怨。

達也現在藏身於第二高中祕碑所在大樓的樓頂。他穿越二高的偵查網，「不使用魔法」在各大樓樓頂之間移動。這種強橫的做法，使他沒被敵隊防守者察覺就接近到這裡。

因為是隱瞞行蹤從建物暗處接近，達也花費不少時間才抵達這裡。雖說一高即使在這場比賽落敗也能晉級單淘汰決賽，但淘汰賽是由預賽第一名對第四名、第二名對第三名，在準決賽遇到第三高中，跟在決賽遇到第三高中的意義完全不同。這次是讓幹比古留在陣地支援雷歐，但達也判斷時間並不充裕。

「幹比古，聽得到嗎？」

『達也，聽得到。』

「祕碑解碼」沒禁止使用通訊裝置，但使用的學校很少。因為依照現在的技術，即使無法解讀內容，也能輕易查出訊號位置。

何況只有三人的小隊，要是選手相互遠離到非得使用通訊裝置，幾乎不可能進行有意義的團隊行動。一般來說使用通訊裝置沒有意義。

即使如此，達也還是使用通訊裝置，這麼做當然有其意義。

「開始吧，麻煩搜索祕碑位置。」

『這邊似乎也撐不久，要盡快。』

「收到。」

另一邊似乎處於交戰狀態。

達也操作右手手鐲，發動喚起魔法。

雷歐厲聲嘶吼，水平揮動「小通連」。

長四十公分、寬十二公分的小型金屬片——前半劍身描繪弧度飛翔，襲擊第二高中的選手。雷歐以臂力補足劍身重量不夠的缺點，砍向攻擊者的腳。

二高選手倒地了。如果是「實戰」，這時候應該衝上去踩住給予最後一擊，但「祕碑解碼」禁止肉搏戰。

「幹比古！」

雷歐雖然知道幹比古聽不到，但依然朝著使用精靈，在大樓某處「觀看」這個房間動靜的幹比古示意。

回應他的，是出現在空中的球狀電流。

電擊打向二高選手。

但是雷歐無暇為擊退一人的戰果開心。

他察覺自己身體被施加移動魔法，連忙放聲大喊。

「Ｈａｌｔ（停下來）！」

透過安裝在頭盔嘴邊的麥克風，使得語音辨識開關收到訊號，啟動左手的ＣＡＤ。雖然是同時使用兩個ＣＡＤ的平行演算，不過只要發動的魔法種類相同，就不會混淆訊號影響發動。

幸好——不過限定於這個場合——雷歐自己的ＣＡＤ重視結構堅固與機械穩定，展開啟動式的硬體規格落後兩個世代，換句話說符合九校戰的規格。即使語音辨識的模糊與延遲不符合達也的喜好，但這次得以個人習慣為優先，因此達也只有（大幅）改編安裝的啟動式，讓雷歐沿用自己的ＣＡＤ。

而正如原先計畫所想，即使雷歐的ＣＡＤ完全「錯失先機」，依然來得及以魔法防堵敵方以移動魔法展開的攻擊。

這個魔法是以自己所站的位置——自己鞋底接觸的表面為基準點，固定自己身體與基準點的相對座標，算是摩利在「衝浪競速」所使用魔法的應用……應該說降級版本。與摩利固定水上移動的踏板與自己身體的相對位置，身體依然能自由行動的魔法不同，雷歐剛才使用的「固定」魔法，是以不會動的地板為基準點固定自己全身，持續時間也只有一瞬間。

但因為大幅降級，所以即使敵人魔法正在發動，也來得及互相抵消。

這棟建築物應該是以學校校舍為範本。

從破掉的窗戶出現敵方選手穿越走廊的身影。

雷歐將右手往後收，擺出突刺的預備動作，但是敵方已經跑走。

他慎重接近倒在地上不時抽搐的攻擊選手，脫下對方的頭盔。

依照大會規則，選手被敵方脫下頭盔，就禁止繼續採取競賽行動。

（好啦，總之解決一個……）

雷歐知道無法通訊，但還是在內心搭話。

（達也，拜託了。這邊挺吃緊的。）

達也的喚起魔法活化了「依附著他的精靈」。

達也無法使用精靈魔法。

即使感應得到活化的獨立情報體也無法控制。現代魔法是以魔法師創造的偽造情報，覆蓋事象附屬情報體的技術，並非直接操縱情報體的技術。

但如果只是要發動精靈魔法的基礎——喚起魔法，他就辦得到。

達也的人造虛擬魔法演算空間位於意識領域，所以無論啟動式記述的魔法式是何種魔法，他都能以「己身意識」解讀魔法式的設計圖——啟動式，構築魔法式並且投射。

這麼做沒有達到「使用魔法」的等級，單純只是模仿魔法發動的程序。所以只要所需的情報記述在內，即使只是模仿，也能發揮出記述範圍的效果。

幹比古抑制活性貼附在達也身上的精靈，經由達也的魔法活化。

並且立刻和原本的「主人」幹比古之間確立連結。

達也無法控制精靈，不過在這種狀況下，他沒必要控制。

就某種意義來說，他的任務是把這隻和幹比古相連的精靈帶到敵方陣地。

剛才的魔法，應該使得防守者察覺到他了。

要是對方離開祕碑走上這層樓，就正中達也的下懷。

達也靜悄悄地開始移動。

幹比古接收到和自己「簽約中」的精靈呼喚，得知達也成功「喚起」。

（說真的，達也，你為什麼是二科生……？）

內心一角如此低語的幹比古，將意識集中在遠方的精靈。

其實在魔法層面，物理距離沒有太大的意義。因為名為「情報體次元」的巨大情報平臺根本沒有所謂的物理距離。

原本只有不經過「情報體次元」直接發射想子的無系統魔法，會受到物理距離影響。

然而人類會受到五感束縛，受到經驗束縛。

只要物理距離很遠，就會覺得「很遠」。

這種「認知上」的距離，就是魔法的「距離」。

認知上的距離越遠，魔法就越難生效。

所以，要對遠處施展魔法的訣竅，在於將目標物「感覺就在身邊」。

基於這一點，精靈魔法藉由和精靈相互聯繫——讓彼此意思相通，得以感覺精靈就在身邊。

因此精靈魔法堪稱最容易跨越物理距離的魔法。

——如同現在這樣。

（……看到了。）

視覺同步。

並非將精靈收回身旁讀取記錄的情報，而是經由情報體次元和納入支配的精靈連結，即時取得情報的記述內容。這種技術就是精靈魔法的「知覺同步」。如果限定為視覺情報藉以取得更鮮明的影像，則叫作「視覺同步」。

幹比古操縱著司掌大氣流動現象的獨立情報體——隸屬風之系統的精靈，輕易地找到了敵方祕碑的位置。

「達也，找到了。」

不過，接下來才是重頭戲。

幹比古維持著敵陣精靈與雷歐身旁精靈的兩條連結，向達也發話。

（好快……已經找到了？）

精靈魔法真方便——達也悠哉地想著這種事，身體則是保持最高度的緊繃。

因為他正懸吊在天花板。

第二高中祕碑所在的建築物，大概是以正在拆除或建設的大樓為範本，空調管線裸露在外、行經天花板。達也正抓著管線，俯視著左右張望、腳步慎重經過的二高防守者。

對方大概聽到通訊的聲音，卻沒想到達也就在頭上。

不，達也認為並非如此。

就他所見，這個選手因為緊張導致視野狹隘。

呼吸有些凌亂，大概是剛才衝上階梯。

達也覺得這個選手不太適合防守，不過敵人戰力分配錯誤是值得歡迎的事，同情對方只是偽善而已吧。

達也原本想放他離開，但還是鬆開支撐身體的雙手，在空中扭身拔出右腿的ＣＡＤ。

在著地同時扣下扳機。

對方甚至沒有回頭的動作。

發動的魔法是單純的想子衝擊波。只是在短暫幾秒之內引發腦震盪的「錯覺」，令對方無法戰鬥的術式。

在實戰裡，這短短數秒就成為決定性的優勢，不過這是禁止直接攻擊的運動項目。達也以餘光看著對方選手倒下，跑到幹比古所提示的座標正上方。

目的地只間隔兩個房間，甚至花不到十秒。

感覺到防守者總算有所行動的達也，將ＣＡＤ對準正下方。

這棟建物每層樓高度是三公尺半。

五樓地板到三樓地板約七公尺。

從容位於「鑰匙」射程的十公尺以內。

他扣下扳機。

隱約傳來個別情報體改寫的手感。

達也從另一邊的階梯下樓，以防萬一。

和精靈同步的視覺，讓幹比古看見刻於祕碑解碼內部的密碼。

他轉移視點。

雷歐現在沒有和敵人接觸。

幹比古祈禱能得到些許好運，依照精靈傳來的視覺情報，以掀蓋鍵盤輸入密碼。

比賽結束的訊號聲響起。

這時候的達也，正在四處閃躲防守者施展的「鐮鼬」。

雷歐正背對祕碑，準備不管三七二十一發動突擊。

「呼……真是刺激百分百的比賽。」

真由美發出滿足的嘆息，摩利回以不滿的聲音。

「那個傢伙……最後是不是在玩？」

「咦，是嗎？」

「那種攻擊他明明可以輕易閃躲……為什麼不趕快打倒對方？」

「我覺得是他想做也做不到。」

摩利以苦澀至極的表情責備達也，真由美則是以冷靜的聲音反駁。

「為什麼？他不是有上一場比賽使用的『共鳴』，以及打倒服部的那種魔法嗎？」

「他說，之前對範藏學弟使用的魔法，競賽用CAD的硬體性能不足以處理。上一場比賽的『共鳴』，也沒有完全剝奪對方戰力吧？

摩利，妳忘了嗎？

我們昨天才把代打任務塞給達也學弟，他只有一個晚上的時間準備耶。一個晚上要調整西城學弟與吉田學弟的CAD，還要思考戰術活用兩人的專長……

我知道摩利欣賞達也學弟才會心急，不過沒提供足夠的準備時間就抱持過度期待，我覺得有點不負責任。」

「這……也對。」

摩利頻頻搖頭表達反省之意，卻忽然停止動作。

「……話說回來，真由美。」

「唔，什麼事？」

真由美莫名感受到陰險（？）的報復心態，不禁有所提防。

但是這樣應該正中摩利的下懷。

「妳很熱中幫達也學弟辯解嘛。」

「呃？哪……哪有……」

「別害羞、別害羞啦。總之……以他戀妹情結的嚴重程度，我覺得即使是妳，也難免陷入苦戰吧……」

「就說不是了啦！」

摩利的質疑，在很像女高中生（這樣形容或許有語病）的離題之下不了了之，不過在觀眾席上，有人正在表達相同的不滿與相異的確信。

「到最後，他使用的魔法只有『術式解體』、『共鳴』、『幻衝』與加重系統……我知道他為何不使用『分解』，但是沒使用閃憶演算與『精靈之眼』，這樣放水過頭了吧？」

「他有著非得保密的隱情，醫生也明白吧？」

「不過啊，藤林……先不提閃憶演算，就算使用『精靈之眼』，那種程度的魔法師也只看得見表象，不知道他實際上做了什麼啊。」

獨立魔裝大隊的山中軍醫少校與藤林少尉，在觀眾席進行這段頗具深度的對話。具備相關知識的人，聽到這樣的內容應該會嚇得跳起來，但是身穿不顯眼夏季衣物混入觀眾席的兩人，乍看之下就像——不是情侶，是醫生與護士（藤林以「醫生」為稱呼也是招人誤解的要素），斷續傳入觀眾耳中的陌生名詞，都被當成超心理醫學相關的專業術語而無視。

「即使如此，如果他行動時像是能把看不見的事物看在眼裡，細心的人應該會起疑。『精靈之眼』比知覺魔法還要特異，依照狀況可能比『分解』更加引人耳目。」

他們聊到的「精靈之眼」，是達也能夠視認情報體次元「光景（色彩）」的能力。

四大系統八大種類的現代魔法，是經由情報體次元，將魔法式投射在個別情報體。

換句話說，使用現代魔法的魔法師都能連結情報體次元，能夠連結情報體次元並認知其「存在」的達也，他的知覺可說是這個能力的擴張版。

然而……這種「擴張」帶來極大的效果。

因為只要是實際存在於這個世界的物體，都會在情報體次元留下個別情報體。

此外，這種能力和五感、終究不過是物理次元知覺擴張而成的「透視」，和運用輔助系統提供的情報鎖定魔法座標的方式都不一樣，也可以認知個別情報體的位置直接瞄準。

只有「不存在的事物」，能夠逃離「精靈之眼」的鎖定。

話說回來，「精靈之眼」其實是錯譯，是積習成俗而失去原本意義的「專業術語」。

「精靈之眼」原本的意義是Elemental Sight——「視認元素的能力」。這裡所說的「元素」，是代表四大元素學說的指標元素。

然而首先翻譯這個名詞的學者，將「Elemental」這個形容詞誤解為名詞的「四大精靈」，翻成「四大精靈之眼」並簡稱「精靈之眼」。至今當然許多人發現這個錯誤，不過「精靈之眼」比「元素視力」更有魔法風格——基於這個很詩情畫意但非科學的理由，保留至今沒有修正。

這種「誤譯」是專家與普通人隔閡越來越深的有害要素……卻沒有任何人想要修正，不知道應該對此頭痛還是嘆息。

——言歸正傳——

山中早就明白藤林所要表達的意思。「精靈之眼」和「雲消霧散」一樣，是被指定為機密事項也不奇怪的技能。

即使如此，山中還是沒有接受。

「要求他別揭露底牌的我們，或許也同罪吧……」

他們並不是單純或純粹來為達也加油。無論是山中、藤林、風間、真田與柳都確信，達也的精神沒有脆弱到逼不得已展露不能見光的技術，然而還是可能發生萬一。萬一產生突發狀況，也就是達也萬一在眾目睽睽之下使用指定為機密的魔法，就必須迅速做出應對措施，因此他們目不轉睛觀看達也的比賽。

所以，正如山中之前所說，原本他們不能責備四葉的祕密主義。即使山中想見識達也的真本事，或是他認為達也可以稍微拿出真本事也一樣。

「但我認為他應該會動用閃憶演算。因為即使是他，應該沒辦法只以低規格ＣＡＤ應付『王子』與『始源』。」

藤林像是在安撫山中的內心糾葛，為這段討論進行總結。

並非所有觀戰的人們，都只注意達也的表現。

觀眾的目光，反而統統都集中在使用首度公開的武裝演算裝置，展現花俏（迷人？）動作的雷歐身上。

而且雖然是少數，也有觀眾注意到從遠處正確「透視」五百一十二字密碼的幹比古。其中不只是不懂透視機制的觀眾，也包括知道機制的青梅竹馬。

「什麼嘛，Miki他……和以前一樣嘛。」

「咦，艾莉卡，什麼東西和以前一樣？」

艾莉卡脫口而出的自言自語，使得美月疑惑地注意過去。艾莉卡適度打馬虎眼，意識則是沉入自己的世界。

艾莉卡和幹比古的交情比她自己形容與認為的還要長久，她明白幹比古正在做什麼。

知覺同步絕對不是簡單的技術，但如果是發生意外之前，還是「天才少年」時的幹比古，理所當然不費吹灰之力就能做到這種事。然而，自從發生那場意外之後，他應該再也沒辦法如此流暢行使魔法了。

（什麼嘛……原來他的內心創傷已經癒合了。）

有時候即使身體的傷痊癒，內心的傷也無法痊癒。艾莉卡聽過這種感傷的說法。

但是實際上，身體的傷也分成治得好與治不好兩種。

同樣的，內心的傷應該也分成治得好與治不好兩種。

（Miki……你有發現嗎？你今天使用魔法的樣子，和之前完全一樣。）

艾莉卡沒有辨別精靈的能力，不具備視認精靈的雙眼。

所以她無法直接確認精靈魔法是否成功，但她是鑽研對人魔法戰技至今的千葉家女兒。

從對方的些許舉止、眼神或表情的變化，就能在某種程度看出這個人幾時使用了魔法、使用何種魔法，以及魔法是否成功。

千葉家女兒的這雙「劍士之眼」，看出幹比古成功依照自己的意思使出魔法。

（真的急死人了……快點察覺啦，你已經重新振作了。）

現在的幹比古已經恢復「實力」，卻還沒恢復「自信」。

從小打交道、硬是要幹比古陪同打交道、不斷跟隨著他的艾莉卡，經過這種實績的累積，已經能從他若無其事的表情看透到這種程度。

再來只等他本人恢復自信了。只要他能夠……相信自己——

「……卡，妳怎麼了？艾莉卡！」

「啊？什麼事？」

「還問我什麼事，怎麼忽然陷入沉思？妳在擔心什麼嗎？」

「咦，嗯，總之，真要說擔心確實擔心吧。剛才不是挺驚險的嗎？所以我在想下一場比賽是否沒問題。」

艾莉卡情急之下編出藉口，扔下率直被瞞騙而說出「這麼說來……」、「不過下次肯定也……」或「只能加油」這些話的美月，再度沉入自己的世界。

◇◇◇

單淘汰決賽的分組公布了。

準決賽第一場是第三高中對第八高中。

第二場是第一高中對第九高中。

單循環預賽的成績是三高第一名、一高第二名、八高第三名、九高第四名，如果依照大會規定，準決賽原本應該是三高對九高、一高對八高才對。但是一高與八高剛剛結束比賽，所以再度以特例處理。

淘汰賽是正午舉行。

達也他們是第二場比賽，卻不能錯過第三高中的比賽。

現在吃午餐有點早，但達也拿著餐盒，帶深雪回到旅館。

——因為現在帳幕裡的狀況，讓人沒辦法心平氣和用餐。

雷歐與幹比古已經先回自己房間避難。

穗香一臉很想同行的樣子，但雫講悄悄話阻止她，要是其他同學也受她影響紛紛跟過來，溜出帳幕就沒有意義。

兄妹甩掉各式各樣的視線——投向深雪的熱情視線最多——快步穿越競賽會場抵達旅館門廳時，目睹一幅罕見的光景。

「唔？」

「哇……」

摩利羞紅臉頰站在門廳一角。

她面前是一名年紀稍微比她大的年輕男性。

應該差不到十歲。男性看來是二十出頭。

兩人都知道摩利有位年長的男朋友。

這名青年應該就是她的戀人。

與其說中等身材，更應該歸類為高瘦，比達也稍微高一點。兩兄妹身旁有許多相關領域的專家，因此一眼就看出對方高瘦緊實的體格並非運動健將，而是以武術或格鬥術鍛鍊而成。眉清目秀的長相，對照世間普通人的喜好，可以形容為美男子。摩利的容貌有些中性，但是形容為美少女也不為過。兩人可說是非常登對的情侶。

達也的腳步忽然有所遲疑。

「哥哥？」

超越半步的深雪轉身歪過腦袋。

達也並不是在打壞主意，想去說風涼話或是騷擾對方。

他對這名青年的長相有印象。由於在搜尋記憶，腳步才會瞬間放慢。

「……不愧是九校戰，到處都遇得到名人。」

想要前去交談的想法掠過達也腦海，但他非常明白這時候應該自重。

「您認識那一位？」

「他在那個領域舉世聞名。」

達也走到深雪身旁催促，打算邊走邊回答。

然而，達也取消念頭的「電燈泡」行徑，卻由某人毅然決然進行。這個人頗為尖銳的聲音，使得達也與深雪都停下腳步。

「修次兄長大人！您為什麼會在這個地方？」

熟悉的聲音，以不同於以往的禮貌語氣質詢青年。

「兄長大人？所以那一位是艾莉卡的……？」

艾莉卡大步走向青年，深雪將視線從她身上移回達也確認。

「如果我沒記錯，他是千葉家的二哥，『千葉的麒麟兒』千葉修次。還在就讀國防大學，卻已經號稱如果在三公尺間距之內，就是舉世屈指可數的近戰高手，是魔法近戰的英才。」

「原來是這麼了不起的一位……可是既然如此傑出，應該是艾莉卡引以為傲的哥哥，總覺得她咄咄逼人地非比尋常？」

「是啊。我聽說修次先生在千葉家被視為異端……但以艾莉卡的個性來說，她應該不會拘泥於『正統』。」

「說得也是……」

當兄妹倆正在進行這段對話時，艾莉卡衝過去逼問自己的哥哥——對於站在旁邊的摩利看都不看一眼。

「兄長大人直到下週應該都出差前往泰國進行劍術指導才對！為什麼會在這裡！」

艾莉卡似乎完全在氣頭上。

平常她給人的感覺，都是以莫名置身事外的旁觀角度看待他人或世間，她現在的態度還真的相當罕見。

「艾莉卡……妳冷靜點。」

青年——千葉修次如此安撫，但艾莉卡的激動情緒絲毫沒有平復。

「這要我怎麼冷靜！如果是壽和兄長大人還很難說，但如果是以前的修次兄長大人，根本就不可能會擅離職守！」

「慢著，所以說妳冷靜點……我並不是擅離職守……」

千葉修次似乎是一位和武術名聲不符，與其說懦弱應該說溫柔的青年。面對在公眾場合沒有

收起激動情緒的妹妹，他並沒有出言勸誡，而只是在找藉口推託。

「喔……這樣啊？那麼您的意思是說，我誤以為您在這段時間，前去泰國王室魔法師團協助指導劍術？」

「不，艾莉卡這部分說得沒錯……但我不是擅自回國，有按照程序申請許可……」

「這樣啊？既然非得中斷這項日泰外交相關的重責大任，想必是重要的事情吧？為了這項非常非常重要的急事回國的兄長大人，為何會在高中生競技大會的會場？」

艾莉卡的音調恢復冷靜，但是就達也所見，她的情緒成反比迅速變差。

就修次所見應該也是如此。

證據就是他的臉稍微開始抽搐。

「沒有啦，說什麼外交就太誇張了……這只是還沒上任的預官彼此進行親善交流，就像是大學生社團活動的一環……」

「兄長大人！」

「有！」

「無論是學生層級的親善活動還是社團活動，這都是正式受命的任務吧！不構成怠忽職守的理由！」

「是，妳說得是！」

世界屈指可數強者的意外模樣，使得達也不禁驚訝。

「……我聽過『妻管嚴』這種說法，卻不記得聽過『妹管嚴』。」

達也莫名不忍直視而移開目光，發現美月在不遠處不知所措。達也揮手示意，美月隨即露出鬆一口氣的表情小跑步過來。

「達也同學……艾莉卡她怎麼了？」

「說真的，到底怎麼了……？」

即使美月詢問，達也依然只能感到納悶。

「哥哥，我認為艾莉卡是在亂發脾氣喔。」

隨即深雪以忍笑的語氣，向達也進行難以理解的說明。

「亂發脾氣？對什麼事情發脾氣？」

「這個肯定很快就知道了。」

達也他們越來越摸不著頭緒而納悶，「兄妹吵架」則是在他們視線前方迎接新局面。

「兄長大人，雖然我覺得不可能，但您該不會是為了見這個女人而拋棄任務吧？」

「慢著，就說不是拋棄……」

「我不是在問那個問題！」

艾莉卡斷然阻止哥哥辯解，朝著至今（恐怕是故意）無視的摩利瞪了一眼，再將視線移回修次身上去。

「真可嘆……別名『千葉的麒麟兒』的兄長大人，居然為這種女人怠忽職守……」

「……艾莉卡，我姑且在學校是妳的學姊。我可不記得曾經做過什麼得被妳稱為『這種女人』的事情啊。」

至今保持沉默……應該說承受沉默的摩利，終於像是忍不住般插嘴。

但艾莉卡完全無視於摩利這番話。

「到頭來，兄長大人就是和這個女人來往之後就墮落。千刃流劍術免許皆傳的劍士，居然忘記磨練劍技，被這種小伎倆魔法迷得神魂顛倒……」

「艾莉卡！」

這句話或許對修次是禁忌。至今的懦弱態度如同沒出現過，蘊含魄力的這句斥責，使得艾莉卡身體猛然顫抖。

「要磨練技術，就必須持續吸收新技術。

我抱持這種想法，並且實踐至今。

和摩利沒有關係。

這次也只是我得知摩利受傷之後，坐立不安才會過來罷了。

摩利原本還要我別來。

即使除去這點，依照剛才至今的各種失禮言行，身為千葉家女兒，妳才應該羞愧。」

「…………」

艾莉卡緊咬著嘴唇沉默，但依然沒有從修次身上移開目光。

「好了，艾莉卡，向摩利道歉。」

「……我拒絕。」

「艾莉卡！」

「我拒絕！兄長大人毋庸置疑是放棄正式任務來到這裡！而且確實都是她的錯！」

然而形式看似再度逆轉。

「我的想法沒有改變！修次兄長大人和這個女人來往之後就墮落了！」

艾莉卡一個轉身，以幾乎快要變成跑步的速度，從哥哥面前快步離開。

◇　◇　◇

「艾莉卡，等一下，艾莉卡！」

在門廳進入電梯廳處——完全看不見門廳的這裡，艾莉卡總算因為美月的聲音轉身。

並且將嘴巴張成「啊」的形狀。

「……達也同學，還有深雪……難道說，你們聽到了？」

語氣與表情都是一如往常的艾莉卡。

然而達也不經意覺得，艾莉卡看起來似乎在強忍淚水。

「抱歉……我並不是故意偷聽。」

「達也同學，下次你要請客。」

「喂？算了，無妨。拜託不要太貴。」

「交涉成立。」

艾莉卡一如往常展現率性瀟灑的笑容。既然她擺出一如往常的態度，達也同樣不希望胡亂關心，使得對方反過來關心。

「艾莉卡，午餐妳有什麼打算？」

「嗯？還很早吧……啊，對喔。嗯，我還沒吃，但我想跟你們在一起。」

聽到深雪詢問，艾莉卡回以一半否定一半肯定的話語。

「哥哥？」

「這個嘛，我們原本想在房間吃，如果不介意我們吃飯，要一起來嗎？」

「嗯，我去我去！美月也會去吧？」

「好的，那個……打擾了。」

「不，並不會打擾到我們。」

「啊？我不是那個意思啦！」

「真是的……達也同學好過分，居然尋我開心。」

被拿來轉換氣氛的美月，即使坐在床邊依然不太高興。

總之，達也至少明白她不是真的在怪罪，因此面帶苦笑大口吃著三明治。

美月與達也都想避免拿剛才那件事當成話題。

「那麼……達也同學與深雪還有美月，應該想問我一些事吧？」

然而當事人——艾莉卡卻重提剛才的那一幕。

「原來渡邊學姊交往的對象，就是艾莉卡的哥哥。」

唯一面不改色回應這個話題的是深雪。

「對，那個笨老哥，居然被那種女人騙得團團轉，不知道該說丟臉還是生氣……」

「那一位是舉世聞名的劍術家吧？就算說壞話也不應該罵『笨老哥』喔。」

「咦？……啊，對喔。既然是達也同學，知道修次老哥的事情也不奇怪。」

「艾・莉・卡，即使是在我們面前，妳也不需要改變稱呼啊。應該是修次『兄長大人』這樣才對吧？」

「啊～拜託忘記這件事！那不是我！」

艾莉卡忽然抱頭撲到床上。

對她來說，那種「優良教養」的用字遣詞，應該令她很難為情。

……先不提那個，真希望她對於把頭埋在男生使用的枕頭這件事感到難為情——達也困惑地如此心想。

「別這麼說，艾莉卡非常喜歡修次先生吧？」

「…………」

僵住的不只是艾莉卡。

深雪投下的冷凍炸彈，連達也與美月也瞬間凍結。

「……沒有！」

艾莉卡猛然起身大喊。

由於是一邊離開枕頭時大喊，所以只聽到語尾像是「吼」的聲音，不過似乎也很適合當作這時候的反應。

這種像是怪獸被逼上絕境而嘶吼的「淺顯易懂」態度，使得深雪發出銀鈴般的笑聲。

並且投下第二顆炸彈。

「原來艾莉卡有戀兄情結呢。」

「呃……」

艾莉卡啞口無言。

並且造成超越臨界點的大爆炸。

「只有妳沒資格這麼說啦！這個超級戀兄癖少女！」

——緊接著發生的事件，達也與美月都絕口不提。

◇◇◇

「……喂，達也，你臉色好差耶。沒問題嗎？」

「總覺得你好像很累……」

達也在一般觀眾席和雷歐、幹比古會合時，他們一開口就提出這樣的問題。

「剛才發生一些勞心的事。放心，與其說是精神上的疲勞，更像是情緒上的疲勞，比賽時只要鼓足幹勁就沒問題。」

達也揮手示意沒什麼事，深雪與艾莉卡則是若無其事坐在他的另一邊。

後方的美月行為舉止有些可疑，但雷歐與幹比古都沒發現。大概是把注意力集中在即將開始的比賽上了吧。

「……抱歉，老是讓達也成為眾矢之的。」

幹比古似乎抱持某種善意（便於行事？）的誤解。

「不，沒那回事。我沒問題，所以別在意。」

話中的「沒那回事」真的意味著不是那回事，但是達也刻意說得含糊，這種差勁的個性也令人啞口無言。

「沒問題就好。不過達也這次在各方面都很亂來，所以別更加逞強啊。」

「我明白。」

達也心想，這個朋友簡直善良到令他沒資格來往。

「包含這方面也沒問題。」

他也不願意讓這樣的大好人擔心，因此努力以沉穩的態度點頭示意。

只不過開賽之後，「臉色有點差」這種事變得一點都不重要了。

他們的注意力——當然，其中也包括達也——被第三與第八高中在「岩地戰臺」展開的戰鬥所深深吸引住。

比賽比預料的還要一面倒。

或許形容成「個人秀」比較貼切。

仿造石灰岩地形而成的「岩地」，是障礙物稀少程度僅次於「平原」的戰臺。各處隆起或放置可用來掩蔽的大型岩石，但是沒什麼高低落差，沒有樹木遮蔽視野。

一名選手從第三高中陣地，悠然行走在岩石之間前進。

一条將輝光明正大地現身「進軍」。

第八高中也沒有坐視不管，接連朝將輝施展魔法。沿著岩石後方前往第三高中陣地的攻擊選手，也加入集中砲火的行列。

然而——

將輝未曾停下腳步。

以移動魔法投擲而來的石礫或岩塊，被更加強力的移動魔法擊落。

直接施加在將輝身上的加重魔法或振動魔法，遭到他身體周圍一公尺處架設的干涉領域給解除了效果。

將輝並未加快腳步，如同在嘲笑這些「無謂的努力」。

「……是『干涉裝甲』啊。記得移動型領域干涉應該是十文字家的絕活才對。」

將輝技壓群雄的表現使雷歐與幹比古啞口無言，達也則是毫不保留稱讚他的實力。

「像那樣連續維持魔法效果也毫不喘息，絕對不只是演算領域的容量夠大，應該是相當擅長『換氣』。達到那種程度只能形容成天分。」

「換氣」指的是連續使用相同魔法時，上個魔法結束到下個魔法發動的切換程序。前後魔法的重疊時間越短，對魔法師的負擔越小。這段重疊時間很短的魔法師就形容為「換氣很順」。

深雪也是「換氣很順」的魔法師，不過就達也所見，將輝的天分匹敵深雪。

未曾中斷的強力防禦，擋下八高攻擊選手的攻勢。

他們沒有特別藏身，直接衝向第三高中陣地。

大概是放棄擊退將輝，企圖先行攻下對方陣地祕碑，藉以殺出一條生路。

但是很遺憾，這樣的行動非常冒失。

或許是驚慌採取的行動。

他們注意力集中在前方，身後毫無防備，將輝不可能放過這個機會。

極近距離爆炸產生的風壓，將八高攻擊者震得撲倒在地。

「聚合系『偏倚解放』啊。單純用壓縮釋放不就好了……看來他挺喜歡高調行事。」

「偏倚解放？我沒聽過這種魔法……」

旁邊的深雪提出詢問，達也注視著賽場回答。

「因為這是費力卻效果不佳的冷門魔法。

可以想像成從圓筒一端灌入空氣蓋上，以另一端瞄準目標打開蓋子，讓高壓空氣從開啟的那一面噴出。比起以正常方式壓縮空氣再爆發，這麼做的優點是威力較大，而且可以指定爆發方向，但如果只是想增加威力，其實以正常的壓縮空氣程序增加壓縮的空氣總量就好。若想要讓攻擊具備指向性，那就直接將壓縮空氣射向目標就好。

……不對，他是為了降低殺傷性等級，才刻意使用這種模稜兩可的術式吧。

在這種場合，實力太強也挺費神的。」

達也露出諷刺的笑容。

深雪投以「哥哥也一樣吧？」的目光，但他假裝沒察覺。

在達也傾囊相授的這段時間，將輝依然確實地接近八高陣地。

留下來防守的兩名八高選手，或許是覺得戰局這樣下去只會持續惡化，因此決定兩人聯手一起挑戰將輝。

他們打碎岩石，以碎片攻擊將輝。

將輝腳邊地面冒出細微火花。應該是八高選手以釋放系魔法，強迫礦物釋放電子。

前者的術式規模以及後者的改寫難度，都是形容為高階也不為過的魔法。

剛才達也他們看起來輕鬆戰勝第八高中，只不過是沒讓對方展現實力。如果是正面以魔法硬碰硬，應該會更加陷入苦戰。

然而將輝面對兩人聯手進攻，真的是輕易從正面化解攻勢。以將輝為中心，球狀展開的動能向量反轉力場，將如雨射來的石礫彈悉數反彈，放電魔法就這麼被抑制無法發動。

空氣聚合而成的重槌，打向第八高中的選手。

壓縮空氣在接觸的同時釋放，輕易剝奪兩人的戰鬥力。

比賽結束的訊號聲響起。

吉祥寺與另一名選手，從比賽開始到結束，都沒有離開己方的第三高中陣地半步，也沒有採取任何行動。

「一条的『王子』比預料的還厲害呢……」

真由美從螢幕移開視線向克人說話。

平常陪同的摩利不在場。

摩利正忙著進行「妨礙會被馬踹」的互動。（註：源自日文諺語「妨礙他人戀情會被馬踹」）

她原本是非得在病床靜養的重傷患，因此真由美與其他幹部都沒有強迫她到場。

「總覺得和十文字的風格很像。」

克人聽到「和自己風格很像」這種話，應該也難以回應吧。

果然在他回應之前，鈴音就加入對話。

「恐怕是刻意的。一条家的戰鬥風格原本應該是中長程距離的先發密集砲擊。實際上在單循環預賽，他們的戰法也是從遠處先發制人癱瘓防守。雖然沒有根據……但我覺得這可能是一条選手的挑釁。」

「挑釁？」

真由美感到納悶。

「我不知道他是否意識到我的風格，但這應該是要求司波和他正面交鋒的挑釁。」

克人如此回答。

「這樣啊……我能理解他的心情。」

真由美的表情寫著「這種做法挺幼稚的」。

達也的武器是機動力、洞察力，以及從中導出的意外性。

他的戰鬥技術更勝魔法力，這件事從至今兩場比賽顯而易見。

這樣的達也不可能會跳進這種明顯的圈套。

但是克人沒有贊成真由美這段無言的訊息。

「司波應該會接受挑戰。」
「咦，你說達也學弟？」
「如果是原本的距離就很難有勝算。這是少有的勝機。」
「這下子傷腦筋了……」
克人是位於遠離一般觀眾席的總部帳幕進行指摘，當然傳不到達也的耳中。但達也同樣非常理解克人這番指摘。
而且他也明白，第三高中……應該說吉祥寺真紅郎的真正意圖，是刻意展露破綻，引誘達也正面對決。
而且更惡質的是，對於第一高中來說，接受這個挑戰最有機會戰勝。
（「始源喬治」，真有你的……）
「一點都沒錯。那種防禦力是怎麼回事？」
「結果很可惜，完全沒看到一条以外的選手們的底牌，這樣就無從擬定對策了。」
雷歐與幹比古似乎將達也的抱怨往錯誤的方向解釋。
兩人都懾於將輝的強大實力，但是精神受到的打擊，應該不像是得知將會陷入對方策略，如同無法逃離流沙陷阱那麼嚴重。

「我大致能預料吉祥寺選手的戰法，另一人就不曉得。」

「咦，是嗎？」

所以達也決定以兩人誤解的方向處理對話。

「吉祥寺真紅郎發現的『始源碼』是加重系統的正向碼。而他參加的另一個競賽項目是『精速射擊』。

「始源碼？」

那麼他擅長的魔法，應該是直接對目標位置進行加重程序的『無形子彈』。」

「不是改寫目標物的個體情報，而是局部進行加重程序，這種事有可能嗎？」

「這樣啊……這方面的說明有點長，可以嗎？」

達也預先確認，雷歐猶豫片刻，幹比古則是毫不猶豫就點頭。

「魔法式的研究領域，有一種『始源碼假說』的理論。

這個假說還算是廣受支持，主張『加速、加重、移動、振動、聚合、發散、吸收、釋放』四大系統八大種類的魔法，各自擁有正向與負向共計十六種基礎魔法式，以這十六種魔法式搭配組合，就能構築所有的系統魔法。

這種魔法式就稱為『始源碼』。

若從結論來說……這個假說在『能構築所有的系統魔法』這一點是錯的，不過『始源碼』是確實存在的。」

幹比古與雷歐如此反應，達也揮手示意他們別慌。

「……明明是錯的，但確實存在？」

「……抱歉，我現在就聽不懂了。」

「放心，我會詳細說明。

四大系統魔法之中，有些魔法是十六種『始源碼』再怎麼搭配組合也無法構築的魔法，所以『始源碼假說』是錯的。不過確實有些魔法式的特徵足以稱為『始源』。

現代魔法是以魔法式定義改寫後的事象狀態，藉以產生各種作用力。

改寫事象的作用力定義於魔法式，但若沒有定義魔法作用的結果，就不會產生效力。

然而『始源碼』可以直接產生作用力。

換句話說，『始源碼』是定義『加速、加重、移動、振動、聚合、發散、吸收、釋放』本身作用力的魔法式。

所以能構築出並非對目標物整個個別情報體，而是直接對個體單點產生作用的魔法。

現在發現的始源碼，只有加重系統的正向碼。

發現者是第三高中的吉祥寺真紅郎——『始源喬治』。」

最後這句話，使得幹比古露出畏縮的表情。

「就覺得吉祥寺真紅郎這名字似曾相識……原來是『始源喬治』。」

達也看到他的臉色心想不妙，但是既然說出口就沒辦法了。

「對，所以並不是只需要提防一条選手。雖然優秀的研究者並不一定是優秀的實行者，不過『始源碼』這種東西，光是能夠使用就很難應付。」

使用始源碼的魔法是直接定義作用力，因此不需要和一般魔法一樣非得定義事象改變結果。達也參加「祕碑解碼」的直接原因——「破城槌」和「無形子彈」同樣是朝著目標平面局部施加壓力的術式，不過「破城槌」必須將施加壓力的平面「整個」改寫為針對加重點施壓的狀態。相對來說，「無形子彈」則不需要改寫施壓面——無論是牆面、地面或人體表面都一樣——的狀態，是直接寫入壓力現象的魔法。

因此，相較於必須改寫整個目標物情報的魔法，「無形子彈」所需的情報記述（也就是魔法式）可以精簡許多，而且並不是改寫目標物本身的情報，所以「情報強化」這種阻止目標物事象情報被改寫的魔法無法防禦，這是該魔法的一項優點。

以更小型的魔法式就能發動，且無視於事象改寫對象的情報強度，這是很大的優勢。

「幸好『無形子彈』有一個缺點，那就是一定要視認目標位置才能使用。這個諷刺的缺點，來自於該魔法不是對個別情報體產生作用，而是直接對目標物產生作用，所以使用掩蔽物應該就能防止『無形子彈』的攻擊。使用『領域干涉』也可以防禦，但是『情報強化』就不行，這一點需要注意。」

「明白了，我會小心。」

「達也……我有個問題。」

雷歐跟著幹比古點頭之後，以有所顧慮的語氣開口。

「雷歐，什麼問題？」

「這個問題和比賽無關……不過達也，你剛才說『有些魔法不能只靠十六種始源碼構築』對吧？那不就表示這十六種始源碼，達也全部知道？」

雷歐的態度與言行容易令人誤會，但他絕對不是笨蛋。

不提知識，但他的智力反而算高。

達也理應早就知道這一點，但依然對這個犀利的指摘感到驚訝。

「……現階段只有吉祥寺真紅郎發現始源碼。我只是知道四大系統之中，某些魔法無法以始源碼假說的理論來建構。」

「哥哥，差不多該動身了吧？」

雷歐正要開口——正要進一步詢問時，深雪打斷對話。

「也對，下一場的戰臺差不多該定案了。我們到總部吧。」

達也起身的背影，拒絕他人進一步的追究。

◇　◇　◇

第一高中與第九高中的比賽，在「溪谷戰臺」進行。

溪谷戰臺是「く」字形彎曲的人造溪谷。若有溪水流動，就會因為上下流而產生優劣地勢，因此與其說是溪谷，實際上是山崖圍繞而成的細長「く」字形湖泊。不，水深沒有達到湖泊的程度（最深只有五十公分左右），所以是細長「く」字形的「水塘」。

這場比賽由幹比古搶盡風頭。

兩側封閉的細長賽場籠罩著白霧。

完全看不到比賽狀況的觀眾噓聲四起，但是立刻恢復平靜。

觀眾們不愧是為了觀賞魔法競賽而來，大多知道覆蓋此等面積並且維持效力的魔法，屬於多麼困難又高階的魔法。

而且第一高中選手只有薄霧籠罩，第九高中選手卻是濃霧環繞。

九高選手受到濃霧干擾，無法接近一高的祕碑。

他們反覆想消除濃霧，而且實際上也驅趕好幾次，但白色帷幕立刻就再度剝奪視界，如同嘲笑他們徒勞無功。

即使製造氣流吹走霧，取而代之流入的空氣也滿是白霧，所以沒有意義；即使加熱氣溫提高飽和點，也只會促進「湖水」蒸發，降低環境的舒適指數。

產生濃霧的「結界」古式魔法，是無視於飽和水蒸氣密度，直接凝結水氣的魔法。提升氣溫也只會增加水蒸氣的供給，讓霧變得更濃。此外「結界」魔法包含「封閉」的概念，因此製造氣流只會讓充滿濃霧的空氣循環。

這種持續對模糊目標物產生作用的效果，原本就是現代魔法不擅長的領域。

在現代魔法的範疇，若是沒有確認幹比古魔法的作用區域——「結界」的範圍，就無法採取有效措施消除這個「濃霧魔法」，而且九高的新人們缺乏古式魔法的知識。

除了是人為設定濃度所以不均勻，這股霧沒有發揮自然現象以上的效果。

沒有迷幻效果、無法降低對方能力，也不會封鎖對方活動空間。

然而光是伸手不見五指，就足以限制人類的行動。

達也側目看向沿著崖壁戰戰兢兢前進的九高攻擊者，躲在霧裡輕易抵達九高陣地。

刻意在他周圍變得稀薄的霧，維持著足以令他快步前進的視界，即使觀眾視界完全被阻擋，也不造成達也的任何阻礙。

既然現狀不用擔心被觀眾看見，就可以毫不保留使用「認知萬物」的視力。

達也無聲無息繞到九高防守者身後，使用「開鎖」魔法。

隱藏密碼的「蓋子」掉落發出的聲響，使得防守者連忙轉身，但是達也已經離開。達也這次不需要喚醒精靈。

維持濃霧結界的就是幹比古操縱的精靈，濃霧所及之處就是幹比古的「眼睛」所在。

第一高中對第九高中的比賽，在從未交戰的狀況下，以第一高中的勝利落幕。

決賽在季軍爭奪戰之後舉行。

「祕碑解碼」的比賽時間，再長也未曾超過三十分鐘，不過決賽時間定在相當寬裕的兩小時後，也就是下午三點半。

負責調校ＣＡＤ的達也，決定在競賽場地度過這兩個小時的空檔，幹比古與雷歐則是暫時離開賽場喘口氣。

——不曉得他們是不是因為不想再看到兄妹恩愛的場面。

三人說好在比賽開始前一小時集合，就各自前往自己想去的地方。

雷歐說要到餐廳簡單果腹之後回房休息。

胃口沒這麼好的幹比古，來到旅館頂樓的瞭望室。

蓋在富士裾野演習場的這間旅館，可以在瞭望室近距離瞻仰富士山。

吉田家的神祇魔法是神道系的古式魔法，如果要進一步分類，則是屬於地祇神道系（祀奉國津神的神道系）。

對於神道系古式魔法的術士來說，富士山具有特別意義。

富士山祭祀的是嫁給天津神（之嫡孫）的國津神，富士信仰不分天神地祇。

即使除去這種教義上的意義，「靈峰富士」也是魔法能量的巨大集中地。

來到瞭望室的陽臺，應該可以直接沐浴靈峰的氣息——如此心想的幹比古走到頂樓，遇見出乎預料的人物。

「哎呀……你怎麼跑到這種地方？」

戴著草帽遮陽的艾莉卡，維持手肘靠在扶手眺望富士山的姿勢，轉頭向幹比古搭話。

「我來看富士山……我才要問艾莉卡，怎麼一個人跑來這裡？」

依照幹比古的說法，瞭望室——包含陽臺的頂樓——除了艾莉卡沒有其他人影。

不，幹比古現在在場，所以只有他們兩人。

這也是當然的。今天聚集在這裡的人，要說全為九校戰而來也不為過。

即使現在是休息時間，但是季軍爭奪戰即將開始，除了幹比古這種基於特別原因的人，只有相當奇怪的人才會專程回到旅館，來到只有富士山可看的瞭望室。

「我的話，算是因為想要……獨自靜一靜吧。」

視線移回風景的艾莉卡，側臉看起來有些孤單，令幹比古稍微不知所措。

但他沒能離開，佇立在原地也不自然，因此幹比古不得已——至少在他的想法是「不得已」——前往艾莉卡的身旁。

「幹比古。」

艾莉卡依然將視線固定在日本最高峰開口搭話。

「咦，什麼事？」

——突兀感。

「感覺得到嗎？」

「啊？」

「你是來沐浴靈氣吧？確實感覺得到嗎？」

和往常相同的用字遣詞，和往常不同的音調。

一如往常，和往常不同的語氣。

離開扶手站直的艾莉卡，臉上露出久違四個月……不，久違好一段歲月的真摯表情。

幹比古最後看見這張表情，是在她剪短頭髮之前，是比起從春季開始留的頭髮還長的時候。

是她劍不離手的兩年前……

「……幹比古？」

「啊，抱歉。呃……對，艾莉卡說得沒錯。」

結巴回答的幹比古，總算察覺突兀感的源頭。

——艾莉卡以「幹比古」稱呼他——

「我是來沐浴靈氣。」

「不是這個。」

「啊？」

「我問的不是這個……你確實感覺得到靈峰氣息嗎？」

出乎意料的正經眼神，使得幹比古在頗感壓力的狀況，端正姿勢調整呼吸。

深深呼吸、吐納。

維持節奏很重要，但是想像更加重要。

呼氣時打造出容器，吸氣時收納進容器。

不是吸氣再吐氣，是吐氣再吸氣。

進行兩三次「吐納」之後，幹比古體內逐漸充盈著「生氣」。並非想子或靈子這種「粒子」，是更接近能量本身的波動，被稱為「靈氣(praaNa)」的「力量」。

幹比古確實吸收著靈峰的氣息。艾莉卡親眼見證後，露出不像她會有的低調笑容。

——這是一張有些寂寞的笑容。

「艾莉卡……？」

「什麼嘛，果然做得到嘛。」

「……抱歉，我聽不懂妳的意思。」

艾莉卡一如往常用詞簡略，沒顧慮到對方的理解程度就自我總結，但是幹比古認為只有這一次，沒能理解艾莉卡的想法是他的錯。

「幹比古，你有發現嗎？你正在和以前一樣，和遭遇那場意外之前，被喻為『吉田家神童』的那時候一樣施展著魔法。」

「啊？」

「不，不是和以前一樣，應該是更勝於以往。無論是知覺同步、濃霧結界或是吸收靈氣，都像是呼吸一樣自然完成。」

幹比古沒有說「怎麼可能」。

也沒問她為何敢說這種話。

因為幹比古當然知道，艾莉卡這名「千葉劍士」擁有什麼樣的「眼睛」。

「這樣不是很好嗎！」

艾莉卡忽然「啪！」一聲用力拍幹比古的背，使他踉蹌半步。

「既然Miki這麼順，即使是第三高中也不足為懼！決賽加油吧！」

「我叫作幹比古！」

艾莉卡忽然恢復原本的作風，不等回應就轉身離去。幹比古朝她身後投以一如往常的話語，暗自鬆了口氣。

幹比古沒有意識到自己為何放心，又是為了什麼而放心。

◇◇◇

應該在和妹妹恩愛（這是隊友擅自認定）的達也，和兩人分開後就被叫去會場入口。

「小野老師，辛苦了。」

找他過來的是遙。

「喂，對長輩用這種高姿態語氣……你是明知故犯吧？」

達也露出壞心眼的笑容，遙垂頭喪氣。

「……反正我的立場不過就是這樣罷了……真實身分曝光的配角，只會像這樣成為『路人們』之一……」

「請不要說這種上帝視角的感想，幾乎都是意義不明的話。」

「有什麼關係，反正我就是意義不明的女人。」

「……差不多要請您把該轉交的東西給我了。我的時間並不充裕。」

達也伸出手，遙裝模作樣嘆了口氣。

她沒有說出口，只以表情責備達也「這麼不肯配合」，但她可能依然明白時間緊迫，乖乖把剛才拉過來的電動箱（加裝電動輔助輪的行李箱）交給達也。

「真是的……好希望你可以慰勞我一下。我是輔導老師，又不是跑腿的。」

「委託老師送東西過來的是師父不是我。不過……這樣好了。既然您對於打雜有所不滿，就委託您一項正職領域的工作吧。」

「不，我並不是想爭取工作來做……」

「不用報稅的臨時外快……您不想賺嗎？」

遙的眼中出現淺顯易懂的動搖。

……本質（非「個性」）這麼好的人能勝任諜報員嗎？達也以看熱鬧的心態注視她。

等待回應的時間沒有很久。

「……沒辦法，我們的職責是協助內心惶恐不安的學生。現在不是計較責任範圍與上班時間的時候了。」

達也心想原來如此，她是用這種名目妥協。

但是——

「很遺憾，不是輔導方面，是另一方面的工作。」

「……你想要我做什麼？」

遙忽然表現強烈的戒心。

態度這麼淺顯易懂沒問題嗎？達也這次相當認真地擔心她。

不過，就算她失風被逮，受到「這種」或是「那種」對待，達也依然完全不在意。

「請您查出No Head Dragon……香港國際犯罪集團『無頭龍』的根據地。」

遙慌張環視四周，像是要撲進達也懷抱般進逼過來。

「你為什麼知道No Head Dragon？」

遙以不忘記壓低音量的激動語氣詢問。不過即使她詢問，達也依然無可奉告。風間他們獨立魔裝大隊和達也的關係一定要保密，這是掌管四葉家的姨母親自下的命令。即使是「稍微透露」的等級，也不曉得會牽動出何種狀況。

「既然敵方企圖危害，我覺得理所當然要調查對方的真面目。」

所以達也回以這個能夠盡情發揮想像力解釋的抽象答案。但是遙正確理解到，他說的是九校戰遭遇的妨礙行徑。

「……你在盤算著什麼？『公安』與『內情』都已經出動調查本次事件了。司波同學你沒必要出手。」

遙輕聲說著，兩人的構圖就旁人看來很有問題。

達也心想，深雪當然不在話下，但也希望穗香、雫與其他人不會目睹這一幕。

「目前還沒有任何打算。只是，如果該反擊時卻找不到要反擊的對象的所在地，光是這樣就會讓我擔心……話說回來，我覺得這個姿勢會招致誤解。」

遙迅速拉開距離。

或許是年長者的自尊，使得她露出敷衍的笑容想隱瞞羞澀之意。

達也開始想勸她金盆洗手退出諜報界了。

……即使這麼說，他也不想撤回自己的委託。

「……只是以防萬一吧？」

「我不在意您這麼解釋。」

達也立刻點頭回應她試探的視線。

「……明白了。給我一天。」

「真了不起。只要一天？」

這是表裡如一，毫不保留的稱讚。

遙露出害羞笑容，似乎並不討厭這樣的稱讚。

達也拉著電動箱回到帳幕，完全無視於在場所有人員深感興趣地投向自己的視線，取出了裡面的東西。

「……大衣？」

真由美以明顯不顧忌的態度，刻意來到達也身旁觀看他手上的東西，提出這樣的詢問。

「不，是披風。」

達也拿起黑色布料攤開給她看。

是一件以達也身高穿起來也會拖地的西式長披風。

「這也是？」

「這是長袍。」

達也將黑色披風放在桌上，改攤開灰色布料給她看。這件也是似乎會拖地的連帽長袍。

「這到底是……用來做什麼的？」

帳幕內部交相冒出滿滿的問號，只有深雪以知情的表情忍住笑意。

「是決賽要用的東西。幸好趕上了。」

「哥哥，這樣不會犯規嗎？」

深雪無視於跟不上話題的真由美等人，以稍微正經的表情詢問達也。

「我想應該沒問題，不過會在比賽之前審核演算裝置的時候送檢。規則說明書沒有禁止選手穿戴織入魔法陣的衣物。」

聽到達也對深雪的回答，真由美頭上增加一個問號，並且詢問達也。

「織入魔法陣？」

「是的，這是古式魔法的術式媒介，運作原理和刻印魔法相同。這件披風與長袍施加了特別效果，術士穿上去可以讓魔法更容易發揮效果。」

「輔助效果嗎……如果衣物本身沒有內含特定術式，應該沒問題吧……」

承受真由美視線的鈴音點頭回應。

「在規則上不成問題。不過正確來說，應該是規則沒有考量到這一點。」

「如果大會說不行，我就放棄使用。反正不是沒有這個就不能打。」

真由美稍微蹙眉，再度轉身面向達也。

「那個，達也學弟……」

她的語氣隱含更勝於不安的擔憂。

「比賽還在進行，所以我要求大家不要高調慶祝，不過我們晉級決賽的這時候，就已經確定在新人賽奪冠。不用太勉強也沒關係喔。」

「我明白。」

不用真由美強調，達也本來就放棄過半的求勝念頭。

——在這個時間點依然如此。

達也委託五十里檢查披風與長袍（不過會這麼做是因為，達也知道五十里家是刻印魔法的權威，五十里自己也沒隱藏他對這兩件衣物的興趣），走出帳幕活動筋骨。

真由美委託代打時賦予的任務，是協助第一高中在新人賽奪冠。

達也認為在晉級「祕碑解碼」決賽的時間點——也就是現在，他已經順利完成任務。

仔細進行暖身運動，是為了避免受傷。

如果是擦傷或挫傷還好，要是骨折或動脈斷裂，他非得保密的能力就會自動發動。

雖然能以自己的意識阻止，是否趕得上卻很難說。因為他要是遭受嚴重的損傷，自我修復能力會在意識還沒追上之前，瞬間修復他的身體。

九校戰有錄影存檔。即使是人類意識無法捕捉的瞬間狀況，也能事後用影像檔案分析。

達也再度叮嚀自己，並且持續進行比起暖身更像瑜珈的運動。過程中他發現深雪走出帳幕，不過感覺沒什麼急事，因此繼續做完整套比賽前的準備運動。

「哥哥，請用毛巾。」

完成暖身運動挺直背脊時，冰涼的溼毛巾立刻遞到面前。

深雪來到盛夏熱氣底下已經不少時間，毛巾卻冰涼得像是剛從冰箱取出……只要知道她擅長的魔法，就不會覺得不可思議。

這種無意之間的點滴互動，也讓達也覺得自己配不上這個妹妹。

如果生對時代，男性們肯定會爭先恐後，不惜為這個妹妹賠上生命。

不，即使在現代，這個妹妹也可能以隻字片語就讓男人們賣命。達也把自己會率先賣命的事實放在一旁，隱約為妹妹的將來打冷顫。

「哥哥，我臉上有東西？」

深雪應該不認為自己臉上真的有什麼東西，只是看到哥哥用難以形容的表情注視，不知道該如何詢問吧。

——達也同樣不知道該如何回答，只能含糊其詞。

「哥哥……」

對於哥哥含糊其詞，深雪——並未追究。

「終於到決賽了。下一場的對手肯定很難對付……」

「……是啊。」

逞強也無濟於事。

如果不是比賽而是真實戰場，彼此沒有任何限制直接硬碰硬，現在的達也要同時對付那兩個人……不，即使對手只有一条將輝，也沒有自信斷言一定會贏。

「哥哥處於實力與技術都受限的狀態……而且我就是限制哥哥的其中一人。這樣的我講這種話或許違背常理，還會害您不高興，不過……」

深雪微微低頭，略帶猶豫如此說著，而且確實在此時稍做停頓。

但她立刻抬起頭，靦腆說下去。

「……即使如此，我也相信哥哥不會輸給任何人。」

深雪沒給達也時間回應，就如同燕子輕盈地迅速轉身回到帳幕。達也維持著目送妹妹背影的姿勢暫時佇立。

（真的傷腦筋了……）

如同深雪本人所說，她在限制達也實力的這個系統扮演重要角色。

達也無法以原本實力使用真正技術的原因，有一部分無疑是深雪。

但是達也——不認為深雪任性。

她相信達也不會輸給任何人，這也是她「不希望達也輸給任何人」的心願。

達也的精神沒有成熟到能夠完全理解這種話中玄機。

但是達也以感性理解這一點。

或許應該說，正因為許下這個心願的是深雪，達也才能理解。

而且達也沒辦法無視於深雪的心願。

並不是某人如此下令，或是某人如此設計，只能說他的心理特性就是這種構造。

所謂的「傷腦筋」是這個意思。

看來下一場比賽非贏不可。

然而說起來簡單，做起來困難。

再怎麼計算都看不到勝機，達也不禁嘆息。

季軍爭奪戰結束，大會宣布決賽使用的戰臺是「草原」。

兩校聽到時的反應成為對比。

第三高中的帳幕甚至有人歡呼。

「喬治，和你說的一樣。」

「將輝，我們真幸運。」

兩人克制自己別發出興奮浮躁的聲音，卻藏不住臉上的笑容。

「再來就看那個傢伙是否接受挑戰……」

「如果是他，肯定會接受。因為在毫無掩蔽物的草原戰臺，對方非得接受一對一的正面射擊對決才有勝算。」

「正因為那個傢伙擁有『術式解體』這張牌，所以只能藉此找出活路？」

「將輝，一點都沒錯。」

他的戰術乍看是出奇制勝，實際上是基於極為縝密的計算而成立。

要是沒有對策，或許會明知不利也要險中求勝。

但他擁有『術式解體』這項對策，應該會選擇勝算最高的正面對決。」

「再來只要你鎮壓後衛與游擊那兩人就好。」

「我覺得後衛沒問題。他的硬化魔法實力挺不錯，但是看起來不擅長其他魔法。

游擊選手……似乎擅長古式魔法。從姓氏來看，大概是那個『吉田家』的術士。我們不知道他會如何出招，這一點令我們不自在，但是從速度層面，現代魔法比古式魔法占上風，毫無掩蔽物的草原戰臺，在這方面也對我們有利。」

「尤其以你的狀況，還加上能夠使用『始源碼』的優勢。」

「很遺憾，新人賽的總冠軍被對方搶走……所以至少要拿下『祕碑解碼』的冠軍。」

「沒錯，做給大家看吧。」

將輝有力點頭回應吉祥寺這番話。

「毫無障礙物的『草原戰臺』嗎……哥哥，看來會是一場苦戰。」

深雪這番話，代表著前來激勵的眾人意見。

「不，比起溪谷或市區還算好。想奢求就會沒完沒了。」

達也這番話不只是深雪，連隊友——雷歐與幹比古都感到納悶，因此達也補充說明。

「一条家的『爆裂』術式，是將液體轉變成氣體時的膨脹力作為破壞力來利用。」

利用水蒸氣爆發的攻擊手段，肯定是一条家成員的拿手絕活。

溪谷戰臺對於一条選手來說，等同於整座賽場為他準備大量炸藥。市區戰臺各處也架設了實際有水的水管。

相較之下，草原戰臺沒有能夠當成『炸藥』的液體。即使是『王子』，應該也沒辦法汲取地下水製作『炸藥』。

若是森林或岩地戰臺當然比較好打……不過光是避開條件最差的溪谷就該慶幸了。」

一年級眾人露出「原來如此」的表情，相較之下，高年級眾人臉色依然很差。

「……不過，你們非得在毫無遮蔽物的賽場和擅長砲擊戰的魔法師交戰，這項不利要素並沒有消失呀。」

「司波，你有策略嗎？」

服部繼真由美的指摘開口詢問。

他非常難得主動向達也搭話。

達也同樣無法完全掩飾意外感，回答慢了半拍。

「老實說，如果一条選手使用原本的戰法，我就無計可施……但他似乎過度在意我。所以要是能夠撐到近身戰，或許有辦法。」

「進行格鬥戰會犯規啊？」

「別碰到對方身體就好，我有方法。」

達也露出稍微沒自信的笑容，回應桐原的疑問。

新人賽「祕碑解碼」決賽。

很想將選手上場時的觀眾席形容成歡聲雷動，但是疑惑議論的觀眾占了壓倒性多數。

幹比古暴露在看好戲的好奇目光之中，重新將長袍帽子戴得更深。

另一方面，沒帽子的雷歐把頭縮在披風的高領底下，似乎想儘可能遮臉。

「我說……這身打扮還是不太對吧？」

「使用方式正如我剛才的說明，怎麼了？」

達也明顯離題的這句回答，是暗中勸告雷歐死心。

「……為什麼只有我們？」

幹比古這句抱怨，是針對唯一沒扮裝的達也發牢騷。

「擔任前鋒的我，哪能穿這種跑步會礙事的東西？」

但是幹比古的抗議，也以作戰為名義被輕易駁斥。

「混帳……那傢伙這時候肯定在笑吧。」

雷歐沒有明講「那傢伙」是誰，不過對於達也身後的兩人來說，不需要特別指明。

「啊哈哈哈哈……好……好好笑喔～那是怎樣，那是怎樣！啊哈哈哈哈哈哈……」

正如三人的推測，艾莉卡在觀眾席捧腹大笑。

「艾莉卡，別笑了啦……」

美月不好意思地反覆規勸，使得大笑總算降低到失笑的等級。

「啊～笑得好痛快。所以我才會這麼注意達也同學的所作所為呢！」

「……現在是艾莉卡比較受到注目喔。」

艾莉卡開心地如此宣稱，旁邊的美月則是害羞縮起身體。

「抱歉抱歉。剛好戳中我的笑點。我不會再胡鬧了，所以美月，恢復心情吧。」

「真是的……拜託妳喔。」

美月以肌膚感受周圍刺過來的視線移回場中（她沒勇氣親眼確認），才總算抬起頭。

「不過，那個是什麼？」

草原戰臺沒有掩蔽物，從觀眾席可以直接眺望整座賽場。但是距離依然太遠而看不到細部狀況，因此和其他戰臺一樣，以大型螢幕顯示各選手的表情。

艾莉卡凝視第一高中陣地畫面裡的幹比古與雷歐。

她專注凝視一陣子之後，像是宣告投降般搖頭。

「不行，我看不出那是什麼用意。不過以達也同學的作風，肯定不是故弄玄虛。」

「……好多『精靈』聚集在吉田同學的長袍……」

「啊？」

艾莉卡的自言自語得到意外的回應，她轉頭一看，美月取下眼鏡的雙眼隱含神祕的光芒，令她嚥了口氣。

雷歐與幹比古的服裝，莫名有種搞錯了時代或格格不入的感覺，使得不少觀眾議論紛紛，卻幾乎沒有嘲笑或冷笑之類的態度。推測那件「長袍」與「披風」究竟有何用處的好奇心，捕捉了觀眾的意識。

然而交戰對手可不能只以「好奇心」了事。

「只是虛張聲勢吧？」

將輝與吉祥寺同時搖頭否認隊友的推測。

「那個傢伙知道喬治的身分……所以是『無形子彈』的對策？」

「我的魔法確實沒有貫穿力……但也不是一塊布就足以防禦。而且我不認為他是以這麼天真的想法擬定對策。」

「或許是引導我們如此推斷的作戰？」

「也不是沒有這種可能性，不過……」

將輝含糊其詞。

「……猜不透，難道他事到如今還留了一手……」

吉祥寺緊咬嘴唇。由於他自認足智多謀，因此更是心有不甘吧。

「我們不能毫無警戒，但胡亂猜測未知的事也沒意義。硬碰硬多少得背負些風險。」

將輝可能是為了斬斷吉祥寺的迷惘，以稍微堅定的語氣斷言。

即使如此，將輝自己也並非沒有迷惑。

引發觀眾好奇心的源頭，也是引發交戰對手警戒心的源頭。

選手們以及加油區的眾人無從得知，不過看臺還有另一個騷動的理由。

令總部附近看臺騷動的理由。

一位出乎意料的貴賓蒞臨。

「九島老師！您怎麼大駕光臨了？」

平常都在大會總部ＶＩＰ室以螢幕觀戰的九島老者，忽然出現在來賓席。

「想說偶爾也要來這裡觀戰。」

九島烈朝著立正不動列隊歡迎的大會委員們從容點頭回應，坐在緊急準備的皮椅上。

「這當然是我們的榮幸……」

對於大會委員「但您為什麼忽然前來？」的弦外之音，九島老者和藹回答。

「沒什麼，我只是發現一個有趣的年輕人。」

比賽即將開始的這段時間，恐怕是選手內心迷惘最為強烈的時間。無論擁有再多的自信與勝算，依然必須實際交戰才能分出勝負。這種競技大會不像季度聯賽那樣反覆和相同對手交戰，而是只會和對手交戰一次，因此對於敵方實力不明的不安情緒尤其強烈。

然而這種迷惘，只會持續到比賽開始的笛聲響起。

一旦開戰，內心就不容許迷惘。

比賽開始的訊號聲一響，雙方陣營就相互砲擊。

魔法的遠距離攻擊。

觀眾興奮迎接這個局面，第一高中加油區則是大感意外地啞口無言。

雙方陣地距離約六百公尺。

這個距離比森林或溪谷戰臺短，但如果以真槍的有效射程計算，這個間距使用衝鋒槍有點吃力，是狙擊槍的距離。

雙方以外表完全就是手槍的ＣＡＤ相互瞄準發射，走向對方拉近距離。

達也和預賽與準決賽一樣採取雙槍戰法。

相對的，將輝把準決賽的泛用型改成特化型。

達也以右手的CAD打下對方的攻擊，以左手的CAD發動攻擊。至於將輝，則是刻意捨棄防禦專注進攻。

這樣造成一個結果。

原本就相差甚大的攻擊力，差距更加懸殊。

將輝的每發「射擊」都蘊含決定性的打擊力，達也的「射擊」只能達到牽制等級。

達也的振動魔法，就只是射得到對方的所在位置，魔法師不用刻意防禦，光是下意識展開的情報強化防壁就足以擋下。

攻擊次數也是壓倒性地屈居下風。

達也即使藏有各種近乎祕技的底牌，他的魔法技能基於「一般定義」無疑屬於劣等。但是暴露在對方砲火的他，依然能在肉眼難以辨識的距離精準命中對方，光是如此就值得驚訝。

「好驚人的膽量。」

三年級男學生不禁佩服地低語。

「他真的是二科生？」

一名女子選手詢問隊友。

魔法不具威力而且正在遭受攻擊的達也，在這種壓力之下依然正確行使魔法，這份精神力令高年級眾人驚呼。

然而真由美、克人、鈴音、梓與服部……他們的臉色不太好。

目前為止都只是簡單過招，但是每接近一步，達也就更加被迫專心防禦，攻擊次數也因而減少，這在他們的眼中顯而易見。

第三高中陣地裡的吉祥寺，基於和第一高中選手與後勤不同的意義感到驚訝。

達也正在使用的魔法是振動系統。

但是達也在至今三場比賽使用的魔法，是無系統以及加重魔法。

（短短不到兩個小時就改變了啟動式的搭配……？）

吉祥寺搖頭甩掉雜念。

ＣＡＤ調校技術再怎麼優秀，調校過程也不會影響比賽。

左右比賽勝負的只有調校結束的成果。

現在不是佩服調校速度的時候。這份迷惘可能會令比賽產生「變數」——

「我也按照預定計畫出擊。」

「嗯，後面交給我吧。」

吉祥寺沒有察覺自己不知不覺瞧不起對方小隊，從將輝身後迂迴衝向第一高中陣地。

吉祥寺從己方陣地出動，使得比賽進入新的階段。不過觀眾大多繼續目不轉睛地觀看達也與將輝的攻防。

眾人為將輝源源不絕精準發動強力魔法的本事讚嘆。

並且對達也擊落將輝魔法的「術式解體」更加感嘆。

知道高階對抗魔法「術式解體」的觀眾不多。「術式解體」要求術士擁有超規格的想子存量，即使是專門研究員也很少有機會目睹這個魔法。

即使相關沒有知識，經過處理得以視認想子的大型螢幕，也能讓眾人看見耀眼猛烈的想子砲彈，被顯現於半空中的空氣壓縮魔法式射穿消失的光景。

這是幻想、壯觀、令人熱血沸騰的影像。

能以肉眼辨識想子的魔法師或是擁有魔法天分的觀眾，並非透過螢幕而是直接觀看賽場，為空中紛飛的想子暴風懾服。

跳過理性直接撼動感性的這幅光景，奪走他們的目光。

達也正全神貫注打下將輝的攻擊。

即使如此，還是看見吉祥寺從第三高中陣地出動。

達也像是受其影響般，下意識地——實際上則是眼見吉祥寺行動的結果——將至今的慎重行進改為疾馳。

將輝看見達也衝刺也不慌不忙，確實朝達也施展壓縮空氣彈的魔法。

達也奔跑時沒有左右閃躲。

對方並不是以手瞄準，因此這種閃躲行動沒有意義。

奔跑的達也繃緊神經注意半空中事象改寫的氣息，發射想子砲彈——「術式解體」，使得將輝的攻擊魔法具體化之前就瓦解，試圖一鼓作氣跑完三百公尺的間距。

然而——雙方距離越近，也就越容易瞄準。即使物理距離不會直接影響準度，但是物理距離越近，在認知上也容易感覺比較近。

尤其是以空氣這種看不見的武器攻擊時，對照物越近越容易瞄準。

在這種狀況，對照物就是攻擊目標達也。

距離剩下不到五十公尺時，達也終於無法完全化解將輝的攻勢。

沒能擊落的壓縮空氣彈襲擊達也。

達也以五感察覺所有攻擊，以烙印在五體的體術閃躲，繼續接近將輝。在無法筆直衝刺的現在，幾十公尺的距離化為厚厚的牆壁矗立在達也面前。

「看來終於瞞不住囉。」

觀眾席上的山中，看到達也被逼入絕境的樣子反而開心地低語。

「醫生，這種說法很輕率喔。即使是達也，也不可能只以五感就完全掌握魔法發動的徵兆與透明的空氣彈。而且如果是這種狀況，不需要以『精靈之眼』，以『第六感』就能解釋。」

藤林的辯護令山中露出壞心眼的笑容。

「是嗎？這樣確實可以騙過場邊的烏合之眾……但我不認為瞞得過那位大師。」

山中以視線朝總部來賓席示意，那裡的九島老者正興味盎然地專心觀看比賽。

藤林只朝那裡一瞥，就立刻將視線移回達也。

從賽場外圍朝第一高中的祕碑側邊前進的吉祥寺，在距離一高陣地約一百公尺處，被雷歐擋住了去路。

防守者前進到這裡，使得吉祥寺感到疑惑，但還是朝雷歐射出「無形子彈」。

不對，沒能真正發射。

「呃？」

一面黑色牆壁在吉祥寺的視線前方展開。雷歐所脫掉的披風，就這麼維持著攤開的樣子，固定在雷歐面前。

金屬片撕裂空氣，從側面襲擊吉祥寺。

吉祥寺瞬間發動移動魔法大幅向後跳，躲開武裝演算裝置的飛行劍刃。

此時一陣強風襲擊而來。

吉祥寺以加重系魔法降低作用在自己身上的慣性，任憑強風吹拂沒有違抗，藉此減緩強風所造成的打擊。

（真棘手！）

吉祥寺在心中咂嘴，以「無形子彈」瞄準雷歐後方約十公尺處現身的幹比古。

他判斷必須先解決礙事的支援射擊。

然而他的雙眼朝灰色長袍對焦的瞬間，遠近感忽然失常。

微微搖曳的灼熱空氣，使得灰色人影朦朧得如同失焦的感光照片。

（幻術？）

「無形子彈」非得以視線瞄準目標的特性，被對方用來反將一軍。吉祥寺領悟這點的瞬間，察覺「小通連」劍刃從頭上襲擊而來，在無法迴避的這個時間點緊閉雙眼。

「呃啊！」

然而，如同肺部空氣被硬擠出來的這聲慘叫，來自雷歐口中。

雷歐以必勝時機往下揮的劍刃失準插在地面，身體被橫向射來的空氣炸飛倒地。

「將輝！」

吉祥寺省略「感謝相救」的謝詞，呼喚救星的名字。

持續攻擊達也的將輝，分心發動支援射擊，拯救完全落入敵方圈套的吉祥寺。

吉祥寺的手指在ＣＡＤ操作介面遊走，發動加重系統魔法。

重力方向忽然遭到轉變，使得幹比古無計可施地往側邊「墜落」。

吉祥寺捨棄自己對拿手魔法的堅持，以加重增幅魔法襲擊倒地的幹比古。

幹比古被壓在地上，空氣擠壓到脫口而出。

達也當然沒有坐視這幅光景。

將輝分心注意吉祥寺的這一瞬間，達也將雙方距離拉近到五公尺。

以達也的體術，這是一步的間距。

是還差一步的間距。

將輝臉上出現無從質疑的驚慌。

類似恐慌的這份情緒，可能是擁有實戰經驗的士兵對於強大威脅的直覺。

威力超過大會規定的十六連發壓縮空氣彈殺向達也。

對抗魔法「術式解體」，是以想子壓縮彈強行摧毀魔法式的技術。

因為是強行摧毀，所以效率極差。

雖然鮮為人知，但是魔法式也有結構強度的差異。

干涉力強的魔法式，也是結構力強的想子情報體。

強如將輝的術士所架構的魔法式，如果不以技術分解而是強行摧毀，即使是達也依然必須壓縮大量想子，是普通魔法師耗費一天也擠不出來的想子總量。

而且一瞬間進行十六連發。

達也剎那之間就判斷「術式解體」來不及應付，但依然不選擇「分解」，他堅持不使用指定為機密的魔法。

不使用「分解」情報構造體的「術式解散」，而是以「術式解體」迎擊。

就某種意義來說，下一幕或許是必然的結果。

迎擊只來得及擋到第十四發，最後兩發直接命中達也。

將輝看到達也跪倒在自己腳邊，立刻心想「大事不妙」而後悔。

他在發動魔法之後便立刻察覺，自己在一時衝動的危機感驅使之下，以超過規定的威力施展出了魔法。

這是一瞬間的事情，或許裁判沒有發現。

裁判沒有舉紅旗，但他明白自己的犯規行徑足以被剝奪比賽資格。

這份自覺剝奪將輝的時間。
這是無法挽回的瞬間空白。

【肋骨骨折　肝臟血管受損　預測將大量失血】
【戰鬥力下降　超過容許等級】
【自我修復術式／自動啟動】
【魔法式／載入】
【核心個別情報體資料／由備份系統讀取】
【修復／開始——完成】

——這段程序比達也的意識還快，比達也的意識更早完成。
潛意識領域的情報處理速度，遠遠凌駕於意識領域的處理速度。
在他意識到自己被擊倒時，身體已經修復完成。
對方佇立不動的雙腳，位於伸手可及的距離。
達也不知道將輝為何以這種破綻百出的狀態僵住。
現在沒必要知道。

他在思考這種無謂的事情之前，身體就已經往上彈。

達也右腳往前踏，右手伸向將輝面對意外光景而緊繃的臉。

將輝反射性地歪過腦袋，達也的右手從更加遠離他頭部的位置經過。

一開始就以落空軌道伸出的右手，通過將輝耳際的瞬間……

達也的右手發出匹敵音爆手榴彈的爆炸聲。

這個轟聲令觀眾席鴉雀無聲。

連正在戰鬥的吉祥寺也轉身停止動作。

達也右手以拇指與食指指尖相觸、拇指與中指交叉的模樣伸直。

在選手、裁判、觀眾、啦啦隊，在場所有人的注視下，將輝癱軟倒地，達也無力跪下。

「什麼？剛才到底是怎麼回事？」

真由美以狼狽至極的聲音與表情，詢問坐在兩側的人。

然而沒人回應。

鈴音與梓都無法回答真由美的問題。

「……應該是打響手指增幅聲音。」

答案來自鈴音另一邊的克人。

「……是的，單純只是增幅音波。巨大聲響造成鼓膜破裂與三半規管受創，使得一条選手失去戰鬥能力。在規則上不成問題。」

克人說完之後，鈴音接話補充。

「剛才的魔法，雖然音量增幅度很大，卻是簡單的振動系統單一術式。所以不擅長高速發動魔法的司波學弟，也能在那一瞬間發動。」

「我打從一開始就知道這種事！看他的右手就一目瞭然吧！」

真由美對這段解說的反應，卻是近乎亂發脾氣般歇斯底里。

「所以說，原本應該被一条選手的攻擊打倒的達也學弟，為什麼站了起來？達也學弟不是被打倒了嗎？

他的迎擊……『術式解體』應該沒趕上啊！

至少有兩發直接命中啊！

遭受違規的過度攻擊受重傷的達也學弟，為什麼還能站起來繼續打？」

「七草，冷靜一點。」

因為達也受傷而大受打擊、臉色鐵青的真由美，被克人沉穩冷靜的聲音安撫。

「就我看來也一樣，但司波確實站起來，以傷患不可能會有的行動打倒敵人。在我眼中，他只因為自己施展的音爆攻擊受創，沒有其他的損傷。」

「可是……」

「記得司波擅長古流武術。我聽說古流某些招數可以提高身體強度，或是在體內化解攻擊力道。應該是這一類的原因。」

「…………」

真由美不像是能夠接納克人這番話，但總之心情恢復平靜。

「我們所知的知識不代表整個世界，『奇蹟』並非只限於魔法。而且這場比賽還沒結束。」

「……也對。十文字，對不起。我也要向鈴妹道歉。」

真由美與鈴音和解的這時候，戰況也迎向新階段。

「他的自我修復，無論什麼時候看到都好厲害！」

山中開心地——但還是注意周圍耳目，只以細微的音量——發出歡欣鼓舞的聲音。藤林投以半信半疑的視線。

「……自我修復術式真的有運作？但我沒看見術式發動時的想子波動……」

「我也沒看見。即使是九島閣下應該也沒發現才對。畢竟他的自我修復速度，超越了人類的認知速度。」

山中說到這裡，終於察覺藤林表情險惡瞪著他。

「啊，不——我確實沒看見。我沒看見司波達也使用『他不可能會使用』的自我修復術式。哎呀，他的身體真是強壯到反常。真的很有趣。」

山中說著，愉快地露出暗藏玄機的笑容。藤林一臉無奈地叮嚀他。

「就算這樣，也不表示可以把他當成白老鼠喔。因為他是這個國家只有兩人，全世界不到五十人的寶貴戰力。」

「但我不認為他脆弱到做點實驗就會壞掉。」

「並不是沒壞掉就好！」

藤林嚴詞訓誡，使得山中縮起脖子。

「總之，不提這個……他如同藤林所說的動用那個了。」

「是的，使用大會規定的低規格ＣＡＤ，果然很難應付一条。我認為，他使用閃憶演算也在所難免吧？」

「振動系單一魔法的閃憶演算啊。總之，這邊的機密順利守住了。」

希望隱藏閃憶演算技術的是四葉，而不是獨立魔裝大隊。這種技術在人道方面的問題過於嚴重，正規軍隊無法採用。

獨立魔裝大隊非得保密的是達也天生擁有的魔法。達也在這場壓倒性不利的戰鬥，直到最後都未使用「分解」，自我修復術式也只以無人能發現的等級發動，這樣達也只會受到「普通」的注目。否則軍方可能得出面「保護」達也這個珍貴的樣本暨戰力，避免受到敵對勢力覬覦。

這種保護措施同時將會進一步剝奪達也的自由。這麼一來恐怕得考量到和達也對立……不，是和達也對決的場面。山中雖然嘴裡說得不客氣，其實也對這樣的結果鬆了口氣。

「他在左手CAD安裝振動系啟動式，應該是為此進行的偽裝。他還是一樣周到。」

「這樣的他居然是高中生，所以這個世界才會不對勁。不過『閃憶演算』嗎……如果他是敵人，那種速度極具威脅。」

藤林深深點頭回應山中這番話。

「真的是如此……應用洗腦技術，將啟動式以影像記憶的形式烙印在記憶領域，不是從CAD，而是從記憶領域讀取啟動式，藉以省略啟動式展開與讀取時間的技術……

他的演算領域位於意識領域，這種特性使得這項技術更上層樓，直接將魔法式以影像形式記憶，連構築魔法式的時間都省略掉……完全彌補演算領域速度不足的問題。」

「應該說完全彌補還有剩。我們隊裡有誰能比他更快發動剛才的術式？我覺得只有技術系統相同的柳能夠勉強匹敵。」

「……確實想不到其他人選。」

兩人已經沒有在看比賽。

只以關切的眼神，注視跪著不動的達也。

吉祥寺差點陷入混亂。

他無法相信自己雙眼所見。

將輝倒在地面。

對方選手達也跪著，雙眼卻沒有失去光輝。

換句話說……

（將輝……輸了……？）

這是不可能的光景。

是理應絕對不可能發生的事情。

即使隊伍落敗，將輝被打倒的機率也應該是零。

「吉祥寺，快躲開！」

應該留下來防守的隊友卻在附近大喊，聽到聲音的吉祥寺猛然回過神，反射性地使用了「避雷針」魔法。

電阻被改寫的低矮雜草，吸收電擊傳導到地面。

吉祥寺總算察覺到，本應以加重魔法所制服的敵方選手，現在正氣喘吁吁地晃動灰色長袍起身瞪著他。

幹比古即使聽到轟聲，也不知道發生什麼事。

他沒有餘力視認周圍狀況。

不過，將他按在地面的壓力忽然消失，因此他連忙在地面滾動，拉開距離之後起身。就只是進行這種反射性的避難行動。

至此他終於理解現狀。

雷歐被打倒了。

達也跪著。雖然沒有倒地，但是狀況看起來難以繼續戰鬥。

一条將輝則是倒在達也面前。

（達也，你成功了！）

幹比古原本認為達也肯定會有辦法應付，另一方面也覺得「即使是達也依然做不到」，但是親眼見證的現實光景令他大幅振作。

幹比古自己的狀況也不算良好。

或許反而可以形容為差勁透頂。

每次呼吸胸口就發出哀號。

肋骨即使沒斷，或許也裂了。

長時間受到重壓，因此稍微缺氧。

倒地時重重摔到的背很痛。幹比古暗自咒罵地面明明長草卻異常堅硬。

但是——他無法在這時候棄權。

假設身體狀況極差，必須一對二也一樣。

不，並非假設，現實就是這種狀況，即使如此——也不能輸。

達也正面打倒「染血王子」。

那麼，自己至少也要打倒「始源喬治」——這股志氣支撐著幹比古顫抖的雙腳。

他操作ＣＡＤ施展雷擊魔法，同時朝灰色長袍輸入魔力——化為訊號的想子。

寄宿在長袍的「影」之精靈，應該已使他的身形模糊。

「影」不等於「黑暗」。

物體輪廓是由「影」來辨識。

代表「影」這個概念的獨立（孤立）情報體「影之精靈」，可以藉由擾亂明暗輪廓，妨礙對方視認，使其無法正確瞄準。

術式源自他的吉田家，不過這件輔助術式的長袍，以及「以徹底提高軟體效能的ＣＡＤ發動視覺認知阻礙術式」的架構，都是由達也設計。

他能以近乎往昔——艾莉卡說勝於往昔——的手感施展魔法，也是託達也的福。

幹比古原本是被叫來擔任服務生小弟，這對於出自名門的術士來說何其屈辱。如今他能夠像這樣身處戰場，也是託達也的福。

能夠打進決賽，也無疑是託達也的作戰的福。

這樣下去，一切都會是託達也的福。

如此心想的幹比古，咬破自己的嘴唇鞭策蹣跚的雙腳。

——居然一切都是託達也的福。

——我的尊嚴不允許這種結果。

——無論如何都要報一箭之仇。

——吉祥寺真紅郎把我打趴在地面……

——這次輪我將他拖到地上打倒！

幹比古刻意以高傲、驕慢、傲慢的語氣告訴自己。

達也曾經這麼說。

曾經這麼告訴他。

並非幹比古本身的實力不足，是術式有缺陷。

那麼——

（達也，我要證明你的那番話！）

他無視於擦過身體的魔法。

影之魔法應該已讓他的身影在敵方眼中，錯開一個人身的距離。

幹比古信任自己魔法的效果，在長袍內側，朝著必須雙手操作的大型手機終端裝置造型ＣＡＤ介面，輸入長長的指令。

接著他右手離開ＣＡＤ，用力拍向腳邊地面！

一般的泛用型ＣＡＤ，是以兩位數的數字加上輸入鍵，合計三次操作來展開啟動式。

高階機種，尤其是手機終端裝置造型的高性能機種，有些會具備熱鍵功能，可以設定使用頻率高的魔法單鍵發動。

剛才幹比古操作按鍵的次數是十五次。

發動魔法的步驟是一般泛用型ＣＡＤ的五倍。

即使如此，也遠低於古式魔法進行施展步驟的所需時間。

既然儲存的啟動式數量相同，幹比古的ＣＡＤ就不需要額外進行更多操作。幹比古並不是將五個魔法整合成單一魔法工序，而是設定連續發動五個魔法。

這是和「逐次展開」出自相同構想的技法。

並非整合構築出包含五種魔法的單一魔法式，而是在魔法發動時構築下一個魔法式。

在精靈魔法當中，逐一確認魔法效果，以互動形式完成術式，是理所當然的步驟。

幹比古沒有個別確認效果，當成一連串的連續動作，一鼓作氣進行處理。

這就是達也對幹比古揭示的解決之道。

幹比古拍打之後，右手下方的地面在晃動。

吉祥寺也知道，並非身穿長袍的古式術士拍打地面造成晃動，是魔法發動振動地表。

不過，這種酷似「法師」的外型與動作，以及動作引發的現象，還是讓吉祥寺有種「對方以手掌拍動地面」的錯覺。

幹比古手邊地面出現裂痕，直指失去平衡的吉祥寺腳邊。

並非撕裂地面，而是朝土地施加壓力向前擴散，吉祥寺的理性明白這一點。

但他為什麼要這麼做？這種邏輯思考失去真實感。

吉祥寺使用加重減輕與移動的複合魔法，嘗試逃到空中。

但他的雙腳無法離開地面。

草纏住他的腳踝。

——吉祥寺不知道這種將植物當成動物操縱的魔法。

未知的魔法撼動他的內心。

這只是貼著地面引發氣流讓草纏住雙腳，然而只知道現代魔法的魔法師，應該不認為有人做得到這種「隨便」的——不是指定角度逐漸改變風向，而是能夠造成「絆腳」的模糊成果——的氣流操作。

地裂抵達他的腳底。

吉祥寺感覺草將他的雙腳拖入地裂縫隙。

一切都是錯覺。

但是吉祥寺為了逃離這股錯覺，將所有魔法力灌注在跳躍術式。

——即使完全沒這種必要。

他扯斷交纏的草，跳到不必要的高度。

擺脫詭異翠綠顎口的安心感填滿吉祥寺的意識，使得他暫時忘記幹比古。他的意識焦點，從正在交戰的敵人身上移開。

因而產生決定性的破綻。

幹比古連續發動的魔法共五種。

「地鳴」、「地裂」、「亂髮」、「流沙地獄」。

這是到目前為止發動結束的四種術式。

最後一種術式——「雷童子」的雷擊，將吉祥寺從空中擊墜。

「臭傢伙！」

幹比古維持拍打地面的姿勢確認擊墜成果，此時三高最後一名選手的魔法襲擊而來。是挖掘地表，將土石塊射向目標的移動系魔法「陸怒濤」。

相較於這個魔法原本設想的形態，這波土石流的規模小很多。對方可能不擅長這項魔法，或是考量到比賽規定而降低威力。

但無論如何，吉祥寺的攻擊已造成幹比古重創，此魔法蘊含的打擊力足以奠定大局。

幹比古想要命令依然受到控制的精靈阻擋土石流——但他很快就放棄。

很遺憾，他剩下的魔法力做不到這種事。

雖然稱為「精靈魔法」，但是「精靈」本身沒有力量。精靈只是情報體，只是傳導干涉力改寫事象的一種媒介。

結果還是輸了……幹比古如此心想，目不轉睛看著捲過來的土石流，但是某種黑色物體忽然擋住他的視界。

土石流發出如同被銅牆鐵壁擋回去的沉重聲音，恢復為動也不動的地面。

幹比古轉頭看向黑牆飛來的方向。

那裡有著隊友咆哮揮動手臂的身影。

武裝演算裝置描繪大大的弧度，橫向打倒第三高中最後一人。

「……贏了……吧？」

「……贏了……吧。」

真由美如同自言自語提出這個問題，鈴音以像是自言自語的語氣回答。

這兩句話成為信號。

某人發出歡呼聲。

一人的歡呼聲引發兩人歡呼，連鎖擴散為四人、八人。

瞬間，歡聲雷動。

第一高中學生們混亂的呼喊聲，渾然一體化為地鳴震撼看臺。

這是過於純真、純粹的情感流露。

是讚揚勝者的歡呼聲，也是打擊敗者的制裁槌聲。

然而，這股無情的喜悅嘈雜聲，不知為何立刻平息。

第一高中加油區的最前排。

一名少女雙手摀嘴，喜極而泣、淚如雨下地凝視著賽場。

哥哥虛弱起身向她揮手致意，深雪只能語塞注視這一幕。

她的周圍逐漸響起掌聲，就像是在激勵這樣的她。

最後，掌聲超過第一高中加油看臺的範圍，沒有敵我之別，轉變成平等為結束激戰的選手們喝采的掌聲。

——溫馨的掌聲籠罩整座會場。

出乎意料的掌聲洗禮，讓達也他們不禁感到難為情。

脫下頭盔走向兩人的達也，以及等待著他的雷歐與幹比古，都刻意不看觀眾席。

「……不過話說回來，你把最亮眼的鋒頭搶盡了。早有預謀？」

會合後劈頭說出的使壞話語，是在掩飾難為情的內心。被如此詢問的雷歐、旁聽的幹比古，以及說出這番話的當事人達也，都非常明白這一點。

「哪可能。我真的好久都動不了。上次受到這種重創，是兩年前被大型重機撞。」

「啊？你被大型重機撞過？」

幹比古露出「你在開玩笑吧？」的表情回問，但雷歐正經八百點頭回應。

「哎呀，當時撞得有夠慘。我身後有個小朋友，就算躲得掉也不能躲，只好咬牙『咚！』一聲挨撞……結果終究沒能毫髮無傷，肋骨裂了三根。這次該說比上次好，還是輕鬆吧。」

「呃……那個……雷歐？為求謹慎我想問一下，剛才的壓縮空氣彈，你是用硬化魔法防禦下來的對吧……？」

「哎呀～不好意思，當時我只顧攻擊……如你推測，來不及用魔法防禦。真丟臉。」

幹比古臉上滿是問號，直言不諱就是很蠢的表情。幸好現場沒人會嘲笑這件事，大型螢幕也切換成俯瞰賽場的畫面，沒照到選手細部表情。

「那麼，難道說……你直接用身體接下一条選手的攻擊魔法？」

「沒接下啊。所以花很多時間才站得起來。嗯？幹比古嘴唇都破了，不要緊嗎？」

「啊……嗯，我……不要緊。」

雞同鴨講的對話，以及更加難以置信的真相，使得幹比古驚訝不已，但心情愉悅的雷歐沒察覺對方的困惑。

「這麼說來，達也不要緊嗎？」

「嗯？抱歉，麻煩再說一遍。」

「我說，達也你不要緊嗎？」

「噢……我一邊的鼓膜破掉，現在耳朵不太靈光。話說幹比古，你怎麼了？一副發現UMA

（未確認生物）的表情。」

幹比古的內心近似達也的說法，不過當中還包含「難道只有自己反常？不，不可能是這樣」的內心糾葛。

「那個，所以我們直到剛才的對話……達也都沒聽到？」

「抱歉，我現在也是勉強讀唇語才能理解。但我有看出雷歐說曾被大型重型撞過。」

「……你對他這番說法沒有疑惑？」

幹比古戰戰兢兢詢問，想要解決這份內心糾葛，確保自己的常識正確。

「疑惑？對什麼感到疑惑？」

然而幹比古聽到達也的回應之後，囚禁於絕望的心情抬頭望天。

「幹比古，瞧你忽然一副煩躁表情，到底怎麼了？我們贏囉，拿到冠軍了，冠軍。」

「說得也是……」

幹比古的表情忽然疲憊至極，雷歐擅自解釋為在所難免，達也同樣贊成雷歐的意見。

幹比古看著這樣的兩人，心中有種想法。

結果，在最後關頭最有效的武器，或許不是魔法力也不是技術，而是耐打的身體。

大概是未見消退的掌聲令達也與雷歐認命，兩人即使難為情，依然搭肩揮手回應周圍的歡呼聲。幹比古則是看著他們，深刻認為「我的鍛鍊還不夠……」。

新人賽奪冠的慶功宴，保留到總冠軍慶功宴一起舉行。

其中一個原因，在於「祕碑解碼」代打參賽，協助取得競賽冠軍與新人賽冠軍的三人，身體在決賽時受到重大傷害，並非能夠盡情嬉鬧的狀態。不過還有一個更重要的理由，就是攸關總冠軍的「幻境摘星」在明天舉行，忙於準備的眾人無暇慶祝。

第一高中在新人賽奪冠，使得第一與第三高中的總積分差距更大。

現在相差一百四十分。

明天「幻境摘星」配分是第一名五十分、第二名三十分、第三名二十分、第四名十分。

明天舉行預賽，最後一天舉行決賽的「祕碑解碼」的配分則是第一名一百分、第二名六十分、第三名四十分。

依照明天「幻境摘星」的成績，一高可能不用等到最後一天，就確定拿下總冠軍。

選手與工程師光是準備服裝（「祕碑解碼」的選手是防護服）與ＣＡＤ最終調校就沒有餘力，空閒的成員也以各種方式協助他們。

達也刻意不「修復」右耳破裂的鼓膜，在醫務室接受普通的魔法治療，然後再發動自我修復術式完全治好耳朵，戴上醫療耳罩掩飾。現在正和深雪一對一為明天做準備。

隊友們（尤其是高年級）不知道右耳已經治好而前來關切，使得達也稍微過意不去。但他有著非得隱瞞的苦衷，因此忍耐著在盛夏戴上悶熱的耳塞作為補償，不去正視僅存的些許良心——但他當然明白這麼做無法成為補償。

但是，即使形容成「沒有餘力」，卻幾乎沒有之前那種被迫手忙腳亂的狀況。

不，或許可以說完全沒有。

昨晚忽然就非得將兩人份——包含自己在內就是三人份——的CAD從零設定到完成，這種匆忙事態是極為罕見的特例。

即使深雪從新人賽轉戰正規賽，但她原本就預定在「幻境摘星」上場，因此至今的準備萬無一失。就算出乎意料插入其他事情用掉一天，也不會受到太大的影響。

「達也學弟去休息吧。你從昨天就在各方面硬撐，不用勉強自己。」

「深雪學妹也請休息吧。要是妳繼續努力，有個傷患會無止盡逞強下去。」

達也俐落完成CAD的總檢查程序之後，真由美與鈴音把他連同深雪半勸半趕，為今天的活動打上終止符。

不過在另一方面，有一群人被逼到無法闔眼的絕境。

「第一高中已經確定奪冠……」

「胡扯！你的意思是要放棄？這樣是坐以待斃啊！」

「要是第一高中就這樣奪冠，我們慘賠的金額將超過一億，而且是美元。」

「損失這麼大，我們可不會死得痛快啊。這次計畫失敗的虧損過大，總部原本就不想批准，是我們力排眾議才通過。這樣下去，我們好一點會成為行屍走肉的『施法器』，不適任的話會成為『增幅器』，死後繼續被組織壓榨。」

圍坐在桌邊的男性們，依序恐懼地窺視無神佇立在室內四個角落的男性。

「即使本期業績要有這項企畫才能達成……不過似乎太硬來了。」

「現在不是講這種話的時候吧！……事到如今，唯有不擇手段。」

「沒錯！我們從一開始就布局要讓主力選手落敗，如今下手狠一點也沒有理由猶豫。即使觀眾起疑，只要沒有留下證據，要多少藉口都編得出來。走到這個地步應該幹得徹底。」

「派人通知內應，明天的『幻境摘星』要讓一高所有選手中途棄權——強制棄權。」

「運氣好的話就不會死。如果不是，就只能怪自己運氣差了。」

蘊含瘋狂氣息的竊笑聲，傳遞著同意的印記。

大會第九天，至今的好天氣搖身一變，成為厚重雲層覆蓋，隨時會下雨的微暗陰天。

不過，這片沒有耀眼陽光，天亮至今依然灰暗的天空，是罕見有利於進行「幻境摘星」的天候。對於參加這場競賽的深雪她們來說，反而堪稱「好天氣」。

「這應該是舉辦『幻境摘星』的好天氣……不過看起來總像是山雨欲來。」

達也仰望天空如同自言自語的呢喃，使得深雪蹙額顰眉。

「還會發生什麼狀況嗎……？」

「我們不知道對方的企圖……無法證實會發生事情，也無法保證不會發生事情。但是深雪不用擔心。因為無論如何，我至少一定會保護妳。」

達也這番話沒有其他用意。

對於達也來說，只要能夠保護深雪就好。

如果要說真心話，達也認為即使其他選手犧牲也和他無關，是選手自己的責任。

然而——他或許該感謝上天，沒讓別人聽到兩人的對話。

若有外人在場……深雪正在達也的視界外害羞低頭，露出幸福至極的笑容，依偎在依然仰望天空的達也身旁。若有人目睹，他們兄妹可能會以「甜死人」這種奇特的罪狀被起訴。

◇　◇　◇

深雪的比賽確定是第二場。

其實最好是能夠爭取充分休息時間的第一場，但世事不可能如此順心，因此達也換了一個想法，認為不是第三場就該慶幸。

兩人決定在賽場旁邊的選手席旁觀第一場比賽。

即使第一場結束到第二場開始之間有四十五分鐘的緩衝，但要從特地觀眾席移動到賽場也太浪費時間了。

看向其他學校的選手，果然也聚集在賽場旁邊。

「小早川學姊看起來幹勁十足。」

學姊選手站在湖面突起的圓柱等待開賽訊號，深雪說出這樣的評語。

就達也所見也是如此。

摩利曾抱怨過小早川心情起伏不定，但這次可能會因為她而穩奪總冠軍，所以要她鬆懈肯定比較困難。

雖說勝負得取決於對手的強弱，不過達也認為她這樣應該沒問題。

在觀眾、後勤人員與隊友的注目之中，宣告開始的鈴聲響起。

第一節比賽是順位目不暇給持續變動的拉鋸戰，不過小早川以些微差距領先。

不由得停止呼吸的艾莉卡輕輕放鬆力氣，想向鄰座的美月說話——但好友不同於以往的樣子令她睜大眼睛。

「美月……妳拿下眼鏡不要緊嗎？」

罹患靈子放射光過敏症的魔法師，必須戴上施加抗靈光效果的眼鏡，避免受到活性化靈子影響，被場中覆蓋的強烈情緒波及。她在現在這種狀況，在許多觀眾釋放興奮情緒的環境中取下眼鏡，應該會對精神造成沉重負擔。

「老實說……有點難受。」

艾莉卡察覺到，美月輕觸大腿上眼鏡的雙手，偶爾會微微顫抖。

「可是，我覺得不能永遠只逃避自己的能力。」

「……我不認為美月在逃避。」

她就讀魔法科高中的理由，艾莉卡聽過很多次。

主要當然是為了發揮罕見的魔法天分，具體來說則是想升上大學成為魔工師。

但她同時還抱持另一個目標，那就是學習技術，控制這雙看得太多的「眼睛」。而且她也在二科生被容許的範圍，儘可能接受相關的指導。

即使不夠成熟，依然確實面對自己的「能力」，所以艾莉卡認為這不叫逃避，而且不夠成熟時藉助道具反而理所當然。

或許是因為如此吧。

「我認為勉強自己不會有好事。我不會說『學藝不可能一步登天』這種話，但很多人因此弄壞身體。以美月的狀況，可能會造成更加無法挽回的後果啊。」

艾莉卡才會把話講得比較重。

「嗯……可是，不得不看時，不去正視看得到的事物，我覺得果然是錯的……」

即使如此，美月依然將眼鏡放在大腿上。

「渡邊學姊受傷時，要是我確實看到狀況，我覺得可以稍微幫到達也同學他們。」

「……所以這次妳想看著現場以防萬一？」

「嗯，那個……我想深雪同學沒問題。深雪同學發生任何狀況，達也同學都不會看漏。但我覺得他今天無暇注意其他選手。畢竟他昨天才那麼逞強，而且如果……」

「如果其他選手犧牲，達也同學一樣不可能坐視不管？我也覺得應該會這樣……因為他看起來冷漠，卻出乎意料是個好好先生。」

「達也同學是很為朋友著想，非常溫暖的人喔！」

「是是是，我知道。」

（但我覺得如果不是「朋友」，他就會冷酷到底。）

艾莉卡把後半的真心話留在心裡，配合手勢安撫著稍微激動的美月。

此時，旁聽兩人對話的幹比古，從美月另一邊的座位插嘴。

「我知道艾莉卡在擔心柴田同學，但如果正如達也推測，對方使用精靈魔法妨礙比賽，柴田同學的『眼睛』確實最可靠。我姑且有在我們身旁架設結界，緩和靈子放射光的刺激，我想應該不會留下後遺症。」

幹比古熱心到無謂（艾莉卡的感覺是如此）的話語，使得艾莉卡露出壞心眼的笑容。

「這樣啊……？Miki在保護美月？

那麼要是美月發生什麼事，Miki就要負責喔。

而且當然是男生對女生的那種負責喔。」

「呃，現在不是講這種話的時候吧！」

幹比古臉紅反駁，甚至忘記一如往常對綽號抗議。

美月則是滿臉紅通通的狀態，想抗議也沒辦法。

「……妳真是個壞心眼的女人呢。」

至於艾莉卡，則是把另一邊座位隨著嘆息傳來的這句責難，當成耳邊風沉默應對。

被當成空氣的雷歐與佯裝不知情的艾莉卡，一如往常展開熱鬧的鬥嘴。第二節比賽開始的鈴聲於此時響起。

兩人以「還沒吵夠」的表情相視，但還是閉嘴避免打擾到選手與其他觀眾。

然後，第二節比賽開始沒多久，狀況發生了。

小早川與另一名選手同時朝綠色光球起跳。

很遺憾，對方以些微差距，先抵達享有優先權的一公尺範圍內。

小早川使用魔法消除跳躍力道。

她的身體在空中靜止。

接著她編組魔法要回到原本的踏腳處，發現該處已經由其他選手使用。

她不慌不忙切換魔法式，使用另一個魔法前往距離最近的無人踏腳處。

這是無視於重力，在空中以俯角緩緩筆直滑翔的移動魔法。

然而，應該以俯角降落的她——受到重力牽引直接墜落。

垂直墜落的感覺，使得小早川表情抽搐，從觀眾席也清晰可見。

驚愕。

恐慌。

懼怕。

理應支撐她身體的魔法沒有發動。

至今支撐人生的魔法忽然背叛，使得她甚至忘記掙扎，直接朝湖面墜落。

即使是水面，高度也有十公尺，摔到脆弱部位可能會造成致命傷。

而且小早川沒有因應墜落改變姿勢。

然而，幸好這是再三考量到安全的運動競賽。對於選手因為魔法失控而墜落的事態，當然有做好防範措施。

監控的大會委員施展了減速魔法。從小早川開始墜落，到大會委員以魔法接住她，實際應該花不到一秒。

即使如此，距離水面的高度也只剩一半。

這段時間與這段高度，足以將她的內心擊潰。

比賽暫停，達也痛心地目送學姊被擔架運走。

學習魔法的青少年失去魔法的最大原因，是魔法失敗引發危機體驗，導致不再信任它。

魔法是欺騙世界的力量。

魔法本身是脫離世界常理的虛偽力量。

但只要像達也能以「眼睛」看見魔法，即使魔法是虛偽的力量，也能相信它確實存在。

然而對於大多數的魔法師（的幼苗或種子）來說，魔法是看不見的模糊力量。即使看得見想子，也看不見魔法以何種機制運作，只能以理論來理解。

——自己使用的魔法，是否真的來自體內的力量——

幾乎所有魔法師，都會在學習魔法的過程中有此疑問，不，應該說有此懷疑。而且要是理應發動的魔法沒有生效，遭遇到理應能以魔法迴避的危險時，這份懷疑可能會轉為確信。

——魔法果然不存在——

轉為這樣的確信。

受到這份確信纏身的魔法師，將再也無法施展魔法。

魔法就是成立在如此脆弱、危險、微妙的心理平衡之上。

（……小早川學姊或許會從此一蹶不振。）

深雪臉色蒼白，達也摟著她的肩膀激勵她，在內心如此低語。

小早川在受囚於重力的瞬間，在自覺這件事的瞬間，恐懼占據她的整張臉。

即使能夠置身事外劃清界線，失去寶貴的才華依然令人不捨。

達也胸前口袋的通訊終端裝置忽然震動，如同要斬斷他的感傷情緒。

緊緊依偎在身旁的深雪抬頭以目光詢問，這時達也將折疊式的語音通訊元件展開，抵在耳朵與嘴邊進行通話。

『達也，我是幹比古。現在方便說話嗎？』

「……嗯，沒問題。」

達也看向語音通訊元件，確認音波干擾消音功能的運作燈亮著，但仍壓低音量回應。

『關於剛才的意外，很遺憾，我看不出施法的徵兆。』

「這樣啊……」

『抱歉，沒能回應你的期待……』

「不，我也同樣沒捕捉到徵兆。」

『但是柴田同學說她有事要告訴你。』

「美月？難道她取下了眼鏡？」

達也的語氣隱藏驚訝的情緒，而且不是裝出來的。

但幹比古沒有直接回答。

『達也同學，我是美月。』

而是換人接聽作答。

「美月，妳有看見什麼嗎？」

「不要緊嗎？」這句話同樣在達也喉頭待命。

但是達也認為，這句話會冒犯美月的氣概。

她以魔法師的身分，以己身意識使用了自己的「視力」。既然如此，達也認為同樣活在魔法世界的自己，應該詢問她這麼做的成果。

『是的，那個……小早川學姊的右手……大概是在戴著CAD的部位，我看到發出細微的光芒……不，就像是「精靈」啪一聲爆開的感覺。』

「這樣啊……原來妳看見了。所以妳看到的『精靈』爆開碎裂了？」

『那個……是的，的確類似這種感覺。彷彿就像是非常古老的電器，啪一聲冒出火花停止運作那樣……』

「這樣啊。原來如此，我明白了……原來是這麼回事。」

達也感覺自己隱約看出「敵方」的搞鬼手法。

『那個，達也同學……？』

或許是隔著語音通訊也感受到了達也點頭回應的氣息。

話筒傳出戰戰兢兢又抱持些許期待的聲音。

「美月，妳做得太好了。這份情報非常有用。」

『謝謝！』

達也搶先回答美月想問以及想知道的事情，美月則是回以開心的聲音。

很遺憾，第一高中在第一場比賽的成績是中途棄權。

達也離開沉重氣氛籠罩的第一高中帳幕，前往負責檢驗ＣＡＤ的大會委員帳幕。

深雪留在選手待命室——即使是帳幕裡，姑且算是「室內」。

依照對方至今的做法來看，應該不會連續兩場比賽都下手，而且也不會直接向選手行使暴力手段。但有別於這份擔憂，即將上場的選手應該專注於比賽，而不是被檢驗機器這種瑣事煩心，達也以這個說法阻止深雪同行。

審核ＣＡＤ是這幾天重複許多次的程序，理應會順利進行並結束。然而在ＣＡＤ安裝在檢驗裝置的瞬間，達也這份樂觀的預測從腦中蒸發消失。

這完全是一時衝動的行為。

負責人員從他手中接過CAD安裝在檢驗機，操作控制面板的同時——

「偵測到異常」的認知，傳送到他的意識時——

他的手——

已經將檢驗委員從桌子另一邊拉出來，摔到地上。

場中響起哀號。

接著是怒吼——正確來說是警備委員放聲怒吼——直衝而來。

這些聲音傳入他的耳中，卻沒能傳到他的意識。

毫不留情釋放的殺氣阻止腳步聲，將喧囂完全塗改為寂靜。

這一幕，是他將唯一的「認真情感」表露在外的一幕。

「……我還真是被小看了。」

這聲哀號，或許是壓制胸腔的膝蓋施加壓力造成的生理反應。

被達也摔到地上的負責人員痛苦呻吟，但達也釋放的暴戾氣息使他合不攏嘴，無法以牙齒打顫，嘴角與臉頰持續痙攣。

「在深雪使用的東西動手腳，你以為我不會發現？」

即使達也說出這種話，不清楚他家庭狀況的第三者也聽不懂。

然而，所有人都在不明就裡的同時被迫理解。

從達也臉上展露的不祥笑容理解。

理解到單方面被施暴的這名人員，冒犯了絕不可冒犯的東西，碰觸了「龍之逆鱗」。

達也對圍著自己的人群看都不看一眼，冰冷詢問他壓制的檢驗人員。

「你用檢驗裝置在深雪的ＣＡＤ混入什麼？肯定不是普通的病毒。」

負責人員的臉抽搐到無以復加。這張恐懼與絕望的表情，不只是遇見死神的人露出的表情，而是罪人被閻羅使者揭發罪狀的表情。

「原來如此，這個方法也能在ＣＡＤ的軟體動手腳。因為遵守大會規定的ＣＡＤ，無法拒絕檢驗裝置的處理程序。」

原本衝過來要制服達也的警備委員之中，最靠近達也的人，聽到他這番自言自語之後倒抽口氣。對於被達也壓制的ＣＡＤ檢驗人員，警備委員投向他的視線，從受害者轉變為嫌犯。

「不過，這場大會至今的意外，不可能都是你一個人幹的吧？」

達也膝蓋底下的男性眼眶泛淚，頻頻虛弱搖頭。

「是嗎，你不想說啊？」

達也刻意在男性面前，伸直右手手指併攏成為手刀。

指尖如同蛇首指向男性。

達也的右手，緩緩朝著壓制在地的男性喉頭接近。

目睹這一幕的人們無法移開目光，不知為何思考著同一件事。

想像著相同的光景。

少年的手指，將會輕易地穿破這名可憐罪人的頸部皮膚，挖開喉嚨，在血泊裡進行毫無慈悲的制裁吧……

「什麼事？」

然而這場無法避免的慘劇，因為一名老者的平穩聲音得以迴避。

這個聲音如同春風，沒有壓迫感也沒有威嚴，內含的波動卻將蹂躪全場的殺意溫柔吞噬，並且加以中和。

「——九島閣下。」

達也像是心魔盡去，收起殺氣鬆手移開膝蓋，起身朝九島老者行禮。

「非常抱歉，在您面前出醜了。」

「你是——第一高中的司波吧。昨天的比賽很精彩。所以到底是什麼事？」

以肌膚感受到達也收起暴戾氣息之後，有人企圖制服剛才施暴的達也，但是在最前排聽到達也話語的同僚加以制止。

「有人對本校選手的ＣＡＤ非法動手腳，所以我制服犯人，正要盤問幕後關係。」

「這樣啊。」

在場所有人，剛才被達也的暴戾氣息與殺氣凍結的所有人，都認為這是謊言。不可能只以盤問了事。

然而九島老者完全沒有過問他釋放的暴戾氣息，只有點頭回應他這番話。

「被非法動手腳的是這個ＣＡＤ吧？」

「是的。」

曾經被世人譽為「極致又最巧」的老魔法師，從檢驗機械取下了ＣＡＤ拿到眼前，頻頻打量之後點頭。

「……確實混入了異物。我對這東西有印象。這是在我還是現役軍人的時代，廣東軍魔法師在東海群島戰區使用的電子金蠶。」

老者說完之後，朝著地上站不起來的男性投以冰冷的視線。

男性驚呼一聲，就這麼癱坐著向後退。

「電子金蠶是經由有線線路入侵電子機器，癱瘓高科技兵器的ＳＢ魔法。」

ＳＢ魔法是包含「精靈」在內，以自律性非物質存在（Spiritual Being）為媒介的魔法總稱。

九島老者挖掘自己的記憶，以頗為懷念的語氣，述說這個魔法的真面目。

「並不是篡改程式本身，而是干擾程式輸出的電流訊號加以篡改。基於這種性質，因此可以無視於作業系統類型或防毒程式的有無，讓電子機器的運作出錯，是一種延遲發動術式。我軍在查出電子金蠶的真面目之前也吃了不少苦頭……你知道電子金蠶嗎？」

「不知道。」

對於九島老者的詢問，達也沒有加上肢體動作，只維持著「稍息」姿勢以言語作答。

「在下第一次聽到電子金蠶這個詞。不過在下剛才立刻就發現某種類似病毒的物體，入侵在下所建構的系統領域。」

「這樣啊。」

達也的話語，讓九島老者露出愉快的笑容。

然而，九島老者將視線移向遭受檢舉的檢驗人員時，這張笑容轉變成身經百戰的魔法師俯視敵人的笑容。

「那麼，你到底是從哪裡弄到電子金蠶的術式？」

這名臥底發出慘叫想爬離現場，被原本要前來制服達也的警備員逮捕。

「那麼司波，你也差不多該回競技場了。ＣＡＤ就用備品吧。既然發生這種事，也無須重新檢驗——大會委員長，你說是吧？」

九島老者忽然搭話，使緊跟在後的老人——但仍比九島老者年輕不少——連忙點頭。

「居然有臥底潛入營運委員動手腳，這是前所未有的醜聞。晚點再好好聽他解釋。」

大會委員長一副隨時會昏倒的樣子，但還是勉強做出肯定的回應。九島老者將視線從他與跟班們移開，再度以愉快的表情看向達也。

「司波達也，希望將來也能和你談一談。」

「是，有機會的話，在下樂意之至——」

「嗯，那我就期待『機會』的到來吧。」

這就是達也與九島烈的第一次直接會面。

◇　◇　◇

回到第一高中總部帳幕的達也立刻敏銳感覺到，眾人投向自己的視線以及箇中情緒，正在微妙但確實變化著。

——或者應該形容為「恢復原狀」。

形容成「微妙」，是因為眾人想隱瞞卻無法完全隱瞞。對於改變展現出來的態度感到愧疚，卻忍不住如此改變的內心動搖。

達也絕對不是遲鈍的人。

只是情緒朝著某個方向偏差，但在偏差的部分反而極為敏銳。

感應變遲鈍的是善意。

磨利而敏銳的是惡意。

現在投向他的是熟悉的眼神。是對於真相不明的異質事物抱持的困惑、恐懼與迴避。

「哥哥……」

唯一不會迴避他的少女，以擔憂的面容與聲音迎接他。

「抱歉，讓妳擔心了。」

而且只有這唯一的視線，令他的內心隱隱作痛。

「沒那回事！因為哥哥是為我而動怒吧？」

搖頭動作過於用力，使得綁到一半的頭髮稍微解開。

「真快，妳已經知道狀況了？」

達也伸手梳理滑散的秀髮輕撫妹妹的頭，深雪羞澀低下頭，但還是確實回答哥哥。

「不知道，可是哥哥每次打從心底動怒，都是……為了我……」

即使確實回答，聲音也逐漸哽咽。達也左手按在妹妹的臉頰，輕輕抬了起來。

「……也對，我只能為妳真正動怒。

不過深雪，哥哥為妹妹生氣是理所當然的。

而且這是唯一殘留在我心中的『理所當然』。

所以深雪，妳不需要悲傷。」

達也以空著的右手取出手帕，輕輕按在妹妹含淚的眼角。

「何況……好不容易妝化得這麼漂亮，要是哭花了會很可惜吧？今天的風光舞臺可是為妳而準備的呢。」

「討厭……哥哥真是的。參加比賽的又不是只有我，您這樣叫作護短。」

深雪的笑容帶點苦笑，卻還是比任何人都燦爛。

至少在達也眼中是如此。

妹妹恢復笑容，使得達也感到安心與滿足，放在深雪臉頰的手就這樣移到肩頭，並且抬頭看向帳幕準備一起進入。然而這時，達也察覺到周圍視線再度變化，而且是奇妙的變化。

屏息縮在暗處悄悄窺視的視線……

轉變成即使不耐煩也無法裝作沒看到的溫暖目光。

「哎呀，達也學弟。」

如同在強調學生會長在這時候依然是學生們的代言人，真由美以更勝於眾人的溫暖視線與冰涼的聲音迎接達也。

「聽到大會總部說『本校學生忽然暴動』的時候，我還猜測到底是發生什麼事……原來只是一位戀妹情結嚴重的哥哥，因為捧在手心裡呵護的寶貝妹妹差點被騷擾而大發雷霆。」

雖然這番話講得極為違背本意，但是在如同颱風接近的溫溼氣息吹拂之下，達也領悟到己軍處於壓倒性的劣勢，因此選擇戰略性撤退。

換句話說，就是悄悄逃進工程師分配到的工作室。

就這樣，達也免於在第一高中遭受迴避與孤立，不過這是否出自他的本意……即使問他本人也肯定不曉得。

天亮之前就雲層密布的天空，到了第二場比賽開始的九點半，依然沒有放晴的徵兆。

「今天真是好天氣……可以的話，希望這樣的天氣能持續下去。」

「好像到了傍晚會放晴喔。」

「星光其實也很礙事……總之應該比下雨來得好。」

兄妹的這段對話，完全以通過預賽晉級夜間決賽為前提。坐在不遠處椅子聽到這番話的梓，並不會覺得他們很悠閒。

一般來說，一年級和二、三年級的實力差距，比二年級和三年級的實力差距大。因為魔法專業教育是從高中課程正式開始。

所以即使沒有新人賽，一年級參加正規賽的例子也寥寥無幾。一般來說，在大會期間忽然從新人賽轉戰正規賽，別說是晉級到前幾名，要通過預賽都很困難。

然而——

（深雪學妹無法套用這種常識……何況還有司波學弟。）

梓除了個性怯懦，在同年代的青少年之中，無疑是歸類為頂級的魔法師（幼苗）。個性如此怯懦還能獲選為第一高中學生會幹部，這就反向證明了她的能力。

就梓所見，深雪真的擁有爭冠實力。

光是妹妹自己就擁有出類拔萃的實力，還有那位哥哥全力輔助。

梓甚至認為，即使奪冠大熱門的摩利以萬全狀態上場，或許也無法獲勝。

在心中以旁觀角度評論的梓，其實是負責第三場比賽的工程師。她現在待在這裡，也是為了提早進行ＣＡＤ的最終檢查。

正規賽的「祕碑解碼」與「幻境摘星」是九校戰男女選手各自的最終競賽，每所學校的後勤人員都是全力以赴。

第一高中以一名工程師輔助一名選手的體制迎接這兩項競賽。

所以如果只限於這項競賽，司波兄妹是梓的對手。

或許要說「同為工程師的達也是梓的對手」比較正確。

然而——梓在開賽之前，在分出勝負之前，甚至就已經失去競爭的心情。

剛才發生的事件。

梓得知達也在大會總部向工作人員施暴時，恐懼的情緒更勝於驚訝的情緒。

沒有感到意外，內心某處反而認同「如果是他就會這樣」。

雖然交情還沒有那麼深遠，但是梓認為「他不是毫無理由就使用暴力的男生」。卻也同時認為只要有理由，達也就會毫不猶豫訴諸暴力。

這種毫不猶豫就能使用暴力的心態，令梓感到害怕。

魔法是基於軍事目的開發，即使是現在，魔法也有很大比例用在扮演戰力與遏阻力的角色，梓當然也明白這一點。然而無論是用為軍事力或公權力，都是納入行政系統管理的「暴力」。行使這份力量的責任，由決策者、下令者、執行者、監督者等各式各樣的人來分擔。

但他肯定會獨自決定、執行、負起責任。

即使是造成對方死亡——殺人的後果，恐怕也一樣。

如同冰冷鋼鐵的這份心態，給人恐懼的感覺。

聽他親口述說詳細經緯之後，這份恐懼轉變為驚訝。

依照說明，他在ＣＡＤ被動手腳的時候當場發現，並且逮捕現行犯。

負責小早川的是三年級技術團隊裡的平河，她幾近落淚的扭曲表情烙印在梓的眼簾。很容易就能想像她應該很不甘心，並且很容易就有所共鳴。

沒發現CAD被動過手腳，害得選手發生意外，結果或許會導致一位特別優秀的同學從此一蹶不振。相較之下，達也則是……梓覺得，如果自己處於平河的立場，或許會當場逃回旅館房間哭泣也說不定。

達也是二科生，是「劣等生」，這是毋庸置疑的事實。

他的實技成績是低空飛過勉強及格的等級。

入學之後首度舉辦的實技測驗，不及格的學生每年都不到五人，所以他的成績不被評為「不好」而是「很差」也在所難免。

然而現實上——如果不是以測驗這種事先設定好的狀況來評定的「實力」，而是魔法師面對真實狀況時的各方面應對能力，評價就完全相反。

無論在開發、在分析、在調校，以及在戰鬥——

他的實力都是「超」一流水準。

如果不是只把魔法能力此一部分切割出來評等，而是以活用魔法的狀況評等，他堪稱頂尖的「優等生」。

那麼——

（我們的「成績」……所謂的「一科生」究竟是怎樣？將我們區分為「一科生」與「二科

生」有意義嗎？）

在九校戰近距離看著達也，使得梓開始思考這種事。

這是迷惘。

至今視為理所當然，未曾抱持疑問的價值觀，忽然變得模糊又不可靠，引發不安。

梓不會自誇為「花冠」，不會鄙視二科生為「雜草」，沒有被矯飾侵蝕的菁英心態。

至少沒有意識過這種心態。

即使如此，她並不是和「自負」無緣。她認為自己擁有優秀的魔法技能，也因此是一名優秀的魔法科高中生。

對於己身魔法技能的這份自信，是非常重要的搭檔，能夠讓梓得到勇氣，在依然被濃霧深鎖的人生道路，開拓出魔法師與魔工師的未來。即使梓自己沒有意識到這一點，身為魔法師的自信依然是她前進的助力，這是毋庸置疑的事實。

而且不只是魔法領域，對於「未來」或「將來」懷抱期待，卻也懷抱同等不安的年輕人，由於支撐自己的「經驗」或「實績」不足，會在某些部分依賴「自負」與「自信」。

對於梓來說，對於她這種「魔法科高中的優等生」來說，這樣的支柱來自「魔法」。講得更正確一點，「魔法成績」產生自負並創造自信。

然而看到達也，就莫名覺得這種自負與自信毫無根據。

自己一年級當時的測驗成績肯定在達也之上，然而無論在實戰魔法師、魔工技師或是魔法研究者的立場，梓完全感覺不到勝算。就算是自己擁有的罕見技能，就算是暗自認為只有這方面不會輸給真由美與摩利的特殊魔法，在達也面前也如同沒有意義。

即使如此，梓認為自己還算是不會過度為自卑感所困的人。

梓認為達也就是「他」，這份確信已經超過九成。

——既然是「他」，敵不過也是理所當然。

——對「他」感受到自卑感，反而是厚顏無恥的心態。

梓以這種方式說服自己。

（不過，大家還不曉得……）

因為不曉得，所以肯定會更加抱持這種想法。

更加抱持這種感覺。

和他同年的一年級學生尤其如此。

我這個不如二科生的一科生——我的「成績」究竟有什麼意義？

「小梓，不要太鑽牛角尖比較好喔。」

後方忽然傳來聲音，使得梓像是跳起來轉身一看，真由美面露苦笑看著她。

「那個傢伙啊，很．特．別。」

將學弟稱為「那個傢伙」的這句話，語氣卻充滿暖意。

「應該有人無法認同……不過既然長大成為高中生，就要學習如何接納無法認同的事情，對吧？二科生的魔法技能不如一科生是事實，達也學弟的水準超過我們也是事實。」

「咦，可是……」

梓聽到這番意外的話語而語塞。

梓認為，達也的水準確實超過了自己好幾個層級——即使達也就是「他」，梓也無法否認感到些許遺憾的事實。

但是真由美水準同樣卓越，梓認為她不會相差達也太多。

「但我可不是全部輸給他。」

真由美或許看出梓的困惑，臉上再度浮現苦笑。

「我的綜合魔法技能，等級應該在他之上。即使是以魔法互擊，我覺得我只要保持距離就能夠占上風。」

真由美隨口斷言時的表情，類似嘆氣之後放鬆力氣的感覺。

「但是我肯定在某些方面輸他。ＣＡＤ相關的技術，雖然沒有相差懸殊卻敵不過他，魔法相關知識也是他在我之上，挺不甘心的。這樣學長姊的面子都丟光囉。」

真由美在最後補上一句像是置身事外的感想。

「任何人都有擅長與不擅長的領域，所以各方面都勝過對方的狀況很罕見。我剛才說達也學弟的水準超過我們，意思是我們在魔法工學層面的知識與技術實在敵不過他。」

真由美再度和梓的視線相對，就像是在觀察梓的雙眼。

「相對的，我與小梓在魔法實技成績都遠勝過達也學弟，所以完全不需要悲觀。魔法實技的測驗內容確實有其意義，而且一個人的價值不只在於測驗成績。同理可證，測驗成績只是一個人的價值之一。」

梓就這麼啞口無言聆聽真由美這番話。

「只不過……」

真由美這次真的嘆了口氣。

「一旦認定『自己比較優秀』，要是沒有全部勝過對方就會難以忍受。並且忘記一科生與二科生的差異，實際上只是為了方便進行實技課程，才會按照實技測驗成績做區分。」

梓不禁驚訝地睜大眼睛。真由美話中隱含的意外事實使她受到衝擊，腦中一片空白。

別說忘記，她第一次聽到一科生與二科生「真的」只是為了實技課程而區分。

「果然是制服的問題嗎……剛開始明明只是在加收學生時，來不及重新刺繡……」

「咦，是這樣嗎？」

「哎呀？妳不知道？」

首度得知的隱情，使得梓受到不同於剛才的衝擊而啞口無言，只能頻頻點頭回應著輕聲說出「原來如此，沒什麼人知道啊……」的真由美。

「第一高中以前也是一學年收一百人，這妳知道嗎？要和外國競爭就非得增加魔法師人數，因此決議先增加第一高中的招生名額。但是當時的政府大概太心急了，明明在新的學年度增額就好，卻在學年度途中額外招生。

當時缺乏魔法教育人才的狀況比現在還嚴重，學年度只進行到一半，沒辦法忽然增加教師人數。後來政府想出一個苦肉計，讓中途入學的一年級學生先專注學習理論，等到升上二年級再上實技課程。這就是二科生制度。

不過，真正到了二科生入學的時候，學校發包製作的制服出問題，導致以二科生身分入學的一年級學生，必須忍耐穿著沒繡徽章的制服，卻招致意外的誤解……二科生制度原本只是晉升二年級之前的暫定措施，二科生原本只是因應增額而新招收的學生，卻被視為候補。而且到最後，教師人數還是無法配合這項勉強增額的計畫，原本只是誤解的『候補』在事後成為官方解釋，就成為現在的二科生制度。

至於制服的過失，也配合這個臨渴掘井的解釋，當成一開始就這麼計畫而沒有改正，這就是真相。仔細想想，製作兩種制服也是浪費工夫……反正直到縫製都是一貫化的自動加工，即使要分不同的尺寸，使用相同設計整批製作，成本肯定也比較便宜。」

梓張開的嘴巴闔不起來。

這就是梓聽完真由美說明之後的率直感想。

屢次在校內招致陰險又嚴重對立的「花冠」與「雜草」問題，原因居然這麼無聊。

梓認為實在不能讓深雪知道這件事——想到可能會造成的後果就恐怖至極。

「……這件事要對深雪學妹保密喔。」

真由美似乎也想到相同的事。

梓二話不說點頭允諾。

學生會兩名學姊同時視為危險人物的深雪毫不知情，正以愉悅的心情位於「幻境摘星」的賽場等待比賽開始。

因為九校戰開幕至今，這是哥哥第一次只把時間留給她，第一次眼中只有她一人。

平常只要回家，實質上是只有兩人的共同生活。

兩人獨處的時間要多少有多少。

但是在九校戰的宿舍沒辦法如此。

絕對不是欲求不滿的症狀日益嚴重（本人如此認為），但因為壓抑了好一陣子的關係，所以感到格外喜悅。

哥哥在相關人員待命區注視著自己。

只注視著自己。

感覺即使不用藉助魔法之力也能飛上天。

凸顯曲線的服裝引來慾望畢露的視線纏身，但她現在也毫不在意。除了達也的所有視線，她幾乎下意識就全部過濾掉，扔進了垃圾桶。把觀眾當成馬鈴薯——替換成洋蔥或紅蘿蔔也行——的做法，是眾所皆知對於生性害羞的人毫無效果的刻板建議（若是足以將人類替換成馬鈴薯的粗線條個性，一開始就不會害羞），但對於現在的深雪，達也以外的人真的等同於馬鈴薯。

深雪知道哥哥不問男女喜歡姿勢端正的人，所以她的站姿無懈可擊。

出眾美少女如同等待管弦樂演奏的舞者展現優美的體態，使得觀眾席的青少年出現心跳加速與呼吸急促的症狀。要是繼續維持現狀，可能會在比賽開始之前被擔架抬走。

應該不是受到觀眾施壓催促，不過宣布比賽開始的鈴聲，比預定時間提早數秒響起。

深雪的身體輕盈飛舞而上。

「幻境摘星」的選手都會準備兩套服裝。

一套是在強烈陽光底下也不會黯淡的鮮豔日間服裝。

一套是能反射照明的亮色夜間服裝。

都是為了避免選手相撞而成為慣例，累積經驗而成的不成文規定。

深雪身上的服裝以深紅紫色為基底。

這種配色一個不小心會變得非常低俗，但是穿在深雪身上有著高貴的氣息。

兼具防紫外線功能的濃妝，也無損她的氣質。

嬌細的軀體還在發育，但是筆直的修長手腳，以及相對描繪優美曲線的胸部與腰部，即使沒有動物的肉感，卻洋溢著花草樹木傲然綻放的魅力。

真的是如花似玉的美貌。

選手明明都以不輸給任何人的氣勢飛向上空，卻只有她適合以「翩翩飛舞」來形容。

觀眾的目光再度盯著深雪。

如果這是以表演美感評分的競賽，她肯定是毫無異議的第一名。

不過，既然是九校戰正規戰的明星競賽項目，終究沒這麼簡單。

「深雪同學居然會屈居第二……」

宣告第一節結束時，美月吐出積在胸口的空氣，抱持「難以置信」的感想低語。

「領先的第二高中選手……即使不到ＢＳ（Born Specialized）魔法師的程度，但是她的魔法特性，看起來相當偏向於『跳躍』術式……」

「不只如此，她還計算跳躍軌道，巧妙防堵深雪的跳躍路徑。與其說是專精『跳躍』，應該說是專精『幻境摘星』吧？」

幹比古與艾莉卡同樣和美月感到驚訝，並且各自表達自己的想法。

「因為第二高中的選手，是和渡邊學姊並列最具冠軍相的選手……」

「顯眼到那種程度，會被提防也是無可奈何。畢竟三年級也有面子要顧。」

今天在普通觀眾席加油的穗香與雫，也從不同角度表達贊同之意。

「不過，應該不會就這樣結束。」

最後則是由雷歐開朗作結，如同要趕走這股悲觀的氣氛。

深雪在下一節比賽挽回，在第二節結束時位居第一。

然而分數只有些微差距，深雪還有餘力，但對方看起來像是將實力保留到第三節。

勝負依然在未定之天。

即使能夠使用的魔法組合受限，但是高中等級的比賽居然有魔法師能和深雪旗鼓相當，令達也感到驚訝。

「這個國家看似狹小卻遼闊……」

深雪坐著調整呼吸時，達也在她前方逕自低語。

他的視線不是朝著妹妹，而是投向第二高中休息區。

……此時，袖口忽然被用力一拉。

達也低頭看去，從椅子起身的深雪，以充滿堅強意志的雙眼凝視達也。

「——哥哥，能不能准許我使用那個？」

她的眼神、聲音，以及抓著袖口的手指，傳達著「不想輸」的意志。

並非只有美麗與可愛的「娃娃」，而是蘊藏堅定意志的表情。在深雪展現的各種表情中，達也特別喜歡這張表情。

嘴唇自然展露微笑，雙眼愛憐地瞇細。

「……可以，一切如妳所願。」

那原本是決賽才要使用的祕密兵器。

然而達也忘記所有推算與計畫，面帶笑容點頭回應。

「咦？深雪的法機變了。」

艾莉卡率先察覺深雪站在最後一節比賽場地時的變化。

深雪直到剛才，都一如往地常使用手機終端裝置造型ＣＡＤ。如今她的右手，則是戴著手鐲造型ＣＡＤ。

「可是，她左手好像也拿著ＣＡＤ……」

仔細觀察的幹比古提出指摘，使得眾人感到納悶，只有穗香感觸良多點了點頭。

「原來如此……深雪現在就要動用那個了……」

「那個？」

雫提出詢問，穗香以憧憬與懊惱交加的表情回答。

「那是達也同學只為深雪準備的祕密策略。只有深雪能熟練使用的，達也同學的祕密武器。在場所有人……都肯定會嚇一跳喔。」

到底是什麼東西——在雫發問之前，第三節比賽開始的鈴聲響起。

右手的手鐲是備用ＣＡＤ，主力是握在左手，手機終端裝置造型的特化型ＣＡＤ。

這個ＣＡＤ的操作介面相當單純，只有開關按鈕。深雪將手指放在開啟的按鈕，隨著比賽開始的鈴聲迅速按下。

極小型的啟動式因而展開。

沒有停止，沒有中斷，反覆進行啟動處理。

然後，深雪的身體輕盈飛舞到空中。

第二高中選手擋住去路。

從左下方交叉的軌道。

對方的上升速度較快，這樣下去將是深雪撞到對方。

深雪提升自己的飛翔速度迴避。

觀眾席譁然的時間點，是深雪打掉光球，反轉身體在空中靜止之後。

在跳躍途中，魔法力繼續加速。

觀眾驚呼讚嘆的對象，是深雪在魔法常識範圍之內展現的力量。

然而，在空中暫停的深雪沒有回到踏腳處，而是在空中舞臺打造的風精靈溜冰場優雅滑行，直接前往下一個目標。觀眾在目睹這一幕時，他們的歡呼變成啞口無言。

兩個、三個、四個……

非得在十公尺高度往返的其他選手，打從開始就無從和只需要水平移動的深雪競爭。

深雪連續拿下第五分時，觀眾們凍結的聲帶逐漸解凍。

「飛行魔法……？」

某人輕聲說著。

如今連選手們都呆呆仰望上空。

近乎呢喃的低語，在起飛與著地腳步聲消失的寂靜競技場，響亮到不可思議的程度。

深雪揮動球棒的身影，如同征戰天使威風凜凜，卻也優美無比。

「托拉斯．西爾弗的……？」

低語造成連鎖。

「怎麼可能……」

「上個月才公開啊……」

漣漪逐漸擴散。

「不過那個……」

「毋庸置疑是……飛行魔法……」

在場所有人的目光集中在空中飛舞的少女，毫無例外。

在湖面上空展現的仙女之舞。

張開保持平衡的雙手，擺動變換姿勢的雙腿，看起來如同和風兒攜手共舞。

「在空中飛翔」的現代魔法革新，甚至號稱「不可能」的奇蹟示範，由這名美麗少女來執行是再適合也不過……人們超越年齡、性別，甚至是敵我隔閡，陶醉仰望著天空飛舞的少女。

擄獲他們所有人的不是現代魔法，也不是古式魔法，是名為「感動」的魔法。

直到比賽結束的鈴聲響起，少女回到地面，這個魅惑咒語依然沒有解除。

——「幻境摘星」預賽，第一賽場的第二場比賽，由深雪以懸殊差距晉級決賽。

直到選手開始退場，觀眾才終於回過神來。

選手退場沒有既定順序。

比賽結束時，從最靠近入口的選手依序退場。

降落到湖面中央的深雪，在四人之中是第三個退場。

她朝著第一高中加油區屈膝行禮，然後輕盈飄到空中，如同穿著溜冰鞋在冰上滑行，在空中朝著入口平滑移動。

優雅的動作使得觀眾席報以如雷掌聲。

觀眾席各處都有人慌張操作手機終端裝置。

有人激動過頭，以近乎怒罵的語氣講得口沫橫飛；有人以高八度的音調反覆相同話語，使電話另一頭無言以對；有人不時搔抓腦袋，讓手指在虛擬鍵盤舞動；有人全神貫注，讓手寫筆在光學感應板遊走……不同的人以各種形式，試著將自己感受到的驚奇轉達給不在場的他人。

其中有名男性莫名面無表情，專注觀看HMD（頭戴式顯像裝置）顯示的訊息，但是幾乎沒有人在意。

◇◇◇

「十七號回報，第二場比賽的目標對象通過預賽。」

「……對方看穿電子金蠶，所以算是正常的結果……不妙了。」

「不只如此，目標對象似乎使用了飛行魔法。」

「怎麼可能？」

「如果對方因此用盡力量就要謝天謝地……但不可能有這麼好的事。」

「我認為已經是不擇手段的狀況了，各位覺得如何？」

「我贊成，大概死個一百人就夠了，大會本身將會中止。」

「中止後，我們只需要支付當初的賭金。雖然無法達到零虧損，但還在容許範圍。」

「客人不會鬧事嗎？先不提同行，軍火商很棘手。那些傢伙和各國政府往來密切。」

「怎樣對客人解釋都行，我們現在要擔心的不是死亡商人，是組織的制裁。」

「也對……只靠十七號執行沒問題嗎？」

「只有普通身手的傢伙敵不過『施法器』。很遺憾無法帶武器進去，但十七號是高速型。只要解除限制讓他恣意肆虐，空手就能殺掉一兩百人。」

「沒異議吧……？那麼，解除限制。」

興奮的氣氛總算退潮，觀眾三三兩兩起身要前往下一場比賽的時候，這名男性也取下HMD緩緩起身。

看到他的眼睛，更加深「面無表情」的印象。

不，這不是叫作「面無表情」的表情，這個人根本就欠缺表情吧？這張沒有生命力的「表情」，甚至令人有這種感覺。

男性的身體忽然顫抖。

瞬間就發動自我加速魔法。

周圍的魔法師察覺到魔法氣息前，男性就出手襲擊剛好擦身而過的另一名男性。

如同鉤爪彎曲的手指，朝著毫無防備的背部揮下。

——這個事件，就這麼在無人察覺的狀況，將舞臺轉移到觀眾席外。

這名男性——「施法器」十七號掌握現狀時，身體距離地面已經不到三公尺。

接到殺戮指令之後首先攻擊的對象，即使背對著他依然成功閃躲攻擊。他的攻擊明明迅速到即使這個人面向他，也無法以知覺反應。

魔法師能夠使用自我加速魔法，以超越肌力極限的速度行動。

但是魔法提升的終究只有運動速度，沒辦法連知覺速度——感官生化反應的速度、知覺神經的傳導速度，或是大腦的情報處理速度一起提升。

人體知覺速度設定成比運動速度快很多，因此即使動作速度超越身體極限也可以控制，但是反過來說，人類無法在超越知覺速度的領域控制身體動作。就是說，魔法師依然在生物層面有所極限。即使在魔法層面能用魔法無限提升己身速度，卻在知覺能力層面存在著可控制上限。

因此，以化學方式強化知覺速度的他，身體施展出來的速度絕非普通人——即使擁有魔法技能，身體構造還是普通人——能夠應付。

然而實際上，對方擋住他揮下的前臂，並且以此為支點，使得十七號的身體被自己揮下手臂的力道摔到場外。

剛好就如同單槓前翻而頭下腳上的瞬間，一陣強烈的衝擊襲向十七號，使得他越過看臺圍欄飛到場外。

故意省略加速工序的移動魔法。

這陣衝擊令他半昏迷過去，回神時已描繪著拋物線，即將從二十公尺高處摔到地面。

這種狀況通常會令人膽怯，或是陷入恐慌無計可施地墜落，但這名男性是「施法器」。

進行腦外科手術、施打以咒術精製的藥物，剝奪意識與情緒後，以特定方向統制思緒，防止各種阻礙魔法發動的精神作用——俗稱的「雜念」——產生，經過各種調整而成的個體。

為了在實戰也能穩定行使魔法而打造的生體兵器。

改造為施展魔法的器具——「施法器」的魔法師。

器具和膽怯或恐慌無緣。

十七號冷靜地——精準又毫無感情地發動慣性中和的魔法。

這時候減速也無法避免緊急煞車造成的損傷，還不如降低慣性更能減少摔落時的傷害。這是他瞬間進行計算的成果。

咒藥的效果不只是調整意識、情緒與知覺能力，也有強化身體機能。他以雙腳的彈力，加上腹肌、背肌甚至是雙手，完全吸收落地的力道。

「在那個階段還來得及，了不起。」

十七號維持手腳著地的姿勢看向聲音來源，認出剛才摔飛自己的男性身影。

「你是什麼人？……不，你沒必要回答。反正也沒辦法回答。」

獨立魔裝大隊上尉——柳連揚起嘴角露出了咄咄逼人的笑容，觀察著如同猛獸般四肢著地的十七號。

「這種身體能力，不可能只靠魔法達成。你是強化人？」

柳以嘲笑與感嘆交雜的語氣，詢問眼前這個飛越觀眾席圍欄，從匹敵中型大樓的高度摔落，依然沒有解除戰鬥架式的對手。

「柳，你自己都說沒必要回答了。何況從同樣高度跳下來連手都不用碰地的你，應該沒資格講這種話吧？」

十七號以四腳肉食獸的動作轉身。

獨立魔裝大隊上尉真田繁留，不知何時站在後方擋住去路。

即使如此，十七號如果想逃走或許做得到。

如果只看加速能力，「施法器」十七號勝過獨立魔裝大隊的兩人。

但十七號接到的指令是「屠殺觀眾」。對沒有意識與情感的「施法器」來說，組織的命令才是決定行動模式的指令。

十七號依照命令，再度襲擊原本是「觀眾」的柳。

柳在十七號撲過來之前，就將右手往前伸。

速度明顯占優勢的十七號，卻逃不過柳的這隻手。

放低姿勢衝撞的十七號，如同被吸過去般，以頭部撞向柳的手掌。

柳與十七號交錯。

十七號沒能碰到柳的身體，就反彈摔回起跑處。

「我不是期待得到答案而發問，是自言自語。」

柳若無其事向真田回嘴。

「就當作是這樣吧。不過，你的招式每次看都很高明。剛才也是『轉』的運用？」

預測對方的動能方向，以體術配合魔法引導、增幅或反轉力道，這是柳擅長的戰法，也是剛才將十七號摔飛與反彈的招式。

「我說過好幾次，不是『轉』，是『迴』，『轉』是檯面上的武術，『迴』是檯面下的武術。而且應用方式有些不同。我的招式只不過是有樣學樣，真正的『迴』不需要配合魔法。」

「這番話聽起來攸關我們的存在意義，小心我向隊長告狀喔。」

「……別再講這種無聊的閒話了，幫忙逮住這傢伙吧。」

「嗯……那就這麼辦吧。雖然這麼說，但藤林已經以『避雷針』擺平了。」

「……兩位的交情真好。」

隨著真田的這番話，獨立魔裝大隊少尉藤林響子輕踩高跟鞋現身。後勤人員穿著的窄裙軍服不適合打鬥。原本應該是絕佳的獵物以及絕妙的突圍點。

但十七號就只是身體頻頻痙攣，處於實在無法抵抗的狀態。

這是細如髮絲的數根針插在他身上注入電流的結果。

射針與放電的魔法，當然都來自藤林。

「藤林，記得妳眼睛很好吧？」

「比起視力，感性部分的問題比較嚴重。要不要幫妳介紹優秀的心理醫生？」

「看吧，兩位不是很有默契嗎？」

柳與真田隔著十七號轉頭相視。

兩人蹙眉的表情一模一樣。

◇◇◇

達也不知道檯面下進行著如此危險的一幕，悠閒在飯店臥室提早吃午餐。

比賽結束之後，深雪淋浴的這段期間，大會委員要求檢查使用飛行魔法的ＣＡＤ，但達也沒有做任何虧心事。當時達也的意識瞬間掠過惡作劇心態，想動用九島老者的名號捉弄大會委員，但是狐假虎威欺負弱者作樂很丟臉，因此他改變主意乖乖交出ＣＡＤ。

除此之外，沒有受到什麼奇怪的騷動波及。

雖然達也感覺到有許多視線從很遠的地方看著他與妹妹，不過只要沒有直接危害，這種人最好置之不理。

達也就這麼把ＣＡＤ交給委員，撤退回到私人空間。

不過，即使他知道真田與柳在不為人知的地方活躍並阻止屠殺事件，達也的行動應該也不會變。直截了當來說，素昧平生的觀眾就算有幾十人遇害，對達也而言一點都不重要。

進一步來說，即使同校學長姊犧牲，達也依然不會抱持「遺憾」以上的情緒。既然達到這種程度，他應該不會想積極採取行動。

但因為深雪會露出哀傷的表情，所以他沒有將想法顯露於言表。

而且當然是現在進行式。

或許不用重新強調，不過深雪正在達也面前，勤快為他打理身邊的事情。

「身邊大小事總是整理得井然有序，這是哥哥的優點，但我個人希望您稍微不拘小節，這樣我照顧起來才有成就感。」

今天的深雪心情很好，現在也掛著幾乎要哼歌的笑容開心擦拭桌面。大概是這個星期沒什麼時間陪她的反作用力。

「深雪，希望我為妳做些什麼嗎？」

所以達也在用餐後如此詢問，只是基於補償的意識脫口而出，沒有特別的含意。

「希望哥哥為我做的事情？」

然而，深雪睜大眼睛地笑逐顏開，並且陷入了沉思。這種超乎預料的明顯反應，使得達也感到騎虎難下。

深雪又是手抵下巴又是歪過腦袋，以各種肢體動作思索，後來不知道想到什麼忽然臉紅，坐在達也旁邊的椅子揚起眼神窺視。

「……說說看吧。」

達也帶點苦笑溫柔催促，深雪戰戰兢兢提出要求。

「剛才哥哥指示我用完午餐之後，在決賽之前稍做休息……」

「嗯，不需要現在就睡，但可以的話應該小睡片刻。不想睡的話躺著養神也好。別說連床都不想躺啊。讓身體休息是必備事項。」

「不，我當然會遵照哥哥的吩咐……可是……」

「嗯？」

「那個……方便的話，希望您可以……陪在身旁……」

終究是覺得難為情吧。

深雪滿臉通紅低下頭。

「……深雪真是愛撒嬌的孩子。」

「……不行嗎？深雪就是想對哥哥撒嬌。」

「……沒問題，但我不會唱搖籃曲就是了。」

深雪揚起眼神瞪著達也，輕拍他的胸膛。

她雪白的肌膚，連黑髮後方的耳朵都染成通紅。

即使是兄妹，卻也是花樣年華的男女，終究不方便躺在同一張床上。

幸好這個房間雖然現在是單人用，但原本是雙人房，占位置的機材幾乎都搬去會場。

為了讓深雪休息，達也將收納在壁面的床搬出來，迅速整理到能就寢的狀態。由於過程幾乎全面自動化，所以不需要使用客房服務（這裡並非普通旅館，也不知道是否有這種服務）。

深雪鑽入被窩，達也把椅子搬到床邊，坐在她的枕邊。

深雪看向達也靦腆微笑，達也回以一個笑容，溫柔撫摸妹妹的秀髮。

不到一分鐘，深雪就啟程前往夢鄉。

深雪入睡已經四小時，但達也依然沒有離開床邊。這麼做忠實執行著深雪希望他陪在身邊的心願，獨自坐著的達也不以為苦。

深雪睡得很熟，睡臉安詳至極。想到這是她信任的證明，使得達也感到酥癢又驕傲。

雖說是兄妹，但達也與深雪從三年前才真正住在一起，真正以兄妹的意義共度的時光只有三年。在這之前，在三年前夏季的那一天之前，兩人即使在同一個家起居，甚至連交談的機會也幾乎沒有。他們的母親不容許兩人像這樣相互依偎，禁止兩人進行兄妹應有的交流。這恐怕是四葉一族的決定。

達也並不想對這件事記恨抱怨，何況他的精神沒有這種功能。但他缺乏兒時和親人互動的記憶，對此感到不方便。這才是達也不滿之處。

幼時任性哭鬧生氣或是跌倒出醜，這種只有家人知道的丟臉回憶，達也真的未曾共同擁有。因此在達也心目中，深雪打從一開始就是「小一歲的美麗女孩」。由於只能勉強站在客觀角度，所以達也從一開始就明白妹妹是多麼出類拔萃的美少女。

即使如此，達也內心最深處湧現的情感，卻將深雪當成妹妹看待。唯一殘存的真正情感，命令他的「意識」要將深雪視為妹妹灌溉愛情。

沒有記憶，只有情感。達也曾經心想，失憶或許就是這種感覺也說不定。不過達也當然知道自己並非失憶。

並非以記憶制約，無條件的情感。

正因如此，達也對深雪的愛情盲目、澎湃又激烈。其他情緒不會以憤怒或憎恨的形式顯露在外，只有他對深雪的這份愛情，會成為毫不猶豫又脫序的行動表現出來。

達也沒有自覺這一點。這不是忘我的行動，是經過冷靜計算的結果，所以反而無法克制。只要計算這麼做有其必要，理應進行的「需要做到這種程度嗎？」這種後續判斷就不會運作。即使會考量利害關係，也不會考量人道問題。

達也拿起邊桌上的手機終端裝置，再度開啟藤林在深雪入睡之後寄來的長篇加密郵件。內文記載著關於針對「幻境摘星」的妨礙行徑的已知事實，以及預賽第二場結束之後，有人企圖屠殺觀眾的事件經緯。

對於達也來說，這是絕對不能原諒的事情。居然企圖害深雪「墜地」，罪該萬死。

達也將手機終端裝置收回懷裡，從椅子起身，將上半身探向床頭。

輕輕撫摸深雪的秀髮。

深雪的手放在達也的手上。

「深雪？」

沒有回應，看來並非醒來。

深雪翻身側躺，將達也的手貼在以自己的臉頰上。

這張幸福的睡臉，令達也嘴唇綻放笑容。

達也在這張笑容背後決定，為了守護這張安詳的睡臉，得採取必要措施。

不是決心，是「決定」。

◇　◇　◇

決賽時的天氣和上午截然不同，夜空萬里無雲。

上弦月的光芒完全蓋過閃爍的星光。

這種天候不太適合從下方辨識光球。

「身體狀況怎麼樣？」

「哥哥，萬無一失。氣力也很充足，我打算一開始就使用飛行魔法。」

「沒問題，盡情飛翔吧。」

「是！」

達也豎起大拇指，目送深雪精神百倍地跑向賽場。

「深雪學妹心情真好。」

進入待命區擔任輔助的梓，看著站在湖面踏腳處的深雪，對達也如此說著。

很遺憾，梓負責的選手在預賽淘汰。

晉級決賽的是第一、第二、第三、第五、第六、第九高中。

沒有學校將兩名以上選手送進決賽。

這是女子組最後一項競賽，成為各校展現氣概的場合。

除了有人陪同留在醫院的摩利，主力女性選手如今齊聚於會場。

在第三高中只將一人送進決賽的現在，只要深雪打進前三名，第一高中就確定得到總冠軍。眾人當然是全力助陣。

「以這麼好的心情迎接比賽是好事，看來達也學弟照顧得很好。」

真由美從另一邊面帶笑容地搭話。這番話應該沒有深刻含意，她的笑容看起來卻像是另有玄機。大概是因為有些事不想讓達也知道。

「這麼說來，深雪學妹好像沒有使用『隔離艙』，這樣有充分休息嗎？」

鈴音不經意的詢問，使得達也差點不由得變了表情。

「我讓她睡了五小時，應該足夠。」

「這樣啊？看來她睡得很好，是在旅館床上睡的？」

達也不禁語塞。過於一針見血的這個問題，甚至令他以為這是明知故問。

「啊，要開始了。」

幸好在沉默變得不自然之前，眾人的注意力就轉向賽場。

老實說，現在達也非常感謝梓這份純真的特質。

在燈光與湖面搖曳的反射光照耀之下，淡色的競賽服裝清晰浮現。

其中身穿櫻花色服裝的深雪之所以會特別引人注目，原因並不光是她在預賽展現出「飛行魔法」的絕技。

在粼粼波光之中，深雪像是稍微分心就會消失的飄渺氣息，使得觀眾目不轉睛。

「幻境摘星」，別名「精靈之舞」。

將少女形容為「精靈」是自古以來的定例用語，但是即使將現在的深雪形容為「如同精靈」，應該也不會有人批判措詞老套。

喧囂聲如同退潮，場中一片寂靜。

競賽委員不需要頻頻揮動肅靜的告示板。

在眾人屏氣凝神注目之下，「幻境摘星」決賽開始。

六名少女隨著起始的訊號聲同時飛向天空。

不是跳向天空，六人都沒有降落在踏腳處。

「飛行魔法？其他學校也是？」

「不愧是九校戰，短短六、七小時就將飛行魔法的啟動式納為己用。」

梓尖聲大喊，達也則是表達感嘆。

達也嘴裡這麼說，實際上卻沒有很驚訝。

應該是大會委員會將術式分發給各校了。

用來回覆各校質疑比賽不公的抗議。

之前把ＣＡＤ留在委員那裡，就已經考量到這個可能。

「各校似乎都是直接沿用托拉斯・西爾弗公開的術式。」

鈴音仰望空中蹙眉。

「……真是太亂來了。這明明不是臨陣磨槍就能得心應手的術式，居然比選手的安全更重視成績……」

真由美不悅地低語。

「應該沒問題。如果是直接沿用那個術式的話，即使發生了什麼萬一的狀況，『安全裝置』應該也會發揮功用。」

但是，達也的聲音有著「拭目以待」的從容。

六名少女在空中飛舞。

真的就是精靈之舞。

觀眾們心醉神迷，欣賞這段在夜空穿梭的舞蹈。

然而逐漸恢復冷靜的觀眾，對於出乎意料的比賽過程，抱持不同的驚訝情緒。

六人同樣在空中飛翔。

飛行魔法的魔法水準，看起來沒有太大的差異。

然而實際上，只有第一高中的選手持續得分。

其他學校的選手完全跟不上她的動作。

迅速、流暢、優雅。

翻身、滑翔、上升、下降。

自由又嬌憐的舞蹈，使得其他人不是跟隨就是讓路。

舞動的精靈們，不知何時分成一名首席芭蕾舞者配上五名伴舞。

其他選手使用飛行魔法，令深雪有點驚訝。

不，只有少許驚訝。

哥哥所發明的飛行魔法的真正價值，在於這是一種「任何人都能使用」的術式。深雪比任何人都理解這一點。

但是「任何人都能使用」不代表「任何人都能同樣使用」。

哥哥在比賽前就提醒過，其他學校可能也會使用飛行魔法。

哥哥在提醒時面帶笑容。

當時的深雪心想，這肯定是哥哥相信沒人比她更熟練這個魔法。

深雪以這份信賴為支柱，自在飛舞於夜空。

俯視其他學校的選手一個又一個力竭墜落。

第一個選手在空中忽然晃動失去平衡的瞬間，觀眾席傳出驚呼聲。

不過看到這名選手緩緩降落，整個觀眾席鬆了口氣。預賽剛發生墜落意外，或許大會委員比觀眾更吃了一顆定心丸。

這是飛行魔法內藏「安全裝置」的效果。

要是術式提供的想子補充效率減半，預先寫入啟動式的「變數」會自動設定成十分之一G的減速著陸模式。

第一高中待命區的達也，心想「看來他們沒有胡亂修改術式」暗自鬆了口氣。飛行魔法的安全性，恰巧在九校戰這個引人注目的舞臺得以證實。

得充分活用這個機會進行宣傳才行——在心中露出壞心眼（或者是黑心）笑容的達也視線前

方，又有一名選手從精靈舞臺淘汰。

結果，第一節比賽有兩人中途退場。

這兩人直接棄權。

第二節又有一人退場。

最後一節比賽成為三人爭冠。

只要深雪沒有棄權，第一高中在這個時間點就確定奪下總冠軍。

最確實的戰法，就是站在踏腳處什麼都別做。

然而第一高中待命區裡的所有人，都沒有提議這個「確實」的戰法。

依照累積的分數，第一名大幅領先。

領先的當然是深雪。

總冠軍確實重要，但是第一高中沒人認為必須為此犧牲個人賽的冠軍。

深雪承受著這份聲援與信任，飛上最後一節比賽的天空。

哥哥守護她的目光，不用目視也清楚感覺得到。

深雪知道，只要有這對目光，自己的翅膀絕對不會折斷。

她張開永不折斷的透明翅膀，和五顏六色的光芒嬉戲。

終於——

兩名選手跪在湖面踏腳處氣喘吁吁。

深雪將夜空化為單人舞臺，展露精靈之舞。

雙手大幅張開，擊滅最後的光球。

片刻的寂靜。

一格的靜止畫面。

宣告比賽結束的鈴聲，被瘋狂熱烈的掌聲淹沒。

第一高中不用等到最後一天就確定奪下總冠軍，不過慶功宴暫緩到明天以後舉行（有人發出「又延後？」的聲浪卻被無視）。

明天舉辦的賽事，是為九校戰作結的「祕碑解碼」單淘汰決賽。

第一高中順利以預賽第一名晉級淘汰賽，選手與後勤人員卻沒空設宴慶祝。

雖然這麼說，如今只剩下一項競賽，事實上過半成員都閒著沒事做。

深雪在「幻境摘星」奪冠，使得第一高中穩奪總冠軍，如今眾人以她為中心，借用會議室舉辦一場茶會提前慶祝。

主辦人是真由美與鈴音，參加者以女性選手與後勤人員為中心，不過並不是完全沒有男學生的身影。一年級男學生除了傷患，都拿著杯子不太自在地窩在房間角落（二、三年級的男生忙著準備明天的比賽）。

場中不只是幹比古與雷歐，還看得到艾莉卡與美月，應該是真由美暗藏慶祝以外的意圖（艾莉卡原本堅決不願參加，但是被深雪強行拖來）。

然而達也不知為何不在現場。

「……所以，他要求天亮之前都別去叫他？」

「是的。」

「這也在所難免。」

「畢竟他一直大顯身手……」

一群一年級女生拿一名男學生當話題時（發言順序是艾莉卡、深雪、雫、穗香），一對二年級情侶走向她們。

「咦？你哥哥睡了？」

是花音與五十里。

「是的，哥哥說他終究還是累了。」

「這……我想也是，何況他還受傷。」

五十里大幅點頭回應深雪的回答。他將目光移到深雪旁邊時，微微瞪大雙眼。

「嗯？這不是艾莉卡學妹嗎？」

「啟學長，明天的調校工作完成了？」

「不，只是休息片刻……應該說是花音拉我過來的。」

艾莉卡稍微調侃發問，使得五十里露出苦笑。他身旁的花音表情之所以不太高興，不可能只是因為這番話有點刺耳。看來暗藏某些恩怨。

「……哎呀，艾莉卡認識五十里學長？」

「我們兩家有來往。」

但艾莉卡完全沒察覺花音板著臉，應該說不去注意，她整個人轉身面向深雪。

「千葉家非常受到五十里家的照顧。」

「沒那回事啦。」

「不不不，這是客觀的事實。」

五十里慌張搖頭回應，艾莉卡則是進一步以開玩笑的語氣反駁。

「我的法機也是拜託啟學長家為我製作。應該說，這就是啟學長製作的吧？」

艾莉卡說著就像是變魔術一樣，不知從哪裡取出伸縮警棍造型的ＣＡＤ。

「嗯，總之……『刻印』的部分是我做的。」

「學長自己組裝刻印型術式？好厲害……」

「因為啟是天才。」

美月率直佩服，花音則是忘記剛才的壞心情挺胸回應，使得五十里更加不好意思，再度輕聲說一句「沒那回事」。

◇◇◇

眾人不再把達也缺席當話題的時候，當事人溜出旅館，前往基地軍官專用停車場。約見的對象已經抵達。

「居然讓女性等，有失禮儀。」

「抱歉。」

這句責難無視於時機場合卻頗有一番道理——不是關於對女性的禮儀，是關於約見遲到——因此達也率直謝罪。

遙或許是對於達也毫不解釋感到掃興，沒有繼續多加抱怨什麼，以動作示意達也坐上她身靠的車子裡。

達也依照吩咐坐進副駕駛座，遙也坐進駕駛座。

車子內外都一片漆黑。

遙對發車開關看都不看一眼，從車門置物槽取出手機終端裝置。

達也見狀也從薄外套內袋取出終端裝置。

他穿的不是後勤人員制服，是全黑寬鬆外套。兩側腋下微微隆起，但遙假裝沒看到。

「只要地圖資料就好吧？」

「如果知道成員名單，希望也能把資料給我。」

遙嘆了口氣，達也先將自己的資料傳到她的終端裝置。

看著畫面的遙瞪大眼睛。

「不夠多？」

「不，很夠。」

遙收起表情，操作自己的終端裝置。

達也大致瀏覽接收的資料之後點頭。

「謝謝您。」

達也微微點頭致意，朝著車門開關按鈕伸出手。

「只是……以防萬一吧？」

此時，遙以生硬的聲音詢問。

「是的，以防萬一。」

這聲簡短回覆傳入遙的耳中時，達也早已背對著她。

達也目送遙駕駛電動雙門車離開停車場門口消失，接著剝下右耳覆蓋的耳罩走向另一輛車。

還沒敲車窗，副駕駛座車門就打開了。駕駛座坐著一名幾乎和遙同年的女性。

「剛才的女性是？」

「公安幹員。」

達也隨口揭露遙的真實身分，朝藤林咧嘴一笑。

「但她本人堅稱輔導老師才是正職。」

藤林輕聲一笑。

「所以是兼職幹員啊。」

「我認為她在能力上沒問題。比起飽經世故的專家，這種初出茅廬的半個專家，更會遵守既定的保密義務，委託私事時也比較安心。總之……其實她兼做副業就已經違反職業倫理，不過這就是所謂的——有錢能使鬼推磨。」

達也說出這種黑心感想，使得藤林瞇細雙眼——但眼神依然冷漠精明。

「我經常在想，你是不是謊報十歲年齡？」

「我認為問題不在年齡，在經驗。畢竟我平常就被迫累積『各式各樣』的經驗。」

達也在「各式各樣」四個字加重音，藤林不經意移開目光。

達也同樣沒有進一步要求回應。

他從前座置物箱取出傳輸線，以熟練動作操作副駕駛座前方面板，以有線傳輸的方式，將遙

提供的地圖資料傳送到汽車導航系統。

「……我也向你申請打工費吧？」

「我認為您應該申請加班費。」

「我們不適用勞動基準法。」

以彈性工時制為主流工作形態的現代，這個法令依然頑強存活到現在。聽到以此法令為題材的制式笑話，達也甚至沒有展露客套笑容。藤林則是將靠腕式的單手控制器往前推。

現在最普及的大眾電動車，發揮型錄未記載的安靜特性溶入黑暗之中。

◇◇◇

命令藤林加班（？）的當事人，正在迎接一位下班時間的訪客。

「閣下請進。」

風間沒有交給侍從處理，親自迎接帶路的對象，是九島老者。

老者還是現役軍人的時代，還沒確立「十師族不能公開擔任高官」的原則。

因為這個原則，就是基於九島自己經歷各種摩擦的經驗而成立。

九島老者退伍時的軍階是少將。風間展示的禮節，並非對十師族長老的私人禮儀，而是按照軍方準則的禮儀。

風間是擁有B級證照的魔法師，是以十師族為頂點的魔法師社群成員。但他是歸類於「忍術師」的古式魔法師，真要說的話，他對於象徵現代魔法的十師族抱持冷漠情感（但他以部隊長身分對待部下的情感自然另當別論）。

因此——不知是否該如此推論——風間雖然恭敬態度，卻沒有超越「形式」的範疇。

「迴避。」

「是。」

風間命令端飲料前來的侍從離開房間，再度看向九島老者。

「今天大駕光臨有什麼事嗎？如果要找藤林，在下派她外出辦事所以不在。」

「要見孫女的話，不需要刻意知會她的長官吧……沒什麼，只是聽說你難得離開土浦，所以來看看你。」

「榮幸之至。」

風間嘴裡說榮幸卻毫不恭敬，使得九島微微苦笑。

「看來你還是一樣討厭十師族。」

「在下之前也解釋過，這是誤會。」

「我之前應該說過，你不需要隱瞞這種事。你們古式魔法師和原本被當成兵器開發的我們不一樣，只是繼承了古代智慧的人類。對我們的存在方式感到厭惡也在所難免。」

刻意強調「人類」這兩個字的說話方式，使得風間不禁蹙眉。

「……古式術士同樣有著『讓自己成為兵器』的意義，我們和各位沒有太大的差別。要是在下對此抱持厭惡感，就是強迫孩子們與年輕人別把我們當成人類看待。」

「嗯……所以你們才會收容他吧？」

風間基於某種角度聽起來非常辛辣的發言，被九島以從容不迫的語氣回應。

「……您說的『他』是？」

「就是司波達也啊。他是你三年前從四葉那裡挖角的深夜的兒子吧？」

「…………」

風間的沉默，與其說是啞口無言更像「不悅」。

「我知道這件事也沒什麼好奇怪吧？因為我三年前擔任過師族會議議長，現在依然位居國防軍魔法顧問的地位，即使為時不長，深夜與真夜也曾經是我的學生。」

「……那您應該知道四葉沒有放棄達也的擁有權。司波達也現在依然是四葉的隨扈，只限於不妨礙隨扈任務的狀況才能在軍中服務，四葉不會在隨扈任務以外的部分主張優先權，這就是我們和四葉簽署的約定。」

「你不覺得很可惜嗎？」

「您說『可惜』的意思是？」

九島探出上半身語帶玄機如此詢問，風間則是裝傻回應。

九島老者露出微笑，心情沒受到影響。

「昨天的比賽很精彩。我聽說他是唯一成功的案例，卻沒想像到有此等能耐。」

九島退役少將以試探的眼神，注視風間少校的雙眼。

「他在將來可能和一条家的兒子，並肩成為我國魔法戰力的中樞。擁有此等逸材卻只定位為私人隨扈，不覺得很浪費嗎？」

「……閣下希望四葉弱化？」

「既然是你，我就老實說吧。」

九島維持微笑，點頭回應風間的反問。

「十師族這個架構有著另一種意義，就是讓各家系相互牽制，預防魔法師失控。」

風間的沉默，表明他早已知道九島說的這件事。

「但要是維持現狀，四葉會變得太強。如果司波達也和他妹妹就這樣成長，並且在不久的將來，由依然健在的真夜讓司波深雪成為四葉深雪，並且以司波達也為爪牙，四葉家或許會成為超過十師族傲視魔法界的存在。不對……」

九島老者暫時停頓搖頭。

「即使是現階段，兼具其他家系沒有的特殊技術以及少數強力魔法師的四葉，在十師族之中也是高人一等。」

九島這番話，使得風間戲謔地揚起嘴唇。

「那個家系最忠實遵守閣下所說『魔法師是當成兵器開發』的傳統，所以如果單純評估戰鬥力，在下認為他們理所當然會逐漸高人一等。」

「這才令人頭痛。

風間少校，你說得沒錯。

即使原本是當成兵器開發，但現在不一樣。

如果只以兵器的身分存在，將會被排除在人類世界之外。」

「閣下。」

風間這句話打斷九島老者像是回憶過去的話語。

「如同閣下明白這邊的狀況，在下也在某種程度明白閣下的狀況，自認知道閣下關心達也的真正理由。」

這次輪到九島沉默。

「基於這個立場，請容在下提出一項建言與一項訂正。」

「……說說看吧。」

「在下認為不需要憐憫達也。他並非可憐的實驗動物，不是這麼溫馴的存在，反倒是憐憫才違背他的本意。」

「這是建言？」

「是。至於訂正則是……並非將來，達也現在就已經是本軍寶貴的戰力。在下這種說法聽起來或許是護短，但是達也的戰力和一条將輝處於不同層次。

一条將輝在防衛據點的作戰中，他一個人的戰力應該就匹敵裝甲連隊。

不過達也一個人的戰力就匹敵戰略導彈。

他的魔法是理所當然要加裝好幾道安全鎖的戰略兵器。

要他獨自背負這份管理責任，才是更殘酷的事情。」

◇◇◇

朝東方行駛的車內，達也並沒有頻頻打噴嚏。

藤林駕駛的電動車——正確來說，是接受交通管制系統引導的藤林座車，正沿著高速公路東進，在深夜之前進入橫濱市區。

兩人搭乘的車子停在一座高臺，這裡東面橫濱港，北臨二十一世紀末的現在（即使中日經常

「……明知敵國間諜四處猖狂，卻沒有封鎖或臨檢，搞不懂政治家到底在想什麼。」

藤林俯瞰中華街憎恨低語，旁邊的達也聳了聳肩。

「因為表面上，那條街是逃離國家高壓統治的華僑對抗祖國的主要據點之一。」

「那當然是騙人的嘛。」

「只是表面上的藉口。」

「也要有個限度。我國明明戰勝卻未簽訂和平條約，就只是和大亞聯盟從三年前處於休戰狀態，法律上依然是交戰關係。大家都知道這裡是敵國臥底活動的據點，卻沒人著手整頓。」

「或許不少人和少尉的想法相同。」

藤林一副隨時會咂嘴的樣子，達也則是以悠然自得的語氣回答。

語帶玄機——聽起來如此——的這句回覆，使得藤林瞪大眼睛凝視達也。

「……你知道某些內幕？」

「不，單純只是我的願望。」

達也背對藤林如此回答，像是要結束這個話題。

他轉身面對這座都市最高的建築物。

造價很高，物理高度也最高的建築物。

直到這個世紀中還被稱為「望港山丘公園」的這個地方，如今蓋了一座以三棟建築物組合而成，能將橫濱港與海灣盡收眼底的超高大樓。

建築物名為「橫濱港灣高塔」，是市民簡稱「灣塔」的熟悉地標，包含旅館、購物中心、商辦空間與電視公司的綜合大樓。魔法師交流組織「日本魔法協會」的關東分部也不是設在東京，而是設置在這棟大樓（總部在京都）。

不過這座建築物只有表面宣稱純粹是民間設施，不只是市民，這事實眾所皆知。這裡其實是用來監視出入東京灣的船舶，國防海軍與海上警察偽裝成民間公司，在這裡設置辦公室。

此外傳聞也大多認定，魔法協會把分部設立在這裡，是當成發生狀況時的防衛手段。而達也與藤林都知道這並非「傳聞」，完全是「事實」。

「少尉，麻煩您了。」

「我真的該申請加班費吧？」

時間已接近深夜。

這裡不是警備員看守的後門，而是只能從內側開啟的安全門。藤林把小型情報終端機按在門邊，以另一隻手操作ＣＡＤ。

理應沒有外部輸入的界面，也沒有無線輸入功能的開關裝置，在改寫導電率分布的壁面傳送入侵程式後，開門迎接兩人進入。室內的監視裝置，也在藤林的入侵之下只對兩人失效。

橫濱GRAND HOTEL——這是本世紀前半，香港在中華街投資建造的高層飯店，和NEW GRAND HOTEL前身的同名飯店毫無關係——的頂樓上層，住宿客所不知道、原本不應該存在的真正頂樓某房間內，正在匆忙進行搬遷準備。

這個房間是香港國際犯罪集團「無頭龍」的東日本總分部，即東日本活動的司令室。

經營這棟飯店的香港資本，本身早已遭到無頭龍併吞，所以形容成犯罪活動的司令室或許會比較正確。

所謂的搬遷並不是搬運傢俱，主要搬運的是並未紀錄在電腦系統的極機密帳簿等資料。這是連施加高度保全裝置的系統也沒登載的極機密帳簿，因此不能交由部下打包。一群身穿高級名牌西裝的壯年（應該說邁入老年）男性，一邊以絲質手帕擦汗，一邊以戴著金銀珠寶亮麗戒指的手笨拙打包，這幅光景看在旁人眼中頗為滑稽。

對於當事人而言，這種事當然不好笑。

「可惡……別以為我們會善罷甘休。」

一人停止動作，以像是聽得到咬牙聲的語氣咒罵。

「話說回來，施法器居然毫無斬獲就被逮捕……」

「這是預料外的狀況，沒想到日本帝國軍的特殊部隊會跑來出風頭。」

「託他們的福，我們得連夜潛逃。」

「只是戰勝一次就得意忘形……」

在場所有人都說出隱藏至今的真心話，受到焦躁情緒攔阻的怨言再也停不住。

「我們遲早一定要向日本帝國軍報復，不過更應該以解決那個小鬼為優先吧？」

「害我們計畫悉數泡湯的那個囂張小子嗎？」

「記得他叫作司波達也？那小鬼是什麼來歷？」

「這……查不出他的底細。只查到姓名、住址、學校所屬單位以及長相。別說家世，連家庭成員都不明，家長職業也只知道是公司職員，其餘細節不明。除了日常所需的資料，所有個人資料完全查不出來。」

「這是怎樣？這個國家放眼全世界，也是個人檔案資料庫相當齊全的國家。就算只調閱民間資料庫，只查得出這些資料也很奇怪吧？」

「應該不是資料被封鎖，而是『司波達也』的相關資料遭到整體性的刪除。除此之外，沒有其他可能性。」

無頭龍東日本總分部的幹部們，凝視著發言者（同僚）的臉打量，接著默默相視。

「……他不是普通高中生？」

「想要從所有民間資料庫改寫整體資料，即使是國家權力也需要相當高階，或者必須擁有自由介入國家最高權力的影響力。」

「他到底是什麼人……？」

完全停止打包動作的他們，忽然聽到模糊的慘叫聲。

無神佇立在房間角落的四個人影。

借給他們東日本總分部幹部們防身的施法器。

這裡使用了四種術式阻斷外部攻擊。施展魔法的器具之一，負責對外牆施加情報強化的施法器，就是慘叫聲的源頭。

眾人立刻明白原因何在。

不用期望就被迫理解。

南面牆壁開了一個大洞。

不是被撞破、不是被割開、不是被粉碎，而是水泥牆化為砂礫與水泥粉崩解，只剩下鋼筋骨架與管線。

這聲慘叫來自情報強化魔法遭破解之後，反作用力造成的痛苦。

然而，痛苦的慘叫聲只出現片刻。

幹部們是經由後續思考，才想到這聲哀號的原因。

無頭龍不是單純的犯罪集團，是濫用魔法的犯罪組織。

拔擢為幹部的條件，就是自己必須是魔法師。

東日本總分部的幹部們，當然都是魔法師。

會使用魔法，能認知魔法。

所以他們也知道剛才發生什麼事。

發出慘叫聲的施法器，記載身體情報的個別情報體皮層——魔法師下意識展開，保護自己身體不受他人魔法侵犯的情報強化防壁——從身體表面被剝除。

不，依照外觀帶給人的印象，形容成「鎧甲熔化蒸發」比較接近。

而就在下一瞬間，擁有實體的施法器，全身卻彷彿立體影像般出現了雜訊，身體輪廓連同衣服一同消失。

施法器至今所在位置的空中，燃起淡色火焰。

藍色、紫色與橙色相間的火焰，在消防灑水器運作不久後，就像是閃光瞬間消失。

些許灰燼落在地毯。

施法器只留下這些東西，整個人消失無蹤。

幹部們嚇破膽，甚至無法出聲喊叫。

只露出戰慄的表情面面相覷。

此時，電話忽然響了。

是只有組織內部使用，來自祕密線路的來電鈴聲。

一名幹部戰戰兢兢拿起話筒。

操作面板顯示這是語音對話，沒有影像。

「Hello, No Head Dragon東日本總分部的各位。」

從擴音器傳出的，是一名年輕男性——少年的聲音。

◇◇◇

達也與藤林來到橫濱灣塔北側高塔的樓頂。

這裡設置了電視公司的信號天線，以及無線通訊的中繼設備。

藤林以剛才的終端裝置按在中繼設備，用觸控式螢幕進行各種操作。

「……好，入侵完成。已經改寫成所有無線訊號都和這裡連結。」

「不愧是『電子魔女』，只有這是再怎麼運用術式都做不到的事情。」

「謝謝，我可不能容許別人輕易模仿。」

藤林露出打趣的笑容，但實際上似乎也不討厭達也這麼稱讚。

「阻斷有線通訊了吧？」

「真田上尉已經在這部分打理妥當。」

達也以左手握著情報終端裝置附屬的語音通訊元件，輸入藤林指示的代碼，維持著再按一個按鍵就能通話的狀態。

他從胸前口袋取出防風墨鏡戴上。

接著從左邊的肩掛式槍套拔出長型ＣＡＤ。

這是模仿長槍身的自動手槍外型設計而成，銀色的特化型ＣＡＤ。

達也站在防止墜樓的柵欄前方，右手朝斜下方伸直。

ＣＡＤ的「槍口」，對準山丘遙遠下方的橫濱GRAND HOTEL。

「……這就是『施法器』啊。」

「嗯，肯定沒錯。雖然是第一次抓到，不過這種特徵和情報部的報告完全一致。」

灣塔樓頂距離飯店頂樓，直線距離至少超過一公里。

達也手握的是手槍造型ＣＡＤ，當然沒有安裝瞄準鏡。

但是藤林依然沒問「你看得到？」這個問題。

因為她早就知道達也看得到。

藤林自己使用的觀看方式和達也不同，不過同樣也看得見室內有多少魔法師，以及其中有幾人是施法器。

「自我意識被奪的魔法施展裝置。被開發為兵器的魔法師所步上的末路嗎……」

「…………」

「……我說得太過火了，抱歉。」

藤林無言地投以白眼，使得達也尷尬道歉。

並非魔法師都甘於成為兵器，所以剛才的發言確實不妥。

不過達也即使道歉，也不打算否認自己有所共鳴。

達也覺得施法器的立場和他類似。

因此，他在所剩情感的範圍之內，感受到最大限度的厭惡。

那是有害又令人不悅的存在。

達也內心對於破壞這種「裝置」不會有任何猶豫。

銀鏃改造機──「三尖戟」。

達也扣下扳機，這是依照他的魔法進行最佳化的愛機。

指定為軍事機密，他天生擁有的魔法「分解」發動了。

將水泥外牆分解為原料粉末的術式。

成為媒介的牆壁開出了物理上的大洞，妨礙外部魔法干涉的「封閉」概念也開了洞。

達也的「視界」比剛才更加清晰地看見室內的狀況。

發動中的魔法遭到強制攻破，使得施法器受到打擊。

一般來說，即使魔法被破解，魔法師也不會受到這種程度的傷害。

應該是無法自行中斷或中止魔法的弊害吧。

他冷靜分析觀測到的事象，但是攻擊意志——殺意沒有平息。

達也識別到一名施法器製造出領域干涉力場保護五名幹部，另外三名施法器則是以領域干涉力場保護自己。

他扣下三尖戟的扳機。

外牆分解而受到傷害的施法器，其「領域干涉力場」、「個別情報體皮層」、「肉體」的情報，都當成變數輸入魔法式。

三項魔法工序毫無剎那延遲就接連發動。

第一工序是分解保護目標物的領域干涉力場。

第二工序是分解保護目標物肉體的情報強化。

至於第三工序，則是將目標物肉體分解為元素層級。

甚至不認同對方是有機物，甚至無法留下曾經為生物的痕跡，蛋白質成為氫、氧、碳、氮與硫，骨骼成為磷、氧、鈣與其他微量元素，包括血液、神經、儲存的養分甚至排泄物，全部分解為單一元素構成的分子或離子。

以氫氣為代表的較輕元素，沿著天花板從外牆的洞排放到室外。

易燃元素的氣體，和釋放的氧氣結合之後自燃。

這一幕看起來，或許像是人體自燃現象。

然而真相並非焚燒殆盡，是消失殆盡。

將三種分解魔法當成三連工序建構而成的單一魔法式，完全不容許任何抵抗，將理應受到魔法力保護的魔法師肉體消滅。

「三尖戟……毛骨悚然真的就是指這種光景……」

調校用來發動三連魔法的特化型ＣＡＤ。

在《魔法大全》裡，「三尖戟」是另一種魔法的稱呼。

然而，獨立魔裝大隊裡的「三尖戟」，指的是這個無情的三連分解魔法，以及配合這個魔法最佳化的ＣＡＤ。

藤林無法掩飾戰慄脫口細語，達也不以為意，把待命的情報終端裝置語音通訊接通。

入侵中繼設備之後，專用線路的認證系統也失去意義。

「Hello, No Head Dragon東日本總分部的各位。」

達也以開朗到不自然的語氣如此搭話。

◇　◇　◇

接電話的幹部，以藏不住困惑的表情，轉頭看向同僚。

這是幹部之間進行通訊，也是和總部通訊的專用線路。除非是分部長或是總分部評議會層級的幹部，否則即使是組織成員也無法使用這條線路，甚至不知道有這條線路。無頭龍裡別說是十幾歲的幹部，連未滿三十歲的幹部都沒有。

「……你是誰？」

詢問的聲音沒辦法使用高姿態的質詢語氣，應該是因為剛才目擊人體消失的光景，使得內心受到恐怖情緒的打擊。

『在富士受各位照顧了。』

聲音聽起來是十幾歲的少年，語氣卻是獨當一面的大人。

『我順便前來回禮。』

隨著這句話，保護他們幹部的領域干涉力場忽然消失。

不只是接電話的人，除了沒有自我意識的魔法裝置，所有人反射性地看向室內角落。

一道淡色火焰，在他們的視線前方燃燒並消失。

接連出現的熱源，使得消防灑水系統產生反應，天花板噴出高壓水霧。

原本站在那裡的施法器消失得無影無蹤。

「是哪裡？十四號，是從哪裡來的？」

一名幹部以高八度的聲音大喊。

只要是魔法師，就可以從事象改寫的反作用力，察覺到對方魔法的作用目標與施展位置。足以將人體分解成分子等級的強力魔法，在這麼近的距離產生作用，原本不可能感受不到施展魔法的位置才是。

明明即使掌握不到正確距離，至少能知道術士的所在方向——但這名幹部只能大喊。

相對的，不知道何謂動搖——內心動搖機能已經遭到損毀的施法器，即使同類被毀壞也不會陷入恐慌。

十四號緩緩指著牆上開出的洞。

指著洞的另一頭，這座城市的最高處。

另一名幹部連忙拿起狙擊槍。

看向光學與數位複合瞄準鏡，提高望遠倍率。

一名少年站在橫濱灣塔樓頂，西傾的上弦月光芒照亮他的上半身。

望遠倍率提升到最高。

對方戴著墨鏡看不出長相，然而看得見對方沒遮住的嘴唇露出嘲諷笑容。

看到這張扭曲笑容的男性，在下一秒慘叫蹲下。

忽然分解彈開的瞄準鏡零件刺傷眼球。

然而其他人無暇關心這個按住單眼呻吟的同僚。

「十四號、十六號，動手！」

命令施法器反擊的聲音，不只來自一人。

然而──

「不可能。」

「打不到。」

機械只會做出做得到的事情。

改造成任何狀況都能穩定行使魔法的施法器，沒有拚命將力量絞盡到超過極限的功能。

「不准頂嘴！動手！」

十四號與十六號以毫無抑揚頓挫的聲音齊聲回應，按著眼睛跪地的幹部因而火冒三丈。

回應他的聲音來自話筒。

『你以為我會讓他們動手？』

十四號與十六號的身體出現雜訊。

兩人步上和同伴完全一樣的後塵。

『別命令道具，自己動手如何？』

嘲笑聲搶在這句揶揄之前傳入耳中。

但他們已經失去對此動怒的氣力。

距離遠到無法以肉眼辨識是否有人。

場中沒有任何人的魔法實力，強到能對無法視認與識別的對象施展魔法。

一人撲向有線電話。

另一人拚命以手機終端裝置撥打無線電話。

然而，有線電話只傳來斷線訊號聲。

至於情報終端裝置的語音通訊元件……

『沒用的，現在只有我能和那個房間通訊。』

只響起和最初話筒相同的聲音。

「荒唐，連無線通訊都……到底是怎麼做的……」

『我聚合了電波。至於方法，你們沒必要知道。』

他們的知識足以理解這番話的含意。

只不過，這份知識只讓他們的絕望感加劇。

『那麼，正式來吧。』

隨著惡魔的宣告，按著單眼的男性出現雜訊。

他的臉因為真正的絕望而扭曲。

這張表情持續扭曲——化為塵埃消失。

灑水三次使得溼度提高的室內，已經不會再出現燃燒現象。

同僚沒燃起送終之火就消失，使得男性們表情凍結。

一人衝向房門。

他的背後出現雜訊，輪廓瓦解，消失無蹤。

僅存的無頭龍東日本總分部的三名幹部，領悟到自己的生命掌握在魔神手中。

被迫領悟。

「慢著……等一下！」

位居東日本總分部之分部長的男性，搶過話筒如此大喊。

『要我等什麼？』

他只是忍不住喊出這句話。

他不認為對方會放過他們。

會手下留情的人，不會使用這種把人當成檔案刪除的做法。

然而對方出乎預料有所回應。

「我……我們再也不會干擾九校戰！」

『九校戰明天就結束了。』

「不只是九校戰！我們明天早上就離開這個國家！再也不會回到這個國家！」

『即使你們不再回來，也會有其他人過來吧？』

「我們無頭龍會退出日本！不只是東日本，我也會要求西日本總分部撤退！」

『道格拉斯·黃，你有權限保證這種事？』

對方知道自己的姓名，使得黃嚇得心臟差點停止，但還是拚命表述。

「我是首領的親信！首領也沒辦法不聽我的建議！」

『你為什麼能說這種話？』

「我曾經拯救過首領的性命！受人拯救多少次性命，就要實現多少願望來償還恩情，這是我們的原則！」

『你想用這份「恩情」求饒是吧？』

兩人份的視線刺穿黃。

其中蘊含遭受背叛的憎恨與殺意。

然而黃無暇在乎這種事。

『你不是需要用這份恩情買回自己的命嗎？』

「不對！用不著這麼做，首領也不會拋棄我！」

『意思是你有這種程度的影響力？』

「對！」

『你能證明嗎？』

「這……」

『No Head Dragon——無頭之龍，聽說這個名稱不是你們自己命名，而是因為首領不曾在部下面前現身，敵對組織才如此稱呼你們。據說要親自肅清部下時，也是先讓部下昏迷再帶到自己房間，行跡隱瞞得十分徹底。』

不同於死亡恐怖與消滅恐怖的戰慄襲擊黃。

己方的底細被知道得過於詳細。

至今的己方，到底冒犯到何方神聖？

『既然你擁有這種程度的影響力，當然看過首領吧？』

然而，黃無暇思考。

為了活下去，只能迎合這個惡魔的任性情緒。

「我獲准謁見首領。」

『首領叫什麼名字？』

黃沉默了。

這是組織的最高機密。

長年植入的恐懼與忠誠，凌駕於眼前的恐懼。

不過只限於片刻。

「詹姆斯！」

又有一名同伴從這個世界消失。

甚至不容許以人類身分死亡，完全消滅。

這一幕，和他們首領親手對死者進行的冒瀆，同樣令人毛骨悚然。

『剛才那是詹姆斯．朱啊？這樣有點對不起正在通緝他的國際警察。』

「慢著……」

『道格拉斯．黃，再來換你吧？』

「等一下！……首領的名字是理查德．孫。」

『對外的姓名呢？』

「……孫公明。」

『住哪裡？』

香港高級住宅區的住所、辦公大樓的名稱、常去的俱樂部等，黃有問必答。

「……這就是我知道的一切。」

『我這邊也剛好問完，辛苦了。』

「那麼，你願意相信我？」

『嗯，你毋庸置疑是無頭龍首領——理查德·孫的親近。』

黃備受打擊洋溢著虛無感的臉上，隱約浮現喜悅的神色。

失而復得的些許希望……

「葛列格里！」

和最後一名同僚一起，完全消失了。

「……為什麼？我們沒有致人於死，我們沒殺任何人啊！」

◇ ◇ ◇

『……我們沒殺任何人啊！』

語音通訊元件傳來這種自私的辯解。

這只不過是結果論。

他們企圖屠殺觀眾，只是由柳、真田與藤林阻止。

然而達也沒有指摘這一點。

「和這種事無關。」

『什麼……？』

「你們要殺掉多少人或救活多少人，對我來說都無所謂。」

達也差不多懶得繼續演這齣提不起幹勁的內心戲，不想再粉飾言語。

既然現在已經打聽到所有需要的情報，也沒有這麼做的必要。

「你們冒犯了絕對不可冒犯的東西。

你們觸碰了我的逆鱗。

光是如此，就構成你們消失的理由。」

『……你這惡魔！』

「道格拉斯‧黃，託你們的福，我才能夠施展你所說的惡魔之力。雖然力量依照我的意思施展，但是情緒使這份力量更上層樓。」

達也話筒旁邊的嘴，輕輕發出自嘲的笑聲。

笑聲隨夜風而逝，取而代之的冷酷聲音，交織出賦予絕望的話語。

「多虧你們喚醒我擁有的唯一情感，我才能久違釋放這份『惡魔之力』。」

『惡魔之力……？這個魔法，這難道是……Demon Right〔惡魔右手〕？』

這是黃臨死前的吶喊。

黃的聲音至此斷絕。

道格拉斯．黃這個人，永遠從這個世界消失了。

【13】

九校戰也迎接最後一天的到來。

今天舉行的競賽只有「祕碑解碼」一種，單淘汰決賽第一場在九點開始，第二場十點，下午一點舉行季軍賽，兩點舉行冠軍決賽。

接下來三點半進行頒獎典禮與閉幕儀式，競技場上的九校戰於五點全部結束。

之所以強調「競技場上」，是因為七點將舉辦宴會。

和開幕儀式前的交誼會不同，閉幕儀式之後的宴會，才是各校真正的親善交流場合。

這場宴會，甚至每年都會撮合不少遠距離戀愛的情侶。

不只是高中生之間的交流，也有機會認識魔法師社會的有力人士，這兩項要素尤其令三年級生期待這場宴會。

然而對於晉級淘汰賽的四校來說，這一切都必須等到比賽結束。

各校已經不再手忙腳亂。

選手與後勤人員都已經盡力而為，靜靜等待決戰時刻來臨。

第一高中的帳幕也不例外，以穩如泰山閉目靜坐的克人為中心，選手與後勤人員有人神情緊張，有人拚命壓抑浮躁的心態，等待著第一場比賽的號令。

參賽成員是十文字克人、辰巳鋼太郎、服部刑部三名選手，以及負責最終競賽項目的三名技術人員。五十里也在其中。

不遠處是真由美、摩利、鈴音、梓等，以學生會為中心的各幹部。

再來是以花音為首的二、三年級選手。

沒能進入帳幕的人們，在加油區引頸期待選手上場。

然而到處都沒有達也的身影。

◇　◇　◇

「你不用去加油？」

「……距離開賽還有一段時間。」

藤林詢問之後，達也吞下口中的食物如此回答。

達也依照昨晚的指示，用過早餐之後造訪風間的房間。

然而房間主人一大早就出門密會某人，在等待的時候，藤林招待了本日第二份早餐——他也正值發育期，加一份三明治當點心也完全不會覺得撐。

在不違反禮儀的範圍內進行交談，並將盤裡食物清空時，風間剛好帶著真田與柳回房。風間對起身敬禮的達也與藤林簡單答禮，以手勢指示兩人坐下。風間坐在達也前方，柳坐藤林旁邊，真田坐達也旁邊（藤林於剛才告知，山中已先行返回從駐紮地升格為基地的霞浦基地）。

「昨晚辛苦了。」

風間簡單問候之後就提出這個話題。

「不，為這種私事勞煩各位，在下才應該道歉。」

「我們也遭受襲擊，所以不是私事。」

「何況昨晚取得了寶貴的實戰資料。能在直線約一千兩百公尺距離狙擊成功的對人長程魔法資料很難取得。超長程精密攻擊原本就是你的風格，對於精通ＯＴＨ（over the horizon）狙擊的你來說，這種距離或許不太夠，不過這是令我滿意的觀測結果。」

達也起身低頭致意，柳與真田各自出言安撫與慰勞。

「就是這麼回事。此外，昨晚的伴手禮讓內情與公安都滿意得超乎預料。既然貴官已經完成任務，即使稍微加入自己要辦的事情也無須在意。」

風間基於上述意見如此總結。

「……只是普通犯罪集團首領的情報，有這種價值？」

昨晚刻意打電話，還花那麼多時間以言語凌遲對手，除了達也自己想還以顏色，另一方面也是風間的指示。

「因為那不是普通的犯罪集團。」

「………」

「達也，你對『魔法增幅器』知道多少？」

達也以無言的方式提問，真田則是如此開口。

「在下聽過這個名詞。那是犯罪集團近年盛行的、劃時代的魔法增幅裝置。老實說，在下認為很可疑……」

「魔法增幅器真有其物。就某種意義來說，也確實是『劃時代的魔法增幅裝置』。」

「說起來，魔法真的可能增幅？」

達也不認為真田會在這種時候說謊，或是聊起沒什麼根據的傳聞，但即使如此，還是無法拭去「可疑」的印象。

在魔法程序中，包含魔法師將名為魔法式的「訊號」輸出到目標物個別情報體，所以不能斷言完全和增幅的概念無緣。

然而魔法式的輸出程序，是情報在「情報體次元」這個單一情報平臺的移動，並不是魔法式這種訊號在魔法師與目標物之間進行物理移動。

魔法師構築的魔法式，到底能從哪裡增幅……這是第一個疑問。

「不是基於一般含義的增幅。我想想……這是一種不只提供魔法式設計圖，還能在術士以設計圖構築魔法式的過程提供輔助的ＣＡＤ——應該這樣形容吧？魔法師可以藉此構築超越原本容納力的魔法式。」

「這……與其說是『增幅器』，更像是『擴充記憶體』。」

「算是吧。」

風間出聲笑了好一陣子，大概是達也的說法戳中笑點。

「……通俗名詞無法表現本質的狀況並不罕見。那麼回歸正題，無頭龍是魔法增幅器的供給源頭。這個道具的問題在製造原料，正當企業無法製造相同的東西。即使是國家，事機敗露的風險也太高，所以魔法增幅器的供給，事實上是由無頭龍壟斷。」

「那麼，之所以需要首領的情報，是為了購買這種魔法增幅器？」

「不，我們需要目標對象的情報，是為了阻止這種魔法增幅器的製作與供給。

那東西不能存在於世間。我絕對不想用，也不希望隊友用——達也知道ＣＡＤ核心零件『感應石』的製造方式吧？」

「感應石」是將想子波動轉換為電流訊號，將電流訊號轉換為想子波動的合成物質。對於話題忽然轉換而略微困惑的達也點頭開口。

「感應石的製造方式，是從分子等級進行化學合成，將強化網路構造的神經細胞結晶而成。網路構造的差異會決定轉換效率，所以重點不是神經細胞的物質特性，而是網路構造的形態。但目前除了人造神經細胞，沒有以其他材料成功製造感應石的案例報告。」

真田滿足地點頭回應達也的回覆。

「沒錯。但這增幅器的核心零件，就是以人造神經細胞以外的材料製造的感應石。」

「材料到底是……？」

「人類的大腦。」

真田的回答令達也啞口無言。

「更正確地來說，是魔法師的大腦。」

「……可是，之前使用動物腦細胞的時候，由於腦中殘留想子，所以成品應該無法和使用者相互感應。改用人類腦細胞理應也是相同結果。」

達也啞口無言的主要原因，並不是這種做法慘絕人寰。

他知道在CAD開發的黎明期，進行過動物實驗與人體實驗。

無視於倫理、良心、信仰等一切制約，不顧一切摸索嘗試之後，以神經細胞進行化學合成的感應石製造技術才得以確立。

然而無頭龍顛覆了這個魔法工學的常識。

達也驚訝的是這件事。

「功能並非和一般的感應石完全相同。一種增幅器只能使用一種特定魔法，而且每個增幅器能使用的魔法也不同。雖然這麼說，似乎能夠在某種程度指定類別。我們推測，增幅器能夠使用的魔法種類，應該是依照製作時殘留於腦部的意念而定。也就是說，只要在製造過程賦予相同種類的強烈情感，就能做出相同種類的增幅器。」

「……例如在切除腦部之前，施加強烈的痛苦或恐怖？」

「或許如此。」

「……這是蠱毒的原理。」

「我有同感。增幅器應該是以蠱毒的技術基礎發展而成。我們這支實驗部隊的目的，是試圖將魔法當成武器，並且將魔法師納入軍事系統，但我可不會把魔法師當成道具使用。我自己就是魔法師，而且少校、柳上尉、藤林少尉，以及包含士官兵的部隊成員幾乎都是魔法師。如果只是施法器的等級或許還能原諒，但是絕對不能承認增幅器的製造與使用。」

「即使除去這種情緒因素，能夠擴張魔法師容納力的增幅器，也是軍事上的威脅。北美情報局似乎也抱持相同見解，並要求內情提供協助。達也，壬生非常感謝貴官喔。」

風間補充之後，當下的說明至此結束。

◇　◇　◇

達也在加油區東張西望尋找空位時，前方射來一顆冰塊。

他連忙舉手接住，並且在放下手的時候，和深雪目光相對。

達也放棄裝作沒看見，乖乖走向靠近最前排的座位。

「……好暴力的迎接方式。」

「還不是因為哥哥假裝沒看見。」

……達也無從反駁。

不，他之所以裝作沒看見，是因為不想在比賽即將開始時，在加油區做出顯眼的舉動。但即使基於這種（對達也來說）正當的理由，顯然也無法為妹妹接受。

不過，就附近座位同學與學長姊的表情來看，深雪絕對不是站在有理的一方——只是達也一點都不感謝眾人微溫的同情目光。

「喔，選手進場了。」

「達也同學，你來的時間剛好！」

回應達也細語的不是深雪，是坐在達也另一邊的穗香。忙著以滿不在乎的笑容擊退微溫視線的深雪來不及回應，只好重新坐得靠近達也一點。

單淘汰決賽的第一場，是第一高中對第九高中，湊巧和新人賽的編組相同。

第九高中應該也抱持雪恥的意識，三名選手看起來都幹勁十足。

相對的，第一高中的三人一如往常各有不同。

克人泰然自若、辰巳洋溢著有些恍神的氣息、服部正經八百回應對方的挑釁視線。

完全一如往常的樣子，令人感到可靠。

「該說安心感的差距嗎……我們實在比不上。」

「沒那回事！我從來不擔心哥哥的勝利。」

「達也同學等人也很出色！我認為非常穩重氣派！」

達也只是不經意低語，卻立刻收到難以判別是安慰或激勵的回應，使得他有些驚訝。

她們終究察覺到開賽前的氣氛而壓低音量，所以沒有引人注目，但無法保證每次都是如此。

達也體認到禍從口出（？）的道理而繃緊精神，摒除腦中雜念專心加油。

——雫投過來的白眼刺得他好痛，也是原因之一。

——然後，比賽無視於這段插曲開始。

賽場是仿造石灰岩地形的「岩地戰臺」。

開賽訊號聲一響，服部就從第一高中陣地往前衝。

不時加入跳躍魔法，以無法只靠腳力施展的速度衝入敵陣。

第九高中的動作比較遲鈍。

比起展現的鬥志是他們占上風，但實際上是第一高中先發制人。

依照第九高中鼓足幹勁的程度，他們應該也企圖搶先攻擊。

然而服部出乎預料斷然衝刺搶得先機，使得他們遲於應對。

集中戰力打倒對方攻擊者，確保人數優勢？

交給防守者迎擊，按照預定殺入敵陣？

還是刻意營造出停頓的氣氛？

服部在超過中線的位置停步，朝著在自己陣地拖拖拉拉的九高三名選手施展魔法。

隨著上升氣流，第九高中的小隊頭上出現了一陣白霧。霧迅速變濃，如同無法承受己身重量朝地面崩落。

乾冰的冰雹從天而降。

這是聚合、發散與移動系的複合魔法——「乾冰雹暴」。

是真由美在「精速射擊」使用的魔法原型。

這種魔法是將二氧化碳溫度降低到冰點時釋放的熱量（顯熱），以及二氧化碳凝結時釋放

的熱量（潛熱）置換為乾冰子彈的動能，子彈速度和氣溫成正比。從魔法防禦界線外側正上方射下的乾冰子彈，即使躲在岩石後方也無法避開。選手戴著頭盔，所以指尖大小的冰塊不會造成重創，但要是持續命中至少會引發輕微腦震盪。

維持現狀將會直接導致無法戰鬥而落敗，因此九高其中一名選手，在上方展開一面保護三人的魔力盾——將降落速度改寫為零的虛擬護壁。

這名選手架設的魔力盾，只能將物體速度變零一次，物體在空中瞬間靜止之後就依循重力落地。服部製作的乾冰，在冷卻周圍空氣凝結水蒸氣之後，和毛毛細雨一起降落在地上、九高選手身上以及石灰岩上。細雨吸收乾冰融化而成的二氧化碳，成為碳酸霧飄散在周圍。

由於是岩石環繞的地形，這陣霧遲遲沒有從第九高中陣地擴散。

霧沒有濃到妨礙視線，不過一旦在意冰冷纏身的溼氣就會很不舒服。不同於架設魔力盾的另一名選手試著製造氣流，要吹走「乾冰雹暴」的副產物。

然而服部的下一個魔法更快發動。

這個術式是讓砂石粒子細微振動，藉此產生微弱靜電，同時改寫砂石的導電性，將電流增幅後從地面釋放。

第八高中新生同樣在岩地戰臺使用過強迫釋放電子的魔法，服部的魔法屬於相同種類，但威力與洗鍊度處於不同級數。

沿著第九高中魔法防禦界線，寬五公尺的弦月型區域發出光輝。

無數細微電光交錯閃爍的樣子，如同一大群蠕動推擠的小蛇。

在砂石地表零星生長的雜草，四周隨意棄置的岩石，都被融入二氧化碳、容易導電的霧水給完全濡溼。

在防禦界線外側蠕動的電流小蛇無須以魔法操縱，就沿著地面襲擊九高選手。

組合魔法——「迅襲雷蛇」。

所謂的組合魔法，不是以複數魔法工序整合成單一術式的魔法，而是將複數魔法各自造成的現象組合起來，使得效果更勝於個別魔法加總的魔法技術。

服部沒有出類拔萃的強力魔法，沒有他人自嘆不如的處理速度，也沒有別人學不來的多重演算能力。相對的，他在任何狀況都能確實施展多變魔法，這種穩定性就是他的特色與實力。

依照狀況搭配多采多姿的魔法，以相乘效果提升威力，這種組合魔法堪稱是服部能夠發揮真本事的技術。

第九高中的三人，其中一人跳到空中逃離電流。

然而架設魔力盾的選手，及正在構築魔法吹散霧的選手，晚一步才切換為跳躍術式。

電光纏住九高選手的腳。

和防護服成套的長靴本身進行過絕緣加工處理，但服裝本身的絕緣處理很陽春（提高絕緣性能會降低透氣度）。

融入碳酸氣體的霧，同樣附著在選手身上滴著水。

正在準備強風魔法的選手，連忙更換變數讓風往下吹，將霧狀水滴吹散減弱電流，但是架設魔力盾的選手被「迅襲雷蛇」打個正著。

一名隊友往前倒，旁邊另一名隊友單腳跪地。

跪地的選手放棄鞭策不聽話的腳，維持這個姿勢以手指操作CAD。

天空傳來一聲慘叫。

跳起來逃過電擊的選手，被空中的無形槌子擊中，毫無防備地落下。

這是在單一系統術式誇稱擁有卓越威力（干涉強度）的辰巳鋼太郎施展的加速魔法。他瞬間施加向下的G力，將敵方選手打落地面。

但是九高選手不以為意，發動聚合魔法。

不會因為同伴被擊墜而分心，或許該稱讚他不愧是晉級單淘汰決賽的成員。

壓縮空氣彈瞄準服部射來。除了水中或太空這種特殊空間，無所不在的空氣原本就是廣為使用的戰鬥魔法媒介。

加上「祕碑解碼」限制攻擊方式與殺傷性，因此選手傾向常用壓縮空氣彈或真空刃。

服部的魔法防禦領域外側出現高壓空氣塊——但在命中服部前就撞上無形牆壁四散。

不是服部架設的防壁。

阻擋壓縮空氣彈的魔法，是克人在四百公尺後方展開的「反射護壁」。

不拘固體、液體、氣體，架設力場反轉向量的領域魔法。

一般來說，領域魔法的施展難度，高於針對特定目標行使的魔法。

這源自於指定魔法目標對象的難度差異。

無論是改變物體屬性或改變空間性質，改變事象的難度沒有太大差別。問題在於如何畫出改寫性質的領域範圍。

在有牆壁、天花板或柵欄這種明顯界線的狀況就很簡單。但是例如在野外這種毫無界線的開放空間，很難切割特定空間進行定義。

如果是攻擊魔法，只要在啟動式事先記述目標領域的範圍，就可以降低難度。

然而若是防禦魔法，必須配合對方不曉得會以何種距離或範圍施展的攻擊來設定施展領域，因此預先在啟動式寫入面積、容積、形狀的方法，只能在有限的場合使用。

比方說，保護自己一個人的護盾。

或者是防護整個小隊的護壁。

必須以自己為中心，在極近距離設定相對座標。

一般頂多只能做到這種程度。

但克人現在只以要保護的服部身體為目標，在毫無參考點的野外，不使用任何修正影像的輔助工具，而且是在四百公尺遠的位置，製造完美的「反射護壁」。

卓越的空間掌握能力。

十文字家的魔法師，藉由將天生的空間認知能力磨練到更高層次，熟練施展各種領域防禦魔法，因而得到「鐵壁」的別名。

服部發動下一個魔法。

完全沒有對第九高中的攻擊採取防禦。

他是以克人肯定會擋下敵方攻擊為前提構築魔法式。

砂塵從地面飛舞而上。

風捲起砂塵。

從服部前方約十公尺處出現的砂塵，隨著突進逐漸增加份量與速度，最後化為了砂暴濁流襲擊對方選手。

加速與聚合系的複合魔法——「砂塵流」。

以最初捲起的砂塵為核心，在移動過程增加密度的廣域攻擊魔法。

提高聚合度的砂暴，打倒了九高的選手。

◇　◇　◇

「真是高水準的比賽……」

達也以比賽結束的訊號聲為背景音樂，感觸良多發出讚嘆的聲音。

比賽本身幾乎一面倒。

他所說的「高水準」，指的是比賽時使用的魔法以及使用方式。

尤其是服部展現的魔法使用方式，高明到令達也覺得「真想讓深雪效法」（之所以不是自己效法，是因為他判斷自己學習不來）。

達也對服部的評價並不差。即使曾經在比試時勝過一次，但達也以客觀角度認為那是剛見面出其不意的成果。

達也至今在各種場合看過服部使用魔法，推測他使用魔法的技術力高於魔法力。

然而服部剛才展現的實力，老實說超乎達也預料。

（我看人的眼光還差得遠……）

「接下來終於是決賽了！」

達也就像這樣就某方面來說受到打擊，穗香無視於他的內心想法，純真地向他搭話。

對穗香來說，擔任學生會副會長的學長，魔法技能高超是理所當然的事。

這份「理所當然」的純真，迅速冷卻達也的腦袋。

自己還是高中生，沒眼光是理所當然。

心態一直未從昨晚的獨立魔裝大隊特尉身分抽離出來的達也，在這時候終於切換為身為高中生的司波達也。

「決賽一點開始，距離午餐還太早……」

「哥哥，要吃點涼的東西嗎？」

「贊成，我想吃冰。」

雫立刻回應深雪的提議。

今天沒有後勤工作。

如今也不需要在意犯罪集團的事。

偶爾像個普通的高中生悠哉一下也無妨——達也決定抱持這種想法。

「剛才有攤販在做生意，去那邊吃吧？」

「好的，請務必！」

一名少年加三名美少女，達也完全忘記在意這一幕看在別人眼中會怎麼想，帶著深雪等人前往冰淇淋推車攤。

「祕碑解碼」決賽確定在「溪谷戰臺」進行。

真由美來到選手待命室，轉達營運委員的這項決定。

只是傳話，總覺得不需要特地由學生會長負責。

事實上，如果只是轉達這項決定，真由美應該不會親自前來。

「十文字，你在嗎？」

她在入口對講機說完，立刻得到「現在過去」的回應。

片刻之後，克人以上半身背心加下半身防護服的樣子，掀開代替門板的布簾現身。

「我這身打扮真抱歉。」

「別在意，反正又不是沒穿衣服。」

克人身體隱約洋溢著酒精味。

並不是他在喝酒。

這是除臭劑內含少許酒精成分的味道。他隔一陣子才出來和真由美見面，應該是因為在意汗臭味。儘管他並非女權至上，卻是貨真價實的紳士，而且完全不會張揚這種貼心舉動。真由美認

為很像克人的作風。

「所以？」

把急事放在一旁，思考這種無謂事情的真由美，被重新詢問之後回過神來。

「決賽戰臺確定了。方便借點時間嗎？」

如果只是轉達決賽事項，只要在這裡直接說一聲就好。

但克人沒有詢問「為什麼」或「什麼事」，默默跟在真由美身後前進。

真由美帶克人來到的地方，是三天前真由美找達也商量事情的房間。

她和三天前一樣架設隔音護壁，把嘴唇湊到坐在桌前的克人耳際。

「父親寄了加密郵件過來，是師族會議的通知。」

「喔？」

「看來十文字沒收到。」

「嗯。」

克人的答案令人意外，不過解讀師族會議專用密碼很費時，必須獨處好一段時間解碼。即使現在是比賽空檔，但隊長離席太久招致周圍起疑就不太妙——真由美解釋為十文字家基於這層考量而沒寄信。

真由美與克人的立場和其他隊員不同。

不是學生會長或代表隊隊長這種立場的差別，是社會立場的差別。

真由美是現任十師族的直系後代。

而且克人的立場更不相同。

他和真由美同樣都是現任十師族的直系後代，但不同於真由美的地方是，克人確定是十文字家的下任當家。

若以本次參加這場九校戰的高中生為例，只有將輝和克人居於相同地位。

「一条學弟前天被達也學弟打倒，對吧？」

「……所以？」

克人的詢問不是「這又如何？」而是「所以？」。

不，其實這句詢問本身只是形式。

「十師族位居這個國家的魔法師頂點。

背負十師族名號的魔法師，非得是這個國家最強的魔法師不可。」

真由美語帶諷刺。她陳述的不是自己的想法，而是她父親以及師族會議的「教義」。她的想法應該另有不同。不過現在需要的並非她自己的哲學，而是師族會議的「教義」。

「上頭說即使是高中生的遊戲，也不能扔下這種結果，讓世人懷疑十師族的實力。」

「但是那場比賽的水準，可不是只以遊戲就能形容。」

光看字面是反駁，但語氣很平淡。

「換句話說，師族會議要求在下一場比賽誇示十師族的實力，對吧？」

「是的……其實我不想把這種無聊的任務塞給十文字你。」

「不……這反而是我這個十文字家下任當家應該獨自處理的事。抱歉害妳操心了。」

「我不在意這種程度的事情……」

由於心情無從宣洩，真由美難得認真發起毫無意義的牢騷。

「真的很無聊……即使是分支家系也好，要是達也學弟有十師族的血統，就不會被捲入這種三流喜劇了……」

克人對真由美的牢騷不做任何評論。

「交給我吧。」

只有不露情感地如此回應。

◇　◇　◇

「祕碑解碼」決賽是第一高中對第三高中。

以各種意義來說是新仇舊恨的對決，換個說法就是「命中註定的對決」，但是比賽本身比準決賽更加一面倒。

或許應該形容為「因果循環」。

將輝在新人賽對第八高中採取的戰法，被第一高中原封不動拿來對付第三高中。

大會選定的賽場是「溪谷戰臺」。

對方從剛才就發射冰塊、粉碎山崖讓岩石崩落、將溪水加熱沸騰並且發射，接連利用地形對克人進行攻擊。

然而所有攻擊都被克人展開的魔法護壁反彈。

逆轉物質的運動方向。

折射電磁波（包含光波）或音波。

調整分子的振動頻率回歸預設值。

阻止想子的入侵。

所有種類的攻擊，被為此展開的層層護壁阻攔。

無人能阻止克人的前進。

多重移動防壁魔法——「連壁方陣」。

這個魔法，以及十文字家術士的真正價值，不只是魔法防壁的持續力，而是無止盡更新各種防壁的持續力。

數列士兵組成一個區塊井然有序行進，不但團結起來提高防禦力，更直接轉化為攻擊力的重裝步兵密集陣型。

最前列的士兵一倒下，後列士兵立刻遞補，隨時維持強大的防禦力。冠上這個古代兵法的魔法，發揮著不愧以此為名的防禦力與壓力。

克人在左右狹窄的賽場，一步步確實走向敵陣。

第三高中選手無法忽略，也無法迴避。

要是攻勢稍微遲緩，或許立刻會遭受決定性的打擊……

隨著腳步逐漸增強的壓力，使得他們抱持這種強迫觀念，逼得他們持續攻擊。無法穿透的攻擊，原本應該會同時消耗攻方與守方的氣力，但是相較於完全氣喘吁吁的第三高中三人，克人絲毫不顯疲態。

在彼此距離不到十公尺時，克人終於停下腳步。

他的雙腳停止繼續踏出步伐。

而是猛然蹬地。

如同巨巖的身軀水平飛行。

他對自己施展加速與移動魔法，以側肩衝撞的姿勢衝向敵方選手，而且周圍依然架設著不容許任何物體入侵的護壁。

衝撞的力道撞破反物質護壁，震飛第三高中選手。

克人魁梧的身體毫無瞬間停滯就更換路徑，衝向下一個敵人。

既然魔法防禦與動能改變的干涉力都無法超過克人，這樣的保護力場毫無效力。

第三名選手無計可施地被震飛之後，「祕碑解碼」決賽就此落幕。

這是為第一高中總冠軍成績錦上添花的完全勝利。

克人舉手回應掌聲，和周圍觀眾一樣在加油區鼓掌的達也啞口無言。

形容為技壓全場還不夠。

只能形容為恐怖駭人。

戰法本身很單純。

可以說單純靠蠻力取勝。

然而那種魔法——絕非「單純」靠蠻力取勝。

克人能夠以亂數切換，無止盡反覆架設四大系統八大類的所有護壁——這是恐怖的「高度」蠻力取勝戰法。

「好厲害……那就是十文字家的『連壁方陣』啊……」

深雪也只能說出平凡的感想。

這就代表剛才的比賽令她多麼震驚。

達也能夠理解這份心情。

但是無法同意這番話。

「不對……那應該不是原本的『連壁方陣』。」

堪稱十文字家代名詞的多重防壁魔法——「連壁方陣」。

然而這個魔法為人所見的機會意外地少。

因為平常沒必要同時展開所有系統種類的防壁。

不同魔法師同時朝單一對手攻擊時，攻擊的人越多，攻擊魔法的種類越多，魔法就越容易相互干擾，所以這個魔法當然很少施展。

達也同樣沒看過這個魔法。

克人在剛才比賽展開的多重防壁，確實包含所有系統種類的魔法。

那確實是「連壁方陣」。

但是達也無法點頭同意這個推測。

「最後的攻擊……我覺得那不是『連壁方陣』原本的使用方式。」

這個推測與其說基於邏輯推論，更像是直覺。

然而實在無法不令人認為，真正的「連壁方陣」是更加恐怖的魔法。

「既然哥哥這麼說，應該就是如此。那麼十文字學長……實力就更加高深莫測了。」

達也對此也完全認同。

滿心佩服持續鼓掌的達也，不經意感覺克人看著他。

克人握拳高舉，誇示著勝利。

他的雙眼瞬間捕捉到達也的目光，並在這一剎那，輕聲發笑——達也看來似乎如此。

我比你強——達也覺得克人的雙眼表達出這個意思。

據說，不戰而屈人之兵是王者的品德。

然而追根究柢，這只是政治的詭辯。

在戰鬥之前，就讓對手體認到無力為敵並放棄抵抗，這種至高無上的抑制力，才是王者真正需要的資質。

回應歡呼聲的克人，不僅熟知，也實際展現了力量的價值，充分具備王者風範。

【14】

大廳和兩週前（正確來說是十二天前）截然不同，籠罩著祥和的氣氛。

比賽結束就不分敵我的運動家精神，並非嘴裡說的那麼容易實踐，還年輕的他們，內心不可能完全不會執著於輸贏。

但現在剛從十天的激戰中解脫，在為期不短的時間持續暴露在緊張氣氛，使得學生們大多因為反作用力，心理狀態變得過度友善。

賽後聯合晚宴的出席服裝，依然是各校制服。

達也被迫再度穿上不合身的制服外套，站在牆邊思考「既然要跳舞，應該穿得體面一點吧？」這種說出來可能會自掘墳墓的事情。

「真受歡迎啊。」

掛著壞心眼笑容前來搭話的，是得到醫生保證會比預定提早一天完全康復的摩利。

「託您的福，不過我其實很想讓她輕鬆一下。」

達也沒說「這也是沒辦法的」這句話，看向被兩三層人牆圍繞的深雪。

其他學校的學生、大會主辦人、提供會場的基地高官、贊助大會的企業幹部。

以上人士圍著她是在所難免，不過連各種媒體（節目製作公司、廣告製作公司、藝人經紀公司）的相關人士都圍繞在旁邊，讓達也真想找宴會主辦人質詢這到底是怎麼回事。

達也其實想強行驅散那些不懂禮儀死纏爛打的傢伙，不過鈴音以她伶俐（冷酷？）的眼神防堵所有冒失的舉動，因此達也克制自己不出面。

「我不是說你妹妹。」

達也率直的回答，使得摩利一副忍不住的表情發出笑聲。

「達也學弟，我所說受歡迎的人是你。」

摩利的指摘，讓達也蹙眉表達厭煩之意。

相較於人們絡繹不絕造訪的深雪，或許可說是算不了什麼，但達也同樣從剛才就接連有人上前來搭話。

幾乎都是沒打過照面的大人。

並非素昧平生。

達也會造訪父親的公司，因此他雖然是高中生，卻知道不少商業界人士。

但始終只是「高中生」的等級。

他是研究室的一分子，沒有接觸經營管理或業務層面，所以只不過是比相同業界的普通職員

「稍微熟悉」。

而且剛才前來搭話的，一半以上是同樣認識達也的人。

「剛才那位是羅瑟日本分公司社長吧？他應該是首次主動找一年級學生說話吧？」

「我不知道過去的例子，畢竟我今年首度來到九校戰會場。」

「說得也是。」

摩利始終沒收起壞心眼的奸笑表情，使達也有些煩躁。

——但這幾乎只是亂發脾氣。

「……總之，這也在所難免。我不知道你為何這麼消極地不想出風頭，不過如同石頭偽裝成寶石不可能騙得過人，寶石偽裝成石頭也肯定會被看穿。」

「…………」

「別板著臉。舞會即將開始，到時候就是學生專屬的時間。再忍耐一下吧。」

摩利輕拍達也的肩膀，走向擺放飲料的餐桌。

她不知為何心情很好。

自從她受傷，一直讓人覺得只是勉強表現得一如往常，看來她的心理也完全康復了。

（男朋友的治癒效果真好……）

達也明白自己無法理解，但還是忍不住逕自在內心感慨。

照這個狀況來看，她隨後應該會溜出宴會和修次先生見面吧——達也隨意想像著這種緋聞場面，一點都不像他。

他藉此轉移自己想嘆氣的心情。

大人們假惺惺灌迷湯的時間，確實即將結束。

然而接下來的舞會時間，同樣令他心情沉重。

不過，達也這種學生真的是例外。

大人物離開之後，會場更加祥和，籠罩著浮躁的氣氛。

管弦樂聲輕柔響起。

會中特地請人現場演奏，少年們立刻回應主辦人這番盛意。

他們牽起至今費盡唇舌成功增進感情的少女，走到會場中央。

沒穿禮服有些遺憾，但是跳舞的當事人似乎不太介意。

何況九校共通的女學生正裝——絲質薄紗的內搭罩衣（穿在上衣裡面的無袖罩衣）每次轉身就輕盈飄揚，醞釀出比起禮服毫不遜色的華美氣息。

正如預料，少年們不分學校與學年聚集在深雪身旁。

但是還沒有任何人成功牽起她的手。

大概是她在舞會前一刻都被來賓包圍，沒能預先邀約。

深雪和達也不同，確實學習過正式舞會（不是高中生的跳舞派對！）禮儀，因此只要對方遵照禮數，她應該不會堅拒他人邀舞（但當然不是來者不拒），不過少年們似乎自己裹足不前。

達也見過的某人，從人群後方走到深雪面前。

不只是見過，對方堪稱面識。

達也離開牆邊走進人群。

達也體格絕不算瘦，卻巧妙鑽過群聚的少年，站到深雪身旁。

「一条將輝，兩天不見了。」

「唔，是司波達也啊。」

兩人隨口進行問候（？）。

彼此不把對方當成朋友，但同時不認為需要以死板的禮儀應對。

「耳朵還好嗎？」

「不用擔心，而且用不著你擔心。」

「也對。」

達也姑且說句客套話（自認），將輝則是做出稱不上友善的回應。總之，九成九掌握勝算卻苦嘗敗績的他，聽到勝利者的關心話語肯定不是滋味。將輝回應得如此冷漠，就某方面來說的確是理所當然的。

將輝察覺深雪投以不悅的目光，內心被慌張的情緒所覆蓋。

「咦，啊……啊？司波？」

將輝忽然輕聲驚呼達也的姓氏，使得達也以「這傢伙沒問題吧？」的眼神看他。

「難道你和她……是兄妹？」

將輝這番話，給達也一股無以言喻的脫力感。

「……你至今都沒發現？真的？」

達也投以「這很明顯啊」的無奈地表情詢問，將輝則是啞口無言佇立在原地。

簡短響起一個文雅的笑聲。

深雪轉頭遮住嘴角。

「……原來在一条同學眼中，我與哥哥不像是兄妹。」

深雪忍笑向將輝說話，語氣不知為何很開心。

「呃，不，那個……是的。」

將輝垂頭喪氣放棄解釋，深雪對他露出甜美的笑容。

達也不知道妹妹在高興什麼，卻覺得妹妹看一条挺順眼的。

——不過所謂的順眼，也只有擔任舞伴的等級。

「深雪，一直待在這裡也會擋到別人，和一条跳支舞吧？」

達也這番話（正確來說是「和一条跳支舞」這段）使得將輝猛然抬頭。

他的雙眼充滿期待的光輝。

深雪發出銀鈴般的笑聲片刻之後，朝著將輝輕輕傾首徵詢意見。

「請務必……和我共舞一曲。」

將輝努力壓抑聲音避免走音，遵循禮數恭敬向深雪行禮。

「我才應該請您多多指教。」

深雪也依照禮儀回禮，握住將輝伸出來的手。

將輝前往舞池前，以懷著感謝與感激的目光向達也致意。

達也見狀心想「這傢伙真現實」。

將輝所展現，令人會心一笑的這齣戀愛喜劇（？），對達也來說事不關己（前提是深雪並沒有「那個意思」）。

所以達也能夠輕鬆應對。

但要是自己成為當事人，別說採取最佳應對，光是適度應對就傷透腦筋。

穗香就在面前忸忸怩怩地揚起視線窺視，使得達也徹底感受到自己不夠成熟。

「這位客人，這種時候必須由男性主導。」

光是穗香就難以應付，旁邊又有人出言調侃，想逃走也在所難免吧？達也朝著不知來者何人的對象發牢騷——但他當然沒有說出口。

「我從一開始就是以這個條件住進來的。」

「艾莉卡……妳為什麼是女侍？」

達也的抱怨被隨口帶過。

雷歐與幹比古受邀以選手身分參加這場宴會，艾莉卡與美月也受邀以後勤身分列席。但四人都婉拒參加宴會，以工讀身分在廚房或外場努力工作。

幹比古這次依照本人的希望（？）在廚房工作，艾莉卡則是穿著和上次相同的荷葉邊服裝，以女侍身分在會場各處服務。

「……既然這樣，我覺得妳不應該在這種地方摸魚。」

「為客人提供適切的建議，也是外場人員的工作之一。」

艾莉卡再度面不改色回嘴，使得達也好想抱頭苦惱。先不提是否是「外場人員的工作」，但達也知道艾莉卡的意見有理。

穗香在等待達也邀舞。

這種程度的事情，真的是不用明講也知道。

但是達也沒有後續的行動準則。

他極度缺乏「邀約女性」的經驗。

「這位客人？您不需要想得那麼複雜啊。」

艾莉卡剛開始也只是來消遣，但語氣逐漸變得無奈。

這樣下去，這種無奈的語氣很快會成為煩躁。

達也認為這同樣是有點……不，相當丟臉的事。

「……穗香。」

「是！」

達也下定決心。

「……要跳舞嗎？」

不過這句話不只是好久才說出口，還是沒什麼自信的疑問句。

「樂意之至！」

即使如此，似乎也令穗香十分開心。

後來達也還陪伴雫、英美甚至是真由美共舞，在完成吃力工作之後無力靠在牆邊。

和真由美跳舞尤其費神。

她的節奏感很獨特。

達也的舞技說客套話也不算高明。他很少練習，所以也是理所當然。不過他不會犯下踩到舞伴或撞到別人的過失，甚至未曾踩錯舞步。

雫甚至在跳舞時，輕聲說出「好像在和跳舞機器共舞」這種似褒似貶的感想。

達也只是配合演奏改變速度，捨棄細節重現記憶中的動作，因此他的舞蹈不提美麗、優雅或氣質，只有正確程度是滿分。

然而真由美就某種意義來說，和達也完全相反。

演奏和舞步搭不上。

與其說她沒有音感，不如說她「因為沒有音感」而擁有某種獨特品味。明明每個音都稍微沒跟上節拍，配上舞曲卻跳得非常優雅。

託真由美的福，達也必須發揮超人的本領，同時配合演奏以及真由美的動作，綜合兩種節拍踩踏舞步。

一般人應該會不經意配合舞伴因應，但是達也並非以身體記憶舞步，只是以記憶重現動作，因此這種應用方式，對他的負擔過於沉重。

真由美留下疲憊至極的達也，開心至極地尋找下一位舞伴之後，其實還有不少女學生刻意在達也面前徘徊。

相較於和深雪共舞之後成為學姊們爭奪目標的將輝，達也當然沒得比，但是看過達也在「祕碑解碼」的活躍之後，對他有意思的少女不在少數。

不過看到他筋疲力盡的模樣，她們都投以同情的目光直接離開。

這樣的事實或許很遺憾，但達也甚至沒有餘力察覺這件事，就在心想差不多該回房間時，一個玻璃杯像是抓準時機般遞到他面前。

「謝……謝謝您。」

話語之所以停頓，是因為對方是完全出乎自己預料的人物。

「看來你很累。」

「……是。」

「比不上競賽就是了。」

「這……您說的是。恕我冒昧，總長在兩方面似乎都不以為苦。」

「因為習慣了。」

前來搭話的是克人。

克人將玻璃杯的無酒精飲料一飲而盡。

達也感覺似乎非得跟著做，以同樣的方式把接過來的飲料喝完。

不過，接下來才是重頭戲。

「司波，借點時間。」

克人將空杯交給路過的女侍（不是艾莉卡），說完就轉身而去。

也就是沒有拒絕的權利。

達也同樣交出空杯，默默跟在克人身後。

在大會開幕前一晚逮捕武裝入侵者的庭院，今晚鴉雀無聲，沒有人影或氣息潛入。

並非完全寂靜。

應該是有人打開窗戶。

隱約聽得到樂聲。

絲絲音樂加深寧靜的氣息。

「慶功宴應該快開始了，沒關係嗎？」

克人停下腳步之後，達也在他身後客氣詢問。

會場預定在宴會之後，舉辦第一高中包場的奪冠慶功宴。

這是拿下總冠軍的學校享有的些許特權。

第一高中團隊幹部兼主力選手的克人，理所當然非得出席才是。

「不用擔心，很快就結束。」

克人緩緩轉身回答。

也就是說，不是什麼重要的事情？

那麼應該沒必要刻意在宴會途中帶他出來。

還是說——意味著速戰速決？

……看來，至少克人的用意是後者。

「司波，你是十師族的成員吧？」

對方唐突提出這個話題，使得達也差點擺出架式。

不是比喻，真的是擺出備戰架式。

自己的真實身分，現階段還禁止為人所知。

「不，我不是十師族。」

克人的眼神，蘊藏著不容許說謊與隱瞞的壓力。

達也能夠否認克人這句如同斷定的詢問，是因為這是事實。

他並非十師族的成員。即使擁有十師族的血統，也不被承認是成員之一。

這是毋庸置疑的事實。

「——這樣啊。」

克人注視達也一陣子之後，面無表情點了點頭。

達也不知道克人是否接受他的回答。

「那麼，我會在師族會議以十文字家助理魔法師的身分建議。司波，你應該成為十師族。」

「…………」

「我想想……七草怎麼樣？」

「……您說的『怎麼樣』，難道是指當成結婚對象的意思？」

「對。」

對於達也天生擁有的魔法「分解」來說，克人的魔法「連壁方陣」如同天敵。以為分解了一道薄薄的防壁，下一道防壁立刻出現。無止盡的循環。

達也觀看決賽的時候，預料到雙方交戰將會成為徹底的消耗戰而感到戰慄……然而對於現在完全超乎預料的這句話，達也感受到另一種戰慄，並且抱持一項確信。

——這位學長無疑是我的天敵。

——在各方面，真的是基於各種層面的意義。

「……七草會長的對象，十文字總長反倒應該名列其中吧？」

「確實有過這件事。」

「……七草會長不是您中意的對象？」

「不會啊。別看七草那樣，她某些地方挺可愛的。」

「……………」

達也已經無從回應。

「……啊，難道司波在意年紀？嗯……那麼七草的妹妹如何？我最後一次見到她是兩年前，但兩人都是令人期待的美人胚子。」

「……在下和總長或會長不同，只是一介高中生，要談結婚或訂婚還太早。」

「是這樣嗎？」

克人微微歪過腦袋。

「……不過，你可沒辦法太悠閒啊。正面一對一戰勝十師族下任當家的意義，比你想像的要沉重許多。」

您沒資格這麼說！達也好想如此吐槽。

因為實際上，是克人強迫達也落得和將輝交戰的下場。

「……該回去了。司波，別遲到太久。」

與其說無法置信，應該說不願相信，然而——

（這個人……難道「少根筋」……？）

達也目送克人威風凜凜離開的背影，深刻認為他是非常恐怖的人。

「哥哥？」

茫然佇立在黑夜中的達也，聽到妹妹的聲音回過神來。

「請問怎麼了？真難得，您居然心不在焉到連我靠近都沒察覺。」

「沒事……剛才看到挺意外的東西……」

「意外的東西？」

「啊，別在意，不是什麼大事。」

「？」

達也的話語前後不合邏輯，但深雪只是稍微納悶，沒有進一步追究。

「……宴會快結束了。」

「再來是慶功宴嗎……」

妹妹以暗示的方式催促，使得達也反射性地蹙眉。

「就算想缺席，應該也沒辦法吧……」

深雪掩嘴發出清脆的笑聲。

「我覺得只能認命喔。就算您回房，我想也只會遭受穗香或艾莉卡的襲擊。」

「穗香我還能理解，可是……？」

「艾莉卡被會長逮到了。」

深雪笑得很開心，還補充說明會長技高一籌。

「何況……」

深雪依然掛著笑容，但是收起笑聲，以稍微正經的眼神注視達也的雙眼。

「我不會讓哥哥逃走。」

達也深深嘆了口氣。

忽然間，深雪做出專注聆聽的動作。

「……最後一首舞曲開始了。」

「這樣啊？」

達也同樣知道舞曲換了，卻沒有知識確認是否是最後一首舞曲。

「哥哥，最後一首曲子，願意和我共舞嗎？」

在星月照耀之下，深雪露出達也都很少看見的清澈笑容優雅行禮。

深雪的笑容，不允許達也反抗。

「……那麼，趁著舞曲沒結束，我們回去吧？」

「不，這樣會浪費時間。」

深雪主動牽起達也。

「這裡也聽得到演奏。」

深雪主動將身體靠近到能夠感受彼此呼吸的距離。

「這雙鞋的材質，在草地跳舞也沒問題。」

達也不發一語，伸手摟著深雪的背。

深雪依偎著身體，將手放在達也肩上。

兩人的身體親密接觸。

達也溫柔包覆她的手，摟著她的背深擁入懷，踏出舞步。

星空之下，兩人的身體輕盈旋轉。

持續轉動的視界之中，只有達也總是位於深雪的正前方。

只有深雪總是位於達也的正前方。

無論是景色、繁星、明月、夜幕——

在一切反覆旋繞的世界中，只有達也與深雪注視著彼此。

第二話　完

後記

本作品純屬虛構。

這部作品的舞臺，是酷似這個世界的另一個世界，包括實際存在或歷史上的人物、組織、國家、領域等，以專有名詞指定的任何事物，即使名稱相同，也和真實世界毫無關係。

——第四集就像這樣，忍不住就想加上這段無須多說的註記，不曉得各位是否看得愉快？每次使用這種「湊巧」和真實世界相同的專有名詞時，我的意識某處都會有所遲疑。如果是用在敵對場合，更是不禁感到一絲不安……我非常清楚這是睜眼說瞎話，所以禁止吐槽。

說到專有名詞，老實說我很不會設定外國角色的名字。這部作品的世界設定近似現實世界，所以更加傷腦筋。西歐語系的名字有很多範例所以還好，但像是東南亞、印度、波斯、非洲或南美原住民語系……該怎麼辦？現在還好，但遲早會成為一大障礙。不曉得有什麼好方法？

……那麼，類似牢騷的戲言就此打住，接下來要向參與本書製作的各位致謝。M大人，感謝您屢次提供精確的建議。在M大人的建言之下，這對兄妹成為更加「鮮明」的角色。石田大人、ストーン大人，害兩位硬是配合連續出版的緊湊進度，這次的要求也很多……真的很抱歉。也給末永大人在進度部分造成困擾了。參與本書製作的所有相關人士，請容我致上由衷謝意。

此外，非常感謝能夠繼上一集之後，再度於後記見到各位讀者。多虧了各位的支持，第五集也即將順利出版。接下來的第五集是短篇集，總共有六篇，其中兩篇是「未經連載」的作品。由於其他短篇也沒有刊登在商業刊物上，或許不應該說「未經連載」，而是形容為「新作」才對。兩篇新作是描寫日常生活的插曲。希望各位能夠在更加殘酷的戰鬥爆發之前，享受這段短暫的和平（？）時光。

那麼，衷心祈禱能再度和各位見面。

本次也感謝各位的支持。

（佐島　勤）

國家圖書館出版品預行編目資料

魔法科高中的劣等生. 3-4, 九校戰篇 /
佐島勤作 ; 哈泥蛙譯. —— 初版. —— 臺北市：
臺灣國際角川, 2012.08-2012.11　冊； 公分
——(Kadokawa fantastic novels) ——

譯自：魔法科高校の劣等生. 3-4, 九校戰編.
ISBN 978-986-287-860-6(上冊：平裝). --
ISBN 978-986-325-032-6(下冊：平裝)

861.57　　101013293

Kadokawa
Fantastic
Novels

魔法科高中的劣等生 4

九校戰篇<下>

（原著名：魔法科高校の劣等生4 九校戦編<下>）

2012年11月27日 初版第1刷發行
2022年3月15日 初版第8刷發行

作者：佐島 勤
插畫：石田可奈
日版設計：BEE-PEE
譯者：哈泥蛙

發行人：岩崎剛人
總編輯：蔡佩芬
編輯：黎夢萍
美術設計：黃永漢
印務：李明修（主任）、張加恩（主任）、張凱棋

發行所：台灣角川股份有限公司
地址：104台北市中山區松江路223號3樓
電話：（02）2515-3000
傳真：（02）2515-0033
網址：www.kadokawa.com.tw
劃撥帳戶：台灣角川股份有限公司
劃撥帳號：19487412
法律顧問：有澤法律事務所
製版：巨茂科技印刷有限公司
ISBN：978-986-325-032-6